緑の霧

キャサリン・ヴァン・クリーヴ
三辺律子 訳

ほるぷ出版

Drizzle
by Kathleen Van Cleve

Japanese translation rights arranged with Kathleen Van Cleve
c/o Laura Dail Literary Agency, Inc., New York
through Tuttle-Mori Agency, Inc., Tokyo
Japanese language edition published by
HOLP SHUPPAN Publishing, Tokyo.
Printed in Japan.

装画・挿絵／嶽まいこ

装丁／中嶋香織

アナ・リン・パピンチャクの
思い出に捧ぐ

［登場人物紹介］

ポリー・ピーボディ

主人公。ルバーブ農園の11歳の末娘。人と話すことが苦手で、本が好き。
生まれつき、右手の人差し指が曲がっている。

パトリシア

ポリーの姉。美人で勝ち気な性格。ポリーに意地悪をすることもある。

フレディ

ポリーの兄。サッカーが好きで、みんなに優しい人気者。

パパ

ルバーブから薬を作る研究をしている科学者。

ママ

農園を切り盛りしているしっかり者。

エディスおばさん

パパの姉。かつてはジャーナリストとして活躍していたが、
現在は農園の経営を担当している。曲がった指の持ち主。

おばあちゃん

四年前に亡くなった、父方の祖母。農園のふしぎなものについて、
ポリーに教えてくれた。曲がった指の持ち主。

バスフォード・フォン・トレメル

農園で暮らしている11歳の少年。

［ピーボディ家の家系図］

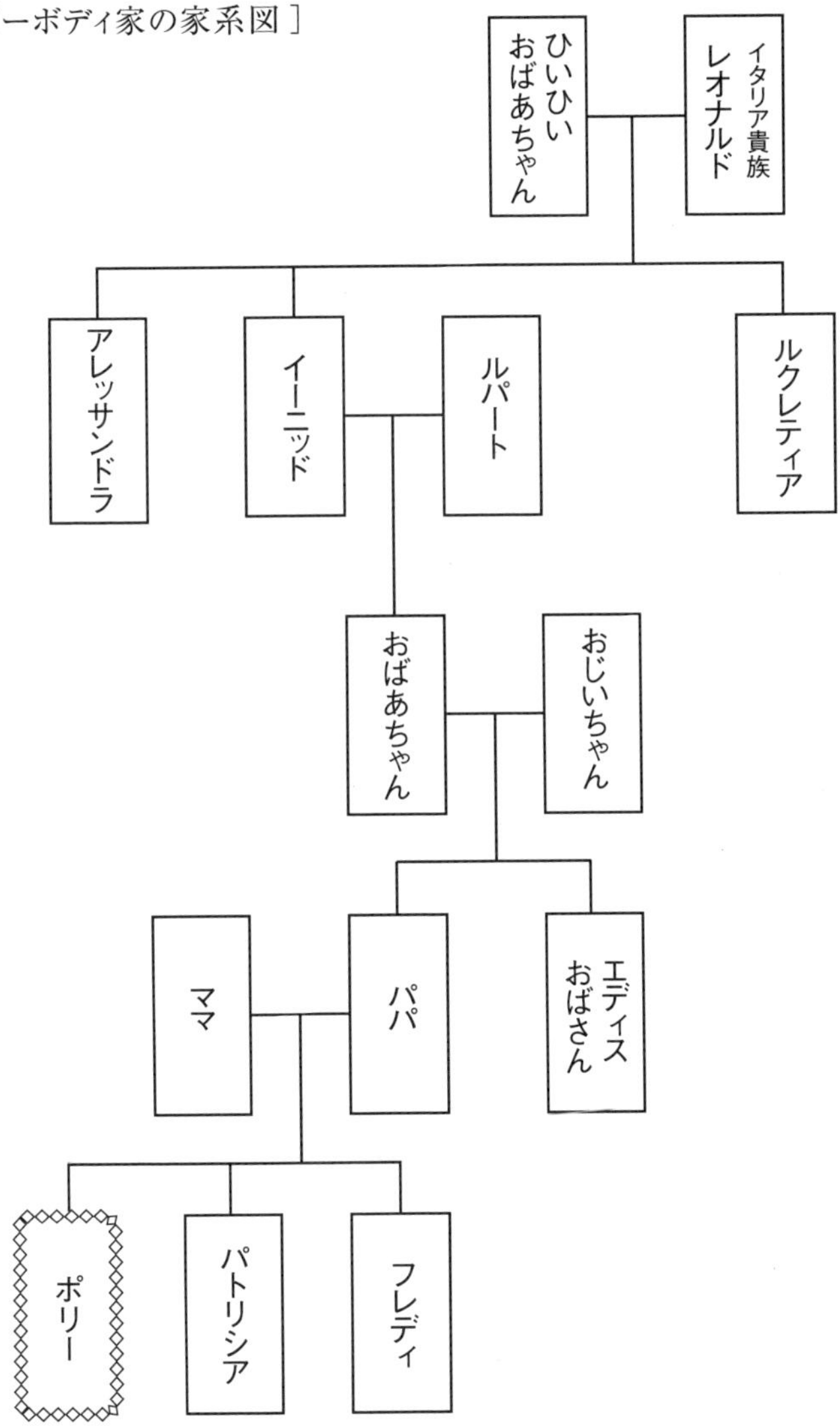
ひいひいおばあちゃん
イタリア貴族
レオナルド
アレッサンドラ
イーニッド
ルパート
ルクレティア
おばあちゃん
おじいちゃん
ママ
パパ
エディスおばさん
ポリー
パトリシア
フレディ

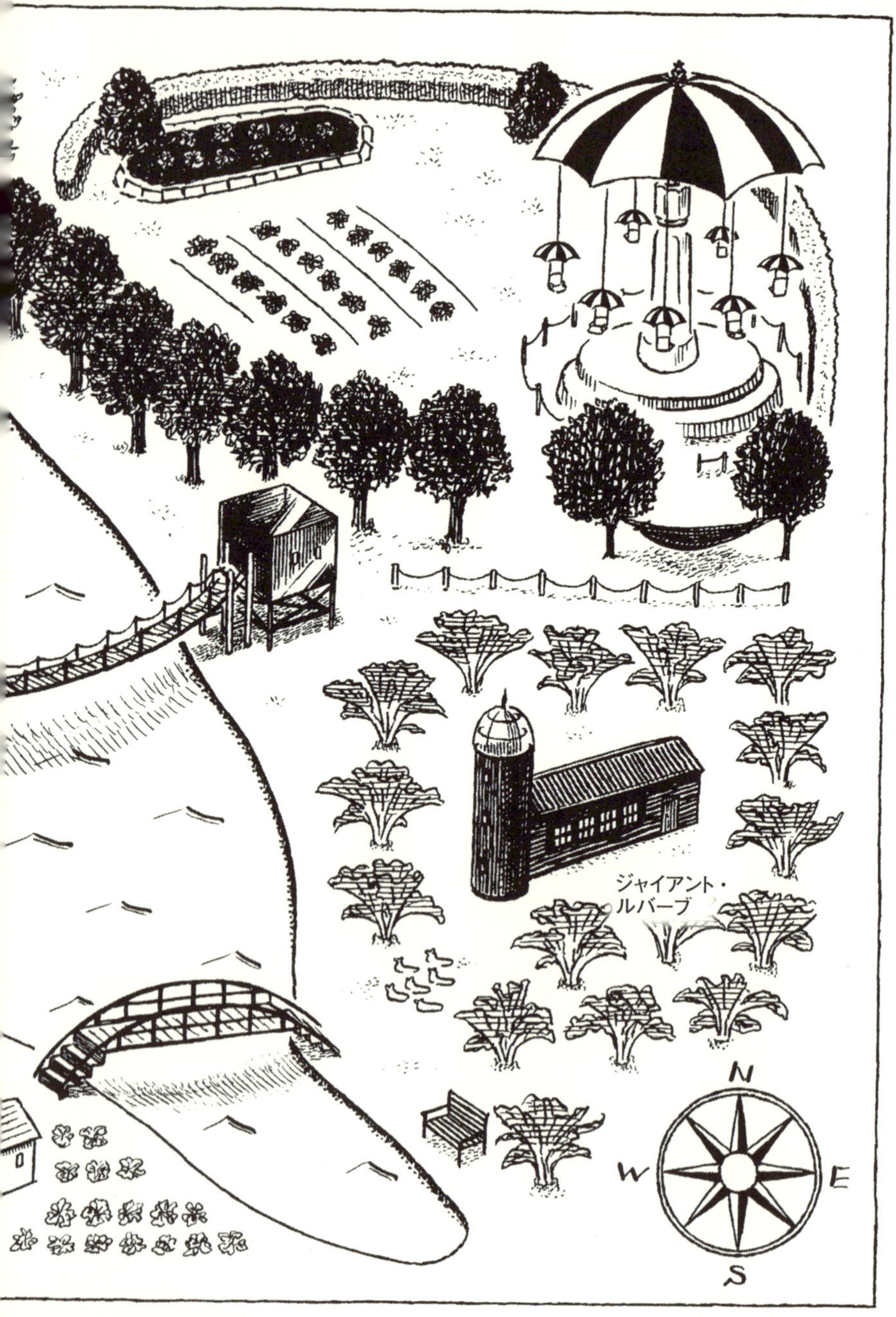
ジャイアント・
ルバーブ
N
W
E
S

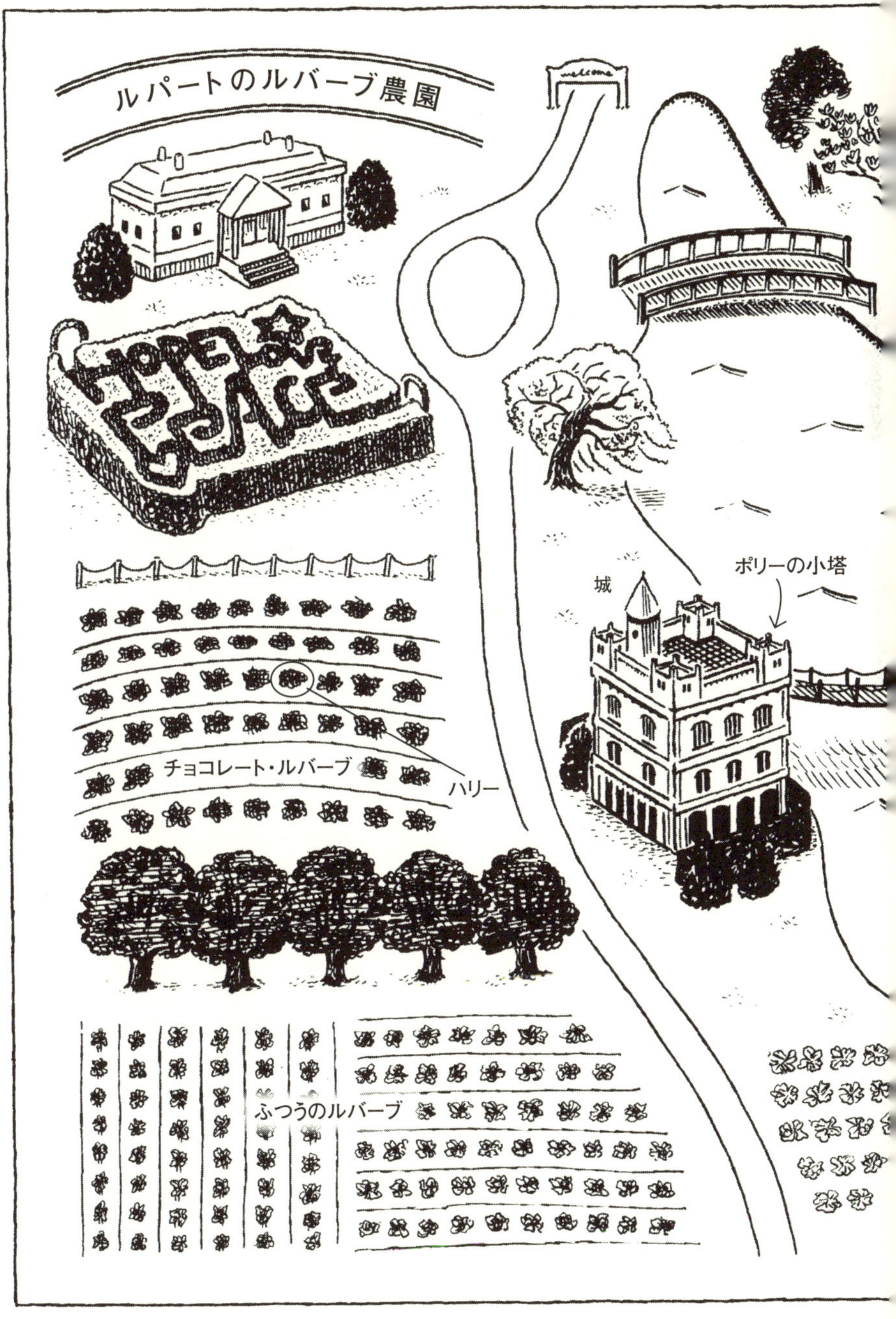
ルパートのルバーブ農園
welcome
城
ポリーの小塔
チョコレート・ルバーブ
ハリー
ふつうのルバーブ

第一章

8月18日（月）もどってきた霧《きり》

霧《きり》がもどってきた。

〈城《しろ》〉の外に出たとたん、目に飛びこんできた。〈湖〉のほとりに生えている〈泣き桜《ざくら》〉の木の下で、緑色の霧《きり》が小さな渦《うず》を巻《ま》いている。トンボたちがその中をヒュン、ヒュン、と出たり入ったりしている。目に見えないきらめく糸で霧《きり》を編《あ》んでいるみたいに。

心臓《しんぞう》が止まりそうになった。

もう四年になる。同じような霧《きり》が〈湖〉をおおったときから。あのときは、おばあちゃんが死んだばかりで、うちの〈ルパートのルバーブ農園〉はひどいことになっていた。

今度は、なにが起ころうとしてるんだろう。今のところは、なにも問題ないように見える。〈湖〉の、霧《きり》におおわれていない部分は真っ青で、さざ波ひとつ立っていない。はっとしてルバーブ畑のほうをふりかえる。うちの農園の主な栽培物《さいばいもの》は、このルバーブだ。野菜で、葉柄《はがら》と呼ばれる葉の軸《じく》を食べる。農園には〈ホワイトハウス〉と呼《よ》んでいる建物と、あたしたちが暮《く》らしている〈城《しろ》〉（この農園を造《つく》ったあたしのご先祖《せんぞ》が住居《じゅうきょ》として建てたもので、本当にお城《しろ》の形をしている）、ルバーブの中でも特別大きい品種のジャイアント・ルバーブの畑、それから、うちの農園特産のチョコレート・ルバーブ畑がある。

　ぱっと見まわしたところでは、すべていつもどおりで、霧《きり》以外おかしなものは見当たらない。緑色の霧《きり》をじっくり観察する。〈湖〉のすみの、〈泣き桜《ざくら》〉（名前だけじゃなくて、本当に泣くんだけど、それはあとで）の下にすっぽり収《おさ》まっている。あの場所は、あたしの特別の場所なのに。ふつうの、広い範囲《はんい》にたちこめるような霧《きり》とはちがって、緑色の霧《きり》はとても小さくて、そうっと抱《かか》えれば、持ちあげられそう。トンボは水中で生まれて、幼虫《ようちゅう》時代は水中で過《す》ごすのだと、おばあちゃんが教えてくれた。成虫になって、そこいらじゅうを飛びまわるようになっても、かならず湖へもどってくる。湖が故郷《ホーム》だから。「いいかい、ポリー・ピーボディ、自然のすることに、むだはない。それを忘《わす》れるんじゃないよ。ここのトンボたちは、この湖について知らなきゃいけないことはみんな知ってる。湖の中で子ども時代をすごしたんだから。なにかききたいことがあったら、彼《かれ》らにきいてごらん。トンボは子どもが大好きだからね」それから、はあっとため息をついて、つけ加えた。「もちろん、大人のことはバカにしてるがね」

　そもそもうちのルバーブ農園にある、ふしぎなものたちのことを教えてくれたのは、おばあちゃんだった。本当にしずくを垂《た》らして泣く〈泣き桜《ざくら》〉とか、おばあちゃんとママで造《つく》った〈学びの庭〉、〈学びの庭〉一面に生えているルビーの花、だれもおぼれることのない〈湖〉。だから、あたしはトンボの話も、疑《うたが》いもしなかった。それに、そのときは七歳《さい》で、だれがなにを言おうと信じたから。

おばあちゃんが亡《な》くなったのは、トンボの話をしたすぐあとだった。だから、おばあちゃんに言えずじまいになってしまった。トンボはあたしのことを好きじゃないし、あたしもトンボのことは好きじゃないって。あたしはそもそも虫が苦手。たしかにうちは農園で、農園には、それこそそこいらじゅうに虫がいるけど。

だけど、こうして十一歳《さい》になってみると、おばあちゃんがいつか死ぬってことくらい、わかってなきゃいけなかったと思う。おばあちゃんは年寄《としよ》りだったたし、癌《がん》を患《わずら》っていたし、『シャーロットのおくりもの』の物語の中でシャーロットが言うみたいに、だれでもいつかは死ぬのだから。けれども、当時、あたしはどうしても納得《なっとく》できなかった。おばあちゃんはいつだって〈学びの庭〉でいっしょにかくれんぼをしてくれたし、毎週月曜日にはルバーブの栽培《さいばい》について教えてくれた。だから、おばあちゃんはただ具合が悪いんだって思ってたのだ。あたしがたまに病気になるみたいに。だから、いっぱい寝《ね》て、オレンジジュースを飲めば、また元気になるって。

でも、九月二十日の雨の月曜日の午後、あたしはおばあちゃんが〈平和の迷路《めいろ》〉で倒《たお》れているのを見つけた。〈平和の迷路《めいろ》〉っていうのは、ジャイアント・ルバーブを〈PEACE〉の文字の形になるように植えて造《つく》った迷路《めいろ》で、PEACEっていうのは平和っていう意味。おばあちゃんは、そのPとEのあいだであおむけに倒《たお》れていた。へんてこなスリッパのつま先が灰《はい》色《いろ》の空にむけられ、雨がおばあちゃんのほおに降《ふ》りそそいでいた。ふりかえると、ルバーブたちが大きな緑色の葉を頭上でざわざわとゆらしながら、おばあちゃんのほうをさしていた。〈湖〉

は、嵐《あらし》がきてもいないのにゴーッと鳴っている。あたしはおばあちゃんのほうにむき直ると、必死になって言った。

ねえ、起きて、お願いだから、目を覚まして。

すると、地面から、きらきら輝《かがや》くダイヤモンドの小さな粒《つぶ》が飛び出てきて、おばあちゃんを囲った。本物のダイヤモンドが。それを見て、そうかって、胸《むね》にストンって落ちた気がした。おばあちゃんはこの農園を心から愛していて、だから、農園は、小さなダイヤモンドを産みだすことで、おばあちゃんを称《たた》えているんだって。あたしはおばあちゃんのまわりで紡《つむ》がれる魔《ま》法《ほう》を、もっと特別なものとして味わっておくべきだったと思う。でも、そのときは、おばあちゃんが死んだということしか考えられなかった。

あたしのおばあちゃんが死んじゃった、って。

あたしは、おばあちゃんが目を開けて、いつもみたいに「ルバーブっていうのはキャベツに負けないくらいきれいだね！」って言うのを待った。でも、おばあちゃんの目は閉《と》じたままで、あたしは、これからはあらゆることが変わっていくんだ、と直感した。おばあちゃんが死んだんだから、なにかものすごく大がかりでおそろしいことが起こらなきゃおかしいっていう思いもあった。例えば地震《じしん》がきて、〈城《しろ》〉も、農作業用のトラックも、〈学びの庭〉も、迷路《めいろ》も、あらゆるものを打《う》ち砕《くだ》くとか。そして、自分も〈湖〉に落ちて、底まで沈《しず》んでしまいたかった。

でも、大地がゆらぐ気配はなかった。ルバーブたちはうなだれて、ひらひらと葉をゆらし、別れのあいさつをした。ハエやマルハナバチやクモやトンボたちは、雨なのにおばあちゃんのまわりを飛びまわっている。あたしはおばあちゃんの手を握《にぎ》ったまま、すわりこんでいた。あたしたちには似《に》ているところがたくさんあった。おばあちゃんとあたしには。まず、農園を愛してること。外にいるのが好きなこと。ふたりとも生まれつき右手の人さし指が曲がっていること。農園のチョコレート味のするふしぎなルバーブが好きでたまらないこと。

あたしは全身全霊《ぜんしんぜんれい》でおばあちゃんを愛していた。

おばあちゃんが死んで五日後、あたしは正気とは思えないことをしでかした。〈湖〉に飛びこんだのだ。〈湖〉でおぼれ死んでしまいたかった。この魔法の〈湖〉では、なにものも死ねないってことは、わかりすぎるほどわかっていたのに。

けっきょくのところ、あたしは〈湖〉から這《は》いあがり、それから何時間もたってから、ようやくエメラルドの指輪を落としたことに気づいた。指輪はおばあちゃんからの贈り物で、ピーボディ家の女性は全員、身につけることになっている。ママは大きなタオルを持って、悲しそうな顔で、あたしを包んでくれた。ママの気持ちが楽になるようなことを言いたかったけど、言えなかった。からだの中で激流《げきりゅう》が渦巻《うずま》いていた。

あたしは〈城《しろ》〉の自分の部屋にもどって、窓《まど》の外をながめた。〈湖〉はあいかわらず荒《あ》れくるい、植物たちは半旗をかかげるように、葉をたらしていた。おばあちゃんがいなくなって、みんな死んじゃうんだ、とあたしは思った。ルバーブも、〈泣き桜《ざくら》〉も、うちの家族も、あたしも、みーんな。

次の日、目を覚ますと、緑色の霧《きり》が〈湖〉全体をおおっていた。無数のトンボたちが、目に見えない布地《ぬのじ》を織《お》るかのように飛びまわっている。わが家のコックであり、第二の母親であるビアトリスが朝ごはんを運んできて、あの霧《きり》はきっと農園を守るコートみたいなもので、トンボたちは、飛んだあとに生まれるきらめく糸で布地《ぬのじ》を強くしてくれているのだと言った。つまり、盾《たて》を作って、農園を守ってくれてる、って。

盾《たて》は役目を果たした。まさにその夜、エディスおばさんが嵐《あらし》のように農園にやってきたから。エディスおばさんは家に入ってくるなり言った。「ポリー。偉大《いだい》なる作家のウィラ・キャザーの言葉にこういうものがあるの。『風邪《かぜ》で死ぬわけではない。生きたから死ぬんだ』って」そして、腕《うで》をのばして、あたしをぎゅっと抱《だ》きしめると、またすぐに離《はな》れて言った。「わたしを信じなさい。すべてうまくいくから。さあ、コートをどこへしまえばいいか、教えて」

翌朝《よくあさ》、霧《きり》は消えていた。ルバーブは葉をぴんとかかげ、湖はおだやかになり、昼になるころには、雲がかかって、空が灰色《はいいろ》に変わった。そして、これまでの月曜日と同じように、午後一時ぴったりに雨が降《ふ》りはじめた。

エディスおばさんは、ニューヨークでのすてきな生活をすてて、この農園に帰ってきた。おばさんは、言ってみれば太陽を空にかかげ、同時に山を動かすことができるような人だ。おばさんは、帰ってきて、農園を救ってくれただけではない。あたしのことも救ってくれたのだ。

あらゆることが変わるというあたしの予感は当たった。おばさんのおかげで今では、世界中の人たちがチョコレート味のするふしぎなルバーブを食べたがり、うちの農園はアメリカで六番目の人気観光地になっている。でも、変わらなかったものもたくさんある。あいかわらず〈湖〉ではなにひとつおぼれ死ぬことはないし、〈泣き桜《ざくら》〉の木は泣いているし、お姉ちゃんのパトリシアはことあるごとにあたしに意地悪をする。霧《きり》のない、日常《にちじょう》がつづいていたのだ。いい日《にち》常《じょう》でも、悪い日常《にちじょう》でもない。おばあちゃんが死んだあとの日常《にちじょう》が。

そう、今日までは。

同じ日（8月18日・月）友情《ゆうじょう》

本当なら朝のこの時間は〈ホワイトハウス〉での家族会議に出ているはずだ。遅《おく》れると、ママのかみなりが落ちる。でも、いちばんの友だちのハリーに、緑の霧《きり》のことを話さなきゃならない。ハリーはこういうときたいてい、いいアイデアを思いつく。ママもきっとハリーが好きになるはず。会ったことがあれば、だけど。

というか、会ったことはあるけど、きっとママはわかってない。ハリーはいつも農園の西の畑の、十八列目の三十番目にいる。なぜなら、あたしの大親友のハリーは、チョコレート・ルバーブだから。

もちろん、ハリーはしゃべれない。だって、ハリーは植物で、人間じゃないから。それでも、意志《いし》を伝え合うことはできる。植物はみんな、意志《いし》を伝えられるのだ。別にうちみたいな魔法の農園じゃなくても、どこの植物だってそう。もし信じられないなら（そういう人はいる。例えば、お姉ちゃんのパトリシアとかね）、それは、ちゃんと見たり聞いたりしていないから。意志《いし》を伝えるといっても、植物が言葉をしゃべるとかそんなことを言ってるわけじゃない。それはおかしいってことくらい、あたしにもわかる。でも、植物はちゃんと返事をしてくれる。これは本当。

あたしが走っていくと、ハリーは下のほうの茎《くき》を一本、半円の形に曲げた。これは、ほほえんでるってこと。あたしを見ると、まず最初にやるしぐさだ。ハリーは世界一、お行儀《ぎょうぎ》のいいルバーブなんだから。

「元気？」あたしはハリーのすぐそばにしゃがんだ。「大事な話があるんだ」あたしはハリーの葉をまっすぐに見つめた。そして、できるだけものものしく、おばあちゃんが死んだときの霧《きり》がまた現《あらわ》れたことを告げた。

ハリーはじっとしている。いつもとちがう。

「霧《きり》よ、ハリー。覚えてる？　どういう意味だと思う？」

そして、目をこらして、どんな小さな反応《はんのう》も見逃《みのが》すまいとした。葉の先っぽがくるっと巻《ま》くとか、緑の茎《くき》がふいにぴんと張《は》るとか。でも、ハリーは動かない。

「なにか意味があるはずでしょ？　今度の霧《きり》は前のときよりずっと小さいし、だれも死んでないけど――」心臓《しんぞう》がドキンとした。「まさか、だれかが死ぬの？」

ハリーはいちばん大きな葉をこっちへのばし、葉の裏《うら》であたしの腕《うで》をこすった。落ち着けってこと。

「でも――」

まだ言い終わらないうちから、ハリーは葉を何枚《なんまい》かひらひらさせた。

「そう。だいじょうぶって言ってるのね」あたしは腰《こし》を下ろした。

ハリーはもう一度、葉をひらひらさせた。（そう。ポリーはだいじょうぶ）

「でも、どういう意味だと思う？　もしかしたらハリーの友だちが知らないかな――」あたしは、まわりのルバーブたちを身振《みぶ》りで示《しめ》した。

ハリーは真ん中の葉を上下にゆらした。（わかった）友だちにきいてくれるらしい。

「ありがとう」あたしはにっこりして、空を見た。空は、どこまでも晴れわたり、アメリカ中西部の太陽がじかに照りつけている。うちの農園があるのは、アメリカ中西部の、いちばん乾《かん》燥《そう》していて暑い地域《ちいき》だ。でも、うちだけ、一週間に一回、雨が降《ふ》る。毎週月曜日の午後一時に、かならず降《ふ》るのだ。気温は決して三十度以上にはならないし、零度《れいど》以下になることもなく、月曜日の一時以外は雨は降《ふ》らない。パパの説明だと、ゆるやかに起伏《きふく》している丘陵《きゅうりょう》地帯が、うちの土地の境界線《きょうかいせん》になってるからだっていうけど、どうしてそれが、毎週雨が降《ふ》ることの説明になるのか、あたしにはわからない。それを言うなら、どうしてチョコレート味のルバーブが育つのかもわからないし、おぼれない〈湖〉とか、土から出てきたダイヤモンドとかほかにもいろいろあるうちの農園の「ふしぎ」については、なにひとつ説明はつかない。でも、パパは、なにかしら科学的な説明ができれば、安心できるみたい。

ハリーは葉をのばして、いちばん小さな葉の先であたしのほおにふれた。

あたしは目をパチパチさせてから、ぐっと見開いた。（よく見て）という意味だったから。

「よく見て？　なにを？」

ハリーが答えようとしたとき、じゃまが入った。

「ポリーー！」お姉ちゃんのパトリシアが、さえずるような声で呼《よ》んだ。「きて！　みんなが待ってるわよ！」

ハリーはたちまち動かなくなった。パトリシアが嫌《きら》いなのだ。それもしかたない。パトリシアは、この農園の魔法《まほう》はぜんぶ、ただの偶然《ぐうぜん》だと思ってるんだから。毎週同じ時間に雨が降《ふ》る？そういう天候パターンで、別にだれも理由を解明《かいめい》しようとしてないだけでしょ。おばあちゃんのからだのまわりに、本物のダイヤモンドが出てきた？　そりゃ、ダイヤモンドは地中で自然にできる鉱物《こうぶつ》だもの。意志《いし》を伝える植物？　ばかばかしい。風にそよいでるだけよ。じゃなきゃ、太陽のせいとか？　とにかく植物が自分で動くわけないでしょ。

言うまでもなく、それを聞いたハリーはすっかり腹《はら》を立て、それからというもの一切パトリシアと話す気はなくなってしまった。

「なにをよく見ればいいの？」あたしは小声でささやいて、パトリシアがくる前に答えを聞こうとした。

でも、遅《おそ》かった。

パトリシアがあたしの前に立ちはだかると、日の光で映画《えいが》スターのようにライトアップされた。たっぷりとしたブロンドの髪《かみ》に、澄《す》んだブルーの目をしたパトリシアと、量も少なくてくしゃくしゃのブラウンの髪《かみ》と、濃《こ》いブラウンの目をしたあたしとは、大ちがいだ。姉妹だと言っても、信じてもらえたためしがない。

「ルバーブのラリーくんは元気？」パトリシアは言った。

「ラリーじゃないから」あたしはぼそりと言うと、立ちあがった。そして、最後にもう一度、ちらりとハリーを見た。なにか言ってくれないかと思ったけど、だまっている。あたしたちが帰っていくのをじっと見送って、さよならの合図に葉をほんのちょっぴり動かしただけだった。

「あんたのその髪《かみ》、とかしたことあるわけ？」パトリシアはバカにしたように言った。「ないでしょ？　人生で一度も」

「いいから、どうして急いでるかだけ教えて」

「なんだと思う?」パトリシアは言った。「お客さんよ」

胃が足まで落っこちたような気がした。湖に霧《きり》が出たのと同じ日に、お客?

「だれ?」あたしはきいた。

「男の子。あんたと同じで、十一歳《さい》なんだって。ただし、こっちはルバーブじゃなくて人間よ。あんたに、人間の相手ができるかしらねえ?」パトリシアはクスクス笑ったけど、あたしの答えは待たずに〈ホワイトハウス〉へむかって走りだした。

お姉さんやお兄さんはいいお手本になるなんて言う人は、一度頭の中を調べてもらったほうがいい。一瞬《いっしゅん》、ハリーのところにもどって、かくれていたい衝動《しょうどう》に駆《か》られた。パトリシアの言ったことは正しいかもしれない。あたしは人間の友だちを作ろうとするたびに、ひどいことになる。これまでずっとそうだった。おばあちゃんは、友情《ゆうじょう》はとても大切なものだから、スーパーで買うように手に入れることはできないって言っていた。だれかと信頼《しんらい》しあえる仲になりたいなら、いっしょに根をはり、歴史を築《きず》く必要があるって。おばあちゃんは、あたしのことを慰《なぐさ》めようとしてくれたんだろうけど、おばあちゃんにあたしの気持ちがわかるわけがない。だっておばあちゃんがにっこりすると、みんな、たちまちおばあちゃんに駆《か》けよって、秘密《ひみつ》を打ち明けたくなるんだから。どんな人でも、おばあちゃんを一目見ると好きになった。それは、お兄ちゃんのフレディも同じ。フレディがほほえむと、世界がほほえみ返す。この七十六年間で一度だけ雨の降《ふ》らなかった月曜日に、フレディは生まれた。今から十七年前。フレディは太陽もほほえませることができたからだって、ママは信じてる。フレディの誕生《たんじょう》した日を雲がだいなしにするのが、許《ゆる》せなかったんだろうって。

でも、あたしは？　あたしって、とげとげしたものとか、顔を背《そむ》けたくなるようなものをまき散らしてるような気がする。じゃなきゃ、さえなくてヘンってだけかもしれないけど。ママは、あたしに友だちがいないのは農園のせいだと信じこんでる。うちの農園の魔法《まほう》を理解《りかい》しない人はいるし、そういう人たちは、理解《りかい》できないものイコール悪いものだって信じてる。悪口を言ってくる人がいたら、言い返せばいいのに、ってママは思ってる。うちの農園はすばらしくて、特別なんだから、おかしいのはそっちだって。ママだったらそうするわよって言う（実《じっ》際《さい》、ママは実行してる）。

だけど、あたしは言い返したりしない。ただにっこりする。でも、言い返そうが笑おうが、結局同じ。学校だと、言いたい言葉はのどにひっかかってしまう。最初は親切にしてくれる人たちさえ、じきにあたしのことをヘンで、つきあいにくい子だって思うようになる。そしてそれは本当だ。実際《じっさい》、あたしはヘンで、つきあいにくいから。でも、どうすればいいのか、わからない。どうすれば緊張《きんちょう》しないのか、どうすれば友だちを作れるのか。

ため息をついて、足を速める。〈ホワイトハウス〉が見えてきた。もし人間の友だちができたら、すてきだろうなって思う。でも、今度きた子はこれまでの子たちとはちがうかもなんて、期待するだけむだだと思っていた。

同じ日（8月18日・月）　エディスおばさん

〈ホワイトハウス〉はうちの農園のいわば司令部だ。外から見たところは、ワシントンD.C.にある本物によく似《に》ている。中は、農園観光にきたお客さんにルバーブ料理を出すレストランとカフェ、ルバーブの歴史的資料《しりょう》の保管室《ほかんしつ》、それからエディスおばさんが仕事をするオフィスにわかれている。パトリシアはすでに玄関《げんかん》にいて、彼氏《かれし》のサムにしがみついていた。サムは大きくて強くて、ブラウンの巻《ま》き毛《げ》に、まるいフレームのメガネをかけていて、いつもあたしに親切にしてくれる。パトリシアはあんなに意地悪なのに。正直言って、サムがパトリシアのどこを好きなのか、ぜんぜんわからない。たしかに、美人だけど。ママとパパははしっこに立って、フレディと話してる。三人とも楽しそうに笑ってる。ビアトリスは柱のそばにいて、だれかと話してるけど、ここからだと相手までは見えない。

階段《かいだん》の上までのぼると、白い柱に骨《ほね》ばった手が回されているのが見えた。さらに近づくと、手の持ち主は背《せ》の高い男の子だとわかった。長めのホワイトブロンドの髪《かみ》が顔にかかっている。第一印象は、まじめそう。それに、内気な感じがする。少なくとも、一目見て、意地悪だってぴんとくるときの、胃のムカムカ感はなかった。

「ポリー！」ビアトリスが大またで歩いてきた。ビアトリスは、あたしとパトリシアとフレディが赤《あか》ん坊《ぼう》のときから、面倒《めんどう》を見てくれている。背《せ》は低くて（あたしよりも低い）、浅黒い肌《はだ》はすべすべで、あちこちから飛び出している髪《かみ》は黒い太陽光線みたい。北大西洋のバミューダ諸《しょ》島《とう》にあるサトウキビ畑の生まれだけど、まだ若《わか》いころにアメリカにわたってきた。あたしの家族（特におばあちゃん）と出会ったときは、幸運の星の下に生まれたと思ったんだって。

「ずっと待ってたんですよ！　この子はバスフォード。あたしが名付け親なんです。ずっとこっちにこいって言ってたんですよ。で、やっときたんです。聖《せい》ザビエル校では、ポリーと同じクラスになる予定ですよ」ビアトリスはものすごく誇《ほこ》らしげにバスフォードのことを見た。まるでバスフォードがオリンピックの金メダルでも取ったみたいに。バスフォード自身もそれを感じたみたいで、顔がみるみる赤くなって耳の先まで真っ赤に染《そ》まった。

あたしは両手をポケットに突《つ》っこんで、顔にかかった髪《かみ》をうしろにやった。「こんにちは」

バスフォードは柱の陰《かげ》から出てきた。「はじめまして」それからしばらく、沈黙《ちんもく》がつづいた。

みんながあたしたちを見てるせいで、よけい緊張《きんちょう》する。

「気長に付き合ってやって」うしろから、パトリシアがバカにしたように言った。「ほら、妹はいわゆる草食系《そうしょくけい》なのよ。わかる？」

かっとなってパトリシアのほうをふりかえったけど、フレディのほうが早かった。「だまってろ」それから、バスフォードのほうをむいて言った。「悪いな」

またしんとなった。

今すぐなにかしゃべらないと、だめなやつって思われる。そう思って、最初に浮《う》かんだことを口にした。「バスフォードっていうんだ。ヘンな名前だね」

しまった！　顔をくしゃくしゃにして、ぎゅっと目をつぶる。一分前のバスフォードの顔が赤色だったとしたら、今のあたしは太陽の色。これじゃ、友だちがいないのもあたりまえ。

「ポリー！」フレディが言った。「ごめん、バスフォード。妹はついこういうこと、言っちゃうんだよ」

あたしはますますきつく目をつぶった。遺伝《いでん》だ、ぜったい。先祖《せんぞ》に、あたしみたいな社交性《しゃこうせい》ゼロの子がいたんだ。こんなのあたしだけ。ピーボディ家であたしだけ、こんな遺伝子《いでんし》を受《う》け継《つ》いだんだ。ああ、最低。

でも、バスフォードは肩《かた》をすくめただけだった。「別にいいよ。実際《じっさい》、ヘンだから」小声で恥《は》ずかしそうに言った。

ぱっとフレディを見て、それからバスフォードを見た。きっと顔をしかめられるか、そっぽをむかれるだろうって思ったけど、バスフォードはそんなことはしなかった。

「ポリー・ピーボディだって似《に》たようなものだもん」あたしはちょっとだけにっこりした。「だけど、〈ルパートのルバーブ〉なんて名前の農園で暮《く》らしてると、あたしみたいな名前だって変レベルの〈中〉くらい。まあ、〈下〉ではないかな」

「ビアトリスにきみの話は聞いてたんだ」バスフォードの目は薄《うす》いグリーンで、鼻は小さめ。めったなことでは笑みをたやさなさそうな雰囲気《ふんいき》がある。ぱっとビアトリスのほうを見ると、そうですよという感じでうなずいたので、あたしはたちまち頭の中で、ビアトリスが言ってそうなことをリストアップしはじめた。「毎晩懐中《まいばんかいちゅう》電灯で本を読んでいる」「弱虫」「大好物はフライドチキン」

そのとき、いきなり青いトンボが現《あらわ》れた。トンボはバスフォードの肩《かた》の上までくると、頭のうしろをとおり、あたしのほうへきてから、またUターンしてバスフォードの顔の前までいった。

バスフォードは魅入《みい》られたようにトンボを見つめた。トンボはちらちらと光りながら、空中で上下している。

「きれいなトンボだろ。な?」フレディはウィンクした。トンボなら、虫嫌《ぎら》いのあたしでも平気だろって調子で。でも、あたしの虫恐怖症《きょうふしょう》は、たとえトンボだろうと、たちまち発動する。トンボだけじゃない。うちの農園にはふつうの虫（トンボとかアリ）のほかに、ほかじゃ見たことないようなタカみたいに大きなアトラス蛾《が》とか、スパゲティくらい長いナメクジがいる。自分にはこわいものなんてなにもないと思いたがっているパトリシアですら、スパゲティナメクジを見ると、逃《に》げ出《だ》すんだから。

「トンボは超高速《ちょう》で飛ぶんだ。昆虫界《こんちゅうかい》のチーターだよ」パトリシアの彼氏《かれし》のサムが言った。「飛行機を作っている人たちは、トンボの飛行パターンを研究してるんだ」

バスフォードはまだトンボを目で追っている。と、目がみるみる見開かれ、恐怖《きょうふ》の表情《ひょうじょう》に取って代わられる。

「伏《ふ》せて！」バスフォードはさけんだ。

あたしが頭を引っこめたのと同時に、大きなクロスズメバチがロケットみたいな猛《もう》スピードで突《つ》っこんできた。あたしは柱のうしろに逃《に》げこむと、息をひそめ、こみあげる恐怖《きょうふ》を無視《むし》しようとした。

青いトンボは、ボディガードみたいにスズメバチとあたしのあいだをヒュンヒュン飛びまわったけど、そもそも勝負にならない。トンボは速いかもしれないけど、スズメバチは意地悪だ。そしていつだって、意地悪が勝つ。

「たたこうとしなきゃ平気さ」フレディが言った。あたしは両腕《りょううで》をぎゅっとわきに押《お》しつけた。それでも、スズメバチはバスフォードの肩《かた》の横をビュッとすりぬけ、あたしのおでこを狙《ねら》ってきた。からだが凍《こお》りつく。と、そのとき、フレディのうしろから長い指の手がぐいと出てきて、ぱっとハチをつかみとった。

「つかまえた！」

あたしは、顔をあげなかった。もう手の主はわかっている。あたしを助けにきてくれたんだ。

エディスおばさんがきてくれれば、もうだいじょうぶ。

エディスおばさんはとても背《せ》が高くて、パパくらいある。おばさんは胸《むね》をはって背《せ》をのばし、階段《かいだん》のはしまで歩いていって、優雅《ゆうが》に手を開くと、スズメバチを逃《に》がしてやった。もちろん、刺《さ》されたりしなかった。スズメバチですら、エディスおばさんを刺《さ》そうとしない。それから、おばさんはあたしたちのところへもどってきた。みんながおばさんを見ていたけど、おばさんはまっすぐあたしを見て、ほほえんだ。

「ほらね、ポリー？　こわいものなんてなにもないのよ」エディスおばさんが空っぽの手をぐるりと回してポーチをさし示《しめ》すと、エメラルドの指輪がきらりと光った。「この世にはこわいものなんて、なにもないの」

同じ日（8月18日・月）　空中ブランコ

おばあちゃんが死んだあと、ママとパパは、それまでおばあちゃんがやっていた農園ビジネスについてはなにも知らないって告白した。それで、エディスおばさんが農園に帰ってくることになったのだ。それまでは、エディスおばさんは、世界でも一、二を争うすぐれたジャーナリストだった。ニューヨーク・タイムズ紙に記事を書き、世界中で重要なことをしている人たち（いいこともあれば、悪いこともあるけど）が連絡《れんらく》してきて、おばさんの意見を聞こうとした。ずっと前に一度結婚《けっこん》して、双子《ふたご》の息子がいる。あたしの従兄弟《いとこ》にあたるロームルスとレミュスだ。でも、ふたりとももう大人だから、あまり会う機会もない。パパは、エディスはなによりも成功を求めているって言っていた。仕事だけじゃなくて、妻《つま》としても、母親としても。それについてはエディスおばさんも、おばあちゃんは、エディスおばさんは夢《ゆめ》を実現《じつげん》するためには独《ひと》りでいないとならないタイプだって言う。おばあちゃんの言うとおりだって認《みと》めている。別に恥《は》じることじゃないし、男の人が同じことを言ったら、だれも恥《は》ずべきことだなんて言わないはずだって。

エディスおばさんは言う。「こわがっちゃだめよ、ポリー！　みんな、いろんなことに気を取られすぎなのよ。本物の変化を起こしたいなら、世界に関心を持って、世界に参加しなきゃ。人生っていうのは、行動してこそ価値《かち》があるの。いっぱい旅をするのよ！　わたしにはわかってる。ポリー、あなたならなれるって。あなたは行動を起こす人間になれる」

あたしがむしろ正反対のタイプだってことが、エディスおばさんは、どうしてわからないんだろう。なにもかもこわくてたまらないのに。小さなネズミが箱の中から逃《に》げ出《だ》そうとして──そう、おびえきって──あちこちの角に頭をぶつけるところを思《おも》い描《えが》いてみて。それがあたし。

エディスおばさんにもなんどもそう伝えようとしてきた。でも、おばさんは、あたしは貝殻《かいがら》の中の真珠《しんじゅ》みたいなもので、いつかむりやり外へ出してくれたおばさんに感謝《かんしゃ》するようになるって言うだけ。だからあたしは本当のことを言うのがこわい。あたしは、その貝殻《かいがら》が気に入ってるんだって。

みんなで〈学びの庭〉まで歩いていく。ここは、子どもたちが「自然のふしぎ」をもっともっと見つけられるようにって、おばあちゃんとママが造《つく》った庭だ。そして、農園観光の目玉〈空中ブランコ〉がある。

〈空中ブランコ〉っていうのは、遊園地によくあるアトラクションと同じで、大きな傘《かさ》の形をした天蓋《てんがい》の下に支柱《しちゅう》があり円形の展望台《てんぼうだい》がついている。さらに、大きな傘《かさ》の骨《ほね》にあたる部分から、小さい傘《かさ》のついたブランコがぶらさがっていて、展望台《てんぼうだい》が上下するのにしたがって、くるくる回るようになっている。農園見学にきたお客さんは、真ん中の展望台《てんぼうだい》か、このブランコに乗ることもできるんだけど、ブランコはかなりこわい。

でも今日は、一年で一日だけ、農園を一般《いっぱん》に開放しない日。あたしたちはおばあちゃんの名前にちなんで、「フラナリー・デー」って呼《よ》んでる。この日は、おばあちゃんへの感謝《かんしゃ》をこめて、農園のみんなで〈空中ブランコ〉に乗って、高いところから農園を見わたすことにしている。

農園スタッフのチコが、ブランコのコントロール機器の前に立つ。それを合図に、みんな、展望台《てんぼうだい》に肩《かた》をよせ合うようにして乗りこむ。パパがスタートの合図を送ると、チコはあたしにウィンクしてくれた。

足の下で展望台《てんぼうだい》がわずかにブーンと震動《しんどう》するのを感じながら、みんなは鉄の柵《さく》から身を乗り出した。すると、ガタン、ガタン、ガタンというゆれとともに、〈空中ブランコ〉は少しずつ、上昇《じょうしょう》しはじめた。同時に、頭上の大きな傘《かさ》がゆっくりと広がり、巨大《きょだい》な赤い翼竜《よくりゅう》が空を爪《つめ》にかけようとするように、骨《ほね》の部分がのびる。空が暗くなりはじめ、雨雲が集まってきた。十二時五十五分だ。

「手伝ってくれ」パパがフレディに声をかけた。アップルルバーブ・ジュースが入った大きな保冷《ほれい》ケースをふたつ抱《かか》えている。フレディは性格が超いいだけじゃなくて、超力が強い。サッカーでいつも鍛《きた》えているからだ。

パパは、フレディにケースをひとつわたした。ところが、フレディは手をすべらせて、あわててひざで支《ささ》えた。

「ナイスキャッチ」パパが言う。

フレディの顔は疲《つか》れのせいか、妙《みょう》に赤くなっていた。「またジムにいかなきゃな」そして、あたしが心配そうに見ているのに気づくと、ぱっと顔をそむけた。

「バスフォードに農園の説明をしてやったらどうだ、ポリー?」パパは言って、エディスおばさんのほうを見た。おばさんは展望台《てんぼうだい》の反対側に立って、パパを待っていた。遠近両用メガネをかけてるせいか、これから会議にでも出るような感じだ。「おれは大ボスにご報告《ほうこく》をしなきゃいけないんでね」

「そうよ、ポリー」パトリシアが割《わ》って入《はい》った。「ほら、バスフォードにあんたのお気に入りの場所を見せてあげなさいよ」パトリシアは意地悪そうな笑みを浮《う》かべて、バスフォードのほうにむき直った。「〈ダークハウス〉のこと、きいてみたらおもしろいわよ」

〈ダークハウス〉という言葉を聞いてまずあたしの頭に浮《う》かぶ言葉は、不安。次が恐怖《きょうふ》。その次がナメクジ。特に、〈ダークハウス〉の入り口あたりは、砂《すな》が水分を含《ふく》んで流砂《りゅうさ》みたいになっていて、ねとねとしたナメクジがのたうちまわってる。通称《つうしょう》〈ナメクジ地獄《じごく》〉。

「〈ダークハウス〉って?」バスフォードがきいた。

あたしはぐっと唇《くちびる》を噛《か》んだ。「ハウスって呼《よ》んでるけど、実際《じっさい》は、納屋《なや》と貯蔵庫《サイロ》のこと。両方、壁《かべ》が真っ黒に塗《ぬ》ってあってね。納屋《なや》のほうは、移植《いしょく》する前のルバーブを育てるのに使ってる。みんなで、ジャイアント・ルバーブを樽《たる》に植えて、一ヶ月半くらい中においておくの。で、ちょうどハロウィーンのころに植《う》え替《か》えをして、大きなパーティを開くんだよ」

「『みんな』じゃないでしょ?」パトリシアは笑った。「ポリーは、ぜったいに〈ダークハウス〉に近づこうとしないのよ。幽霊《ゆうれい》が出ると思ってるから」

「幽霊《ゆうれい》?」バスフォードの目が輝《かがや》いた。

「うそよ」と、パトリシア。

「ほんとよ」あたしも同時に言った。つい昨日の夜だって、ダークハウスのほうから、なにかが激《はげ》しくゆれているような音が聞こえてきたのだ。あたしは、いつものようにフレディの部屋へ走っていって、毛布《もうふ》の下にかくれた。みんなはどうかしてるって言うけど、あの音は〈ダークハウス〉の幽霊《ゆうれい》のしわざだって、あたしにはわかってる。

「この子の言うことは信用しないほうがいいわよ。そもそも中に入ったこともないんだから」

パトリシアはバスフォードに言った。

ビアトリスが前に、同じことを何度も何度も唱えれば、本当になるって話してくれたことがある。だからあたしは目を閉《と》じて、心の中で唱えた。「パトリシアがいなくなりますように、パトリシアがいなくなりますように」

パッと目を開けたのと同時に、〈空中ブランコ〉がいちばん高いところについて、ガシャンと固定された。展望台《てんぼうだい》の震動《しんどう》が収《おさ》まり、安定する。

ここからの景色を見るたびに、地面からダイヤモンドが出てきて、おばあちゃんを取り囲んだときのことを思い出す。今だって、雨が降《ふ》り出《だ》す直前の農園は、まるで内側から光を発しているようだ。〈城《しろ》〉のきらめく石壁《いしかべ》、ママたちの寝室《しんしつ》がある建物〈立方体《キューブ》〉の輝《かがや》くような緑色、〈平和の迷路《めいろ》〉、〈湖〉、森、橋、そのあいだを埋《う》めつくすルバーブたち、すべてが見わたせる。こうしてこの景色をながめていると、いつも誇《ほこ》らしい気持ちがわきあがってくる。ここにいると、どんな相手にも征服《せいふく》されないっていう気持ちになる。エディスおばさんみたいなこわいもの知らずになれる気がする。

「いちばん好きなのはどこ？」バスフォードが低い声でたずねた。

「ぜんぶ」

バスフォードは、白に近い金色の眉毛《まゆげ》をくいっとあげた。

「わかったわよ。〈ダークハウス〉以外、ぜんぶってこと」あたしはちょっと左に移動《いどう》した。

「例えば、あそことか。あの、ジャイアント・ルバーブ」あたしは農園の東を指さした。「うちのジャイアント・ルバーブはオゾン層《そう》にできた穴《あな》をふさぐのに役立ってるの」

バスフォードは疑《うたが》わしげな表情《ひょうじょう》であたしを見た。

「ほんとよ。だから、一ヶ月半の間、〈ダークハウス〉で寝《ね》かせるの。そうすると、ルバーブが巨大化《きょだいか》するから。そうしてから植《う》え替《か》えるのよ。できたルバーブは、ある場所に送るの。そこで、ルバーブから酸《さん》を取りだして、石灰《せっかい》と混《ま》ぜる。それを大気中に打ちあげると、オゾン層《そう》に穴《あな》をあけるような悪い物質《ぶっしつ》を防《ふせ》ぐ盾《たて》になるんだよ」

「酸《さん》？」バスフォードの目が大きくなった。

「うん、そう。ルバーブの葉には毒が含《ふく》まれてるの。でも、だいじょうぶ。五キログラム食べないと、死なないから」

今度はバスフォードが唇《くちびる》を噛《か》む番だった。「死ぬこともあるんだ？」

「そんな大げさなことじゃないの。ルバーブたちを怒《おこ》らせないようにすれば平気。うっかりをよそおって葉でぴしゃりとやられると、ものすごく腫《は》れるからね」

バスフォードはふっとちがう方向を見やると、まっすぐ前の〈湖〉を見つめた。それで、あたしは人間の友だちを作ろうとしてるんだってことを思い出した。

「ごめん。本当にたいしたことじゃないの。ほんとだよ。これまでたたかれたときは、ぜんぶあたしが悪かったんだし」

バスフォードがたじろいだ顔をしたのを見て、思い出した。植物がたたいてくるなんて言ったら、ふつうの人にわけがわからないと思われるだけだってことを。

バスフォードが顔をそむけた先が、ちょうど〈湖〉のむこう側だったから、あたしはあわてて説明をつづけた。

「あそこがいちばんたくさん作物がとれるところ。ふつうのルバーブよ。ジュースの会社に売ってるの。だいじょうぶ。ふつうのルバーブは、人のことをたたいたりしないから」バスフォードはあいまいな笑みを浮《う》かべた。ジョークのつもりだったんだけど、受けなかったみたい。

「あの小屋が見える？」橋の近くに小屋が建っていて、まわりに小さなルバーブ畑がある。「あれは、パパの研究室。パパは科学者で、研究用のルバーブを栽培《さいばい》して、薬を作ろうとしてるの」

そこからさらにむこうを指さした。「あっちの、オークの木立のとなり、わかる？　あれが、チョコレート・ルバーブ畑。食べたことある？」

バスフォードは首を横にふった。

「チョコレートの味がするの。でもルバーブは野菜でしょ。だから、親も叱《しか》るに叱《しか》れないってわけ」まさにそのとき、雨粒《あまつぶ》が落ちてきた。あたしは腕時計《うでどけい》をかかげて、バスフォードに見せた。「一時よ」あたしはにやっとした。「この農園では、かならず午後一時に雨が降《ふ》るの。毎週月曜日に」

それから〈ホワイトハウス〉のほうを指さした。「あっちの、チョコレート・ルバーブ畑のとなり、わかる？　あそこには、〈平和の迷路《めいろ》〉があるの。おばあちゃんがPEACEの文字の形になるように、ジャイアント・ルバーブを植えて迷路《めいろ》を作ったんだよ。目を細くして見ると、HOPE《ホープ》とLOVE《ラブ》の文字も見えるの。あと、星とハートも」

バスフォードは聞いていなかった。目をパチクリさせている。

「あれって――？」

あたしはにっこりした。「うん、そう」

バスフォードは気づいたのだ、あたしたちの〈城《しろ》〉に。

「あれが〈城《しろ》〉。あの小塔《しょうとう》のところがあたしの部屋なんだ」言いながら、自慢《じまん》してるみたいになったのがわかって、嫌《いや》になる。でも、やめられない。南東のすみから張《は》りだしている部分を指さして言う。「窓辺《まどべ》に椅子《いす》がおいてあって、ひと晩《ばん》じゅうでも外をながめてられるの」

でも、バスフォードは、自慢《じまん》だって思わなかったみたい。ルバーブ農園の真ん中に建っている城《しろ》に目が釘付《くぎづ》けになってる。

「じゃあ、あそこから出ているのは――」バスフォードはゴクンとつばを飲みこんだ。

「うん、吊《つ》り橋《ばし》」竜退治《りゅうたいじ》の騎士《きし》が姫《ひめ》を救うために燃《も》えさかる炎《ほのお》の上をわたっていく、まさにそんなイメージの橋。パパが、子ども部屋、つまり〈城《しろ》〉と、パパとママの寝室《しんしつ》がある〈キューブ〉とを吊り橋《ばし》で行き来できるようにしたらかっこいいと思って造《つく》ってくれたものだ。

「もし橋をわたることがあったら、下を見ないようにね。下まで十二メートルくらいあるから。ちゃんとした手すりもないし。つかまれるのはロープだけ。だから、足をすべらせたら、〈湖〉へ真《ま》っ逆《さか》さまよ。でも、だいじょうぶ。万が一落ちても、死ぬことはないから。あの〈湖〉では、だれだろうとなんだろうと、決しておぼれ死ぬことはないの」

バスフォードは上半身をかがめて、展望台《てんぼうだい》の手すりに両肘《りょうひじ》をついた。そして長いあいだ、なにも言わずに、雨を見つめていた。それからようやく口を開くと、ささやくような声で言った。

「ほんとに、すごい」やっと緊張《きんちょう》がほぐれたように見えた。

その感想には心から賛成《さんせい》。「うん。でしょ」

雨は強くなっていた。農園が濡《ぬ》れて、緑や赤やピンクや茶色がよりくっきりと見える。あざやかな色をたっぷりと塗《ぬ》りつけた絵のように。

「あともう一箇所《かしょ》あるんだ」と、あたしはつづける。〈ダークハウス〉の説明もしてないから、本当は二箇所《かしょ》だけど。

バスフォードはあたしのほうへ頭をかたむけて、つづきを待った。

「〈学びの庭〉。ちょうど今、真下にある。〈学びの庭〉で育つものはすべて完璧《かんぺき》なのよ。イチゴは決してかびないし、バラはトゲをつけない。ピーマンはいつだってかならずパリッとして て、おいしいし。ほかのことだって完璧《かんぺき》。スズカケノキの下でハンモックに寝《ね》ころがってれば、いつもちょうどいい温度なの。外がどんなに暑くてもね」あたしはバスフォードのほうへいった。「ルビーだって、生えてくるんだから」

バスフォードの目が見開かれた。「ほんとに？」

あたしは十字を切った。「命かけて、ほんとにほんとよ」

しばらくのあいだ、バスフォードはただだまって、農園を見つめていた。「どうしてこの農園にはそんなふしぎなことがたくさんあるの？」

究極の質問《しつもん》。同じ質問《しつもん》をママにすれば、きっと神さまって答える。パパは、もちろん科学で解明できるはずだって答えるだろう。でも、おばあちゃんはきっとあたしと同じ。おばあちゃんもあたしもわかってる。納得《なっとく》できる答え、真実の答えは、たったひとつだって。

あたしはまっすぐバスフォードの目を見た。「魔法《まほう》よ」

そう言ったとたん、バスフォードの顔がぱっと明るくなり、初めて笑みがこぼれた。はにかんだような、すてきな笑みが。「やっぱり。ぼくもそう思ってたんだ」

8月19日（火）　チョコレート・ルバーブの収穫《しゅうかく》

「さあ、よくきいて」ビアトリスは、バスフォードとあたしに言った。「赤い茎《くき》のだけ、とってくださいね。グニャグニャのがあったら、あたしに言うんですよ。それから、虫は殺しちゃだめですよ。お小言を食らいたくなかったらね」

バスフォードは到着《とうちゃく》した次の日から、さっそく働くことになった。ママがそう言っても、あたしは驚《おどろ》かなかった。ママは、働くってことについてはとてもシンプルに考えている。つまり、ルバーブを抜《ぬ》いたり、収穫《しゅうかく》したり、切ったり、分別したり、袋詰《ふくろづ》めしたり、汗《あせ》をかいていっしょうけんめい働けば、いい子に育って、将来《しょうらい》スーパースターになれるって。働かないで、テレビを見たり、ゲームばっかりやってたら、なまけ者の悪い子になって、将来《しょうらい》何者にもなれないというわけ。ママとおばあちゃんは、すごく考え方が似《に》ている。

ビアトリスはあたしに手袋《てぶくろ》を二組わたし、バスフォードには袋《ふくろ》を持たせた。

「ポリーが、どうすればいいか教えてくれるから。一時間で昼休みですよ。じゃあ、よろしく」

あたしはバスフォードを連れて畑の中に入っていった。列の最初のルバーブのところまでいくと、かがんで、茎《くき》を根元からポキンと折った。ルバーブの収穫《しゅうかく》はそんなにむずかしくない。

リズムにのればいい。ひねって、ひねって、ポキッ。ひねって、ひねって、ポキッ。

「わかった？　すごく簡単《かんたん》よ。根頭を傷《きず》つけないようにするだけ。それがいちばん大切だから」

バスフォードはあたしのほうを見た。「根頭って？」

「ルバーブの茎《くき》が根っこになるところのこと。太いのよ。このくらいかな……」あたしは両手をグーにして、ならべてみせた。「根っこが固まって根頭になるの。土の下で」しゃがんで、茎《くき》の根元をおおっている土を少しだけどける。「ほら、つながってるのが見えるでしょ」

バスフォードはとなりにしゃがんで、じっと土を見つめた。

「根頭を掘《ほ》り出《だ》すのは、株分《かぶわ》けするときだけ。でも、それって、ルバーブにとっては脳《のう》みそを割《わ》られるようなものだから、どうしてもってときしかやらない。とにかく、収穫《しゅうかく》はこうやるの。もう一度やるから、見ててね」あたしは赤い茎《くき》を一本、しっかりとつかむと、一回、二回と、思いきりねじった。すると、茎《くき》は根元からポキッと折れた。「はい、チョコレート・ルバーブよ」

バスフォードはルバーブを受け取ると、鼻の下に持っていった。「食べられる？」

「もちろん」言いながら、自分の顔がにやけるのがわかった。「……毒にあたってもよければ」

バスフォードは思わず茎《くき》を落としたけど、それからあたしが笑ってるのに気づいた。

「冗談《じょうだん》だって。茎《くき》なら食べられる。葉はだめだけどね」

あたしは茎《くき》をもう一本、根元から折ると、一口かじってみせた。「ほらね」そして、ごくんと飲みこんだ。

バスフォードはおそるおそる茎《くき》を拾いあげると、土をはらい落とした。あたしを信用してないらしい。

「本当だってば。きっと気に入るから」

バスフォードはあたしをじっと見たまま、大きく一口、かじりとった。

「わあ」バスフォードの顔がぱっと明るくなり、満面に笑みが浮《う》かんだ。「スニッカーズのチョコバーよりおいしい」バスフォードはもう一口、かじりとると、ムシャムシャ噛《か》みながら、畑を見まわした。「こんな――こんなにおいしいものを食べたの、初めてだよ。ほんとにチョコレートみたいだ！」

思ったとおり。チョコレート・ルバーブを食べた人はみんな、こうなる。バスフォードは一本目をあっという間に食べると、また一本とって、やっぱりあっという間に平らげた。でも三本目を食べているとちゅうで、ふと手を止めて、まわりを見まわした。

「これだけ育てればいいのに。どうしてほかのルバーブも育ててるの？」

「うーん、ジュースとジャイアント・ルバーブでお金を稼《かせ》いでるし」あたしはかがんで、クイッとひとひねりで茎《くき》を折った。「でも、本当の理由は、農園が許《ゆる》してくれないから」

ひねって、ひねって、ポキッ。ひねって、ひねって、ポキッ。

「え？」バスフォードは手をとめた。

「つまりこういうこと」あたしはバスフォードのほうにからだをよせると、小さな声で言った。

「あたしの考えではね、この農園は精霊《ジン》みたいなものじゃないかと思うの」
「精霊《ジン》？」
「強い魔力《まりょく》を持ってて、でも、太陽や雨や農民たちの言うことにも耳をかたむけてる。あたしたちの言うことにも」

ひねって、ひねって、ひねって、ポキッ。ひねって、ひねって、ポキッ。「おばあちゃんはいつも言ってた。ルバーブがあたしたちをまちがった方向に導《みちび》くことはないって。だから、チョコレート・ルバーブを増《ふ》やしても育たなかったら、農園の言うことにちゃんと耳をかたむけて、別のものを植えなきゃだめなの」

ひねって、ひねって、ポキッ。ひねって、ひねって、ポキッ。

バスフォードももう一本、手折《たお》った。「もうこれは食べない。収穫分《しゅうかくぶん》だからね」そして、あたしのほうにかかげてみせた。

あたしはにっこりした。「ビアトリスが喜ぶよ。あと、二百三十一本あるから」

バスフォードの眉毛《まゆげ》がおでこのほうまで跳《は》ねあがった。「二百三十一本？」
「だいじょうぶ、あっという間だから。もう一回だけ、やって見せて」

バスフォードがルバーブを傷《いた》めずに収穫《しゅうかく》できるようになったのを確認《かくにん》すると、畑の反対側から収穫《しゅうかく》をはじめるように言った。そうすれば、真ん中で会えるでしょ、って。でも、それはうそ。本当は、こっそりハリーとしゃべりたかったから。

ハリーのところへいくと、緑色の葉を水平に広げて太陽の光をいっぱいに浴び、輝《かがや》いていた。日光浴の真っ最中。これはジョークじゃなくて、まじめな話。植物はみんな、日光を必要としているけど、中でもルバーブは多くの光を必要とする。それに、今年はハリーの収穫《しゅうかく》の年じゃないから、ご機嫌《きげん》だった。去年、あたしが茎《くき》をとりすぎたら、一週間、口をきいてくれなかったっけ。

バスフォードが見ていないのを確認《かくにん》すると、ハリーのとなりにすわって、リュックからペットボトルを取り出した。

「はい、飲んでね」ハリーの根元のまわりに水をかける。

これは、〈湖〉の水。毎週月曜日の雨で、ハリーもほかのルバーブも水はじゅうぶん足りているけど、少しよぶんにやると、もっと元気で健康になるのだ。

「感謝《かんしゃ》してよね」あたしはにやっとして言った。

ハリーの葉がすっと閉《と》じた。（ありがとう）

「あの子はバスフォード。ビアトリスの名付け子なの」

ハリーの真ん中の葉がふるえた。（うん）か（知ってる）って意味。

「いい子そう。ちょっと静かだけど。男の子にしては」

ハリーは茎《くき》の下のほうを曲げて、またほほえんだ。それから、葉の先をくるっとカールさせた。

「まだ友だちにはなってない。昨日会ったばかりだもん。学校へ通いはじめて、あたしにあまり友だちがいないって知ったら、あたしと仲良くしようって思わなくなるかも」そう言って、自分も〈湖〉の水を飲む。

ハリーは葉を上下にひらひらさせた。（だいじょうぶ）

あたしは、昨日、バスフォードがきたところからスズメバチの話まで、ぜんぶ話して聞かせた。ハリーは最初から最後までしんぼう強く聞いていた。一度か二度、葉をひらひらさせて、もっとゆっくり話してとか、葉を閉《と》じて、もう一度くりかえすようにたのんだけど。

「さてと。じゃあ、ひとつ、別の質問《しつもん》。昨日、あれからなにか変わったことはないかって、農園じゅうを調べてみたのよ。昨日はなにを言おうとしてたの？　バスフォードのこと？霧《きり》？　スズメバチ？」

ハリーはふいに真剣《しんけん》な様子になった。（ちがう）

「じゃあ、なんだったの？」

すると、ハリーは今までしたことがない動作をした。茎《くき》という茎《くき》をまっすぐのばし、束《たば》ねたのだ。葉が花びらみたいになって、赤い茎《くき》の花束のように見えた。

「それって、どういう意味？」

ハリーは一瞬《いっしゅん》、葉の力を抜《ぬ》くと、もう一度花束の形にした。あたしは首をふった。

「別のヒントをちょうだい」

ハリーが葉を横にのばして、答えようとしたとき、うしろから声がした。

「あの、ポリー？」

からだをひねるようにしてうしろを見ると、バスフォードがいた。ルバーブの茎《くき》がいっぱい入った袋《ふくろ》を持って、頭のヘンな人を見るような目であたしを見ている。「だれかと話してたの？」

「あたしが？」顔が真っ赤になる。「ううん」

それから、ちらりとハリーのほうを見た。

「っていうか、つまり、自分と話してただけ。ときどきひとりごとを言っちゃうんだ。だから、ちがう。だれもいないよ」葉が足にかすったのを感じたけど、無視《むし》した。「畑にきて、言うのが好きなの。声に出して」

ハリーのいちばん大きな葉が二枚《まい》、ガリッと脚《あし》をこすった。あわててハリーから離《はな》れたけど、反対側のルバーブにぶつかってしまった。

「ふううん」と、バスフォード。

「ビアトリスのところにいかなきゃ。そんなにとって、きっと喜ぶね」バスフォードの袋《ふくろ》を指さした。あたしのはまだ半分しか入っていない。

「いこう！」あたしは明るすぎる声で言った。

ハリーは葉の裏《うら》であたしの足首をこすった。これじゃ、ばればれ。バスフォードは食い入るようにハリーを見つめている。

「なんでもない」唇《くちびる》でうその笑みが凍《こお》りついた。「風のせいだってば」

「そっか」バスフォードは半信半疑《はんしんはんぎ》であたしとハリーを代わる代わる見つめた。凪なんて吹《ふ》いてない。あたしは下唇《したくちびる》をぐっと噛《か》んだ。でも、バスフォードはこれ以上追究するのはあきらめたらしい。バスフォードが袋《ふくろ》をかついだすきに、こっそりうしろを見て、ハリーにべーッと舌《した》を突《つ》き出《だ》した。親友はチョコレート・ルバーブです、なんて宣伝《せんでん》して回るわけにはいかないことくらい、わかってくれてもいいのに。

「いこう。ビアトリスがあたしの好物を作ってくれるはずだから」バスフォードに言う。

「ルバーブ料理？」

「ううん」にやっとする。「フライドチキン！」

あたしが袋《ふくろ》をかつぐと、バスフォードは前に出て、ルバーブの列のあいだを農道へむかって歩き出した。ハリーのほうをふりかえると、茎《くき》を一本、地面と垂直《すいちょく》にのばしている。あたしのことを見てるみたい。でも、そんなには怒《おこ》ってないだろう。もし本気で怒《おこ》ってたら、葉をガサガサ鳴らしてるはずだけど、それはしてないし。あたしはウィンクした。すると、ハリーは真ん中の葉をカーブさせて、笑顔を作った。

8月22日（金）　小塔《しょうとう》

今日は金曜日。むかしからずっと、一週間の中でいちばん好きな日。エディスおばさんを独《ひと》り占《じ》めできるからだ。その日は、おばさんは農園の仕事はなにもせずに、一日じゅうあたしの相手をしてくれる。バカバカしい映画《えいが》を見ることもあるし、貧困者《ひんこんしゃ》むけの小規模金融《マイクロファイナンス》について教えてくれて、困《こま》っている人たちに手を貸《か》している人に会わせてくれることもある。パトリシアとフレディは何年も前にこなくなった。バスフォードにくるかどうかきこうかと思ったけど、フレディのサッカーの試合を見に行っていたし、それにあたしは、エディスおばさんのこととなると、わがままになる。おばさんを独《ひと》り占《じ》めしたくてしょうがない。

　ようやくエディスおばさんのベンツが、大きく円を描《えが》くようにして入ってきた。エディスおばさんの運転手（アシスタントでも秘書《ひしょ》でも執事《しつじ》でも好きに呼《よ》んでいいけど）のジラードは、いつもそうやって大げさに登場するのが好きだ。鼻がずんぐりしていて、背《せ》が高く肩幅《かたはば》はせまいので、長い板に手足をくっつけたみたいに見える。ものすごく頭がいいってことになっていて、今はエディスおばさんと仕事をして、のちのちは、バリバリこなすような仕事を紹介《しょうかい》してもらう予定。これまでのアシスタントも、みんなそうだった。あたしがエディスおばさんなら、今すぐほかの人を探《さが》してジラードに別のところへいってもらうけどな。だって、ジラードってすごく感じが悪いんだもん。年がら年中、イギリスのケンブリッジ大学とアメリカのウォートン・スクールにいっていたころの話をして、「やれやれ、ときどき海の真ん中にいたほうがましじゃないかと思いますよ。大西洋の両岸ともに、魅力《みりょく》を感じてしまいますのでね」なんて言ったりするのだ。

ジラードは車の窓《まど》をするするとおろすと、満面に笑みを浮《う》かべた。歯が黄色い。

「ポリー・ピーボディ！　会えてうれしいよ。いつだってね」そして、そそくさと運転席から降《お》りると、ゆっくりと助手席のほうへ歩いていった。「さあ、おばさんがいらしたよ」

ジラードが黒いドアを開けると、エディスおばさんが降《お》りてきた。あいかわらずきらきら輝《かがや》いて見える。「元気、ポリー？」

「今日はどこへいくの？」あたしは待ちきれずに言った。エディスおばさんはとがめるようにあたしを見た。「ごめんなさい。まず、あいさつよね。こんにちは、エディスおばさん」

「こんにちは、ポリー」おばさんは歩いてきて、あたしのへアクリップにからまった毛を引っぱって取った。「今日はびっくりするような計画を用意したのよ」

前回の「びっくりするような計画」は科学センターだった。月の上を歩いたことのある宇宙《うちゅう》飛行士に会わせてもらったのだ。思い出すだけで、顔がにやける。

「今日はね」エディスおばさんは言った。「今日はここ」

ここ？　あたしは下唇《したくちびる》を噛《か》んで畑を見まわした。「農園ってこと？」

「〈城《しろ》〉よ。前から見せたいと思っていたものがあるの」

エディスおばさんは前に立って、〈城《しろ》〉の通用口へむかってすたすたと歩き出した。あたしはときどき、エディスおばさんもこの〈城《しろ》〉で育ったということを忘《わす》れてしまう。いまだに都会の人っていう感じがするのだ。

今、エディスおばさんは農園から車で十分のところに住んでいる。四年前おばあちゃんが死んでここにもどってきたその日に買った白い一軒家《いっけんや》で、長方形で屋根も平ら。中の壁《かべ》はコンクリートで、外壁《がいへき》と同じように真っ白に塗《ぬ》られている。一度しかいったことはないけど、本当のことを言って、あまり好きじゃなかった。家具もじゅうたんもぜんぶ真っ白で、とても土のついた靴《くつ》じゃ入れないし、おやつもニンジンスティックしかなかった。農園で暮《く》らしたことがあるのに、あんなところに住めるなんて、正直、理解《りかい》できない。

「こっちよ」エディスおばさんは〈城《しろ》〉に入ると、リビングを横切り、階段《かいだん》へむかった。石らせん階段《かいだん》をあがると、二階のパトリシアとあたしの寝室《しんしつ》のある側に出る。その先にある二部屋は使っていないので、最初、そのどちらかにいくのかと思った。

でも、エディスおばさんはその二部屋の前も通りすぎた。

「もう一階上よ」

三階。三階へはだれもいかない。ビアトリスでさえ。

「でも、てっきり——鍵《かぎ》がかかってるのかと……」

「もちろん、かかってるわよ」エディスおばさんは黒いシャツの中に手を入れると、太い金のネックレスを取り出した。その先には、ペンダントヘッドの代わりに長いブロンズの鍵《かぎ》がさがっていた。

階段《かいだん》をあがるとおばさんはドアを開けた。すると、三階の廊下《ろうか》が現《あらわ》れた。おばさんはそのまますべるような足取りで廊下《ろうか》を歩いていって、木のドアの前で足を止めた。金の縁《ふち》取《ど》りのある鍵穴《かぎあな》に鍵《かぎ》をさしこんで回し、さっさと中に入っていく。でも、あたしは足がすくんで動けなかった。

「ポリー？」エディスおばさんが呼《よ》んだ。こんな真っ暗な中に入ってこいだなんて、信じられない。あたしはほんの少しだけ、ドアのほうに踏《ふ》み出《だ》した。

「明かりは？」か細い声できいたのと同時に、なにか大きくて黒いものが飛びかかってきた。

「きゃあ！」あたしはうしろにとびのいた。

円い窓《まど》から細くさしこむ光に、飛びかかってきた生き物の姿《すがた》が浮《う》かびあがった。コオロギだ。巨大《きょだい》なコオロギ。リスくらいある。

「だいじょうぶ？」エディスおばさんは、いつもの落ち着いた冷ややかな声できいた。

「コ、コ、コオロギが」つっかえつっかえ答える。

「噛《か》みつかないわよ」

「なにも見えない――」

「まさか、ポリー。暗いところもこわいの？」エディスおばさんはため息をついた。

あたしは足を止め、ちょっと考えてから正直に答えた。「うん」

カツカツカツとおばさんの足音が近づいてくるのが聞こえ、あたしの手前でぱっとむきを変えた。そして、よいしょという声がして、次の瞬間《しゅんかん》、ガチャンと大きな音とともに、なにかが床《ゆか》に落ちた。同時に、まばゆい光がさしこんできたので、あたしはビクッとした。

エディスおばさんが大きな窓《まど》の横に立っていた。その足元に、重なり合うように布《ぬの》が落ちている。カーテンがレールごと取れてしまったらしい。

「ほら、いらっしゃい」おばさんが窓《まど》をぐいと上に引きあげると、光と空気が部屋に入ってきた。

入り口をまたいで最初に目に入ったのはツタだった。先が五つにわかれた緑色の美しい葉が円形の壁《かべ》を伝い、壁際《かべぎわ》においてある本棚《ほんだな》をおおっている。床《ゆか》の上でもとぐろを巻《ま》き、窓《まど》までつるをのばして、魔女《まじょ》の帽子《ぼうし》のような形の天井《てんじょう》までおおいつくそうとしていた。

おばさんのところへいこうとすると、ツタがいきなりつるをクイッともたげて、あたしをじっと見た。

頭に血がのぼり、あたしはツタを見返した。目の前でゆらゆらゆれている。

「あの、エディスおばさん？」

「ツタなら、なにもしやしないわよ」

あたしはツタの葉にむかってにっこりしてみた。ツタはくねくねとつるをくねらせ、それからくるくると丸まって、また床《ゆか》にもどった。

「ここは、イーニッドの塔《とう》よ。図書室になってるの」エディスおばさんが説明した。

イーニッドっていうのは、おばあちゃんのお母さんってことしか知らない。つまり、あたしのひいおばあちゃんで農園の名前にもなってるルパートの奥《おく》さんだ。そしてイーニッドのお父さん、つまり、あたしのひいひいおじいちゃんのレオナルドはイタリアの貴族《きぞく》だった。レオナルドはアメリカにきて、この土地を買った。イタリアの故郷《こきょう》とどことなく似ていたかららしい。それから、（やっぱり故郷《こきょう》を思い出すために）〈城《しろ》〉を建て、ルバーブを栽培《さいばい》しはじめた。一族の女の子全員にエメラルドの指輪をあたえることにしたのもレオナルドだ。あたしは悲しい気持ちで、自分の指を見た。指輪を湖でなくしてしまったことが、いまだに信じられない。

エディスおばさんは目を輝《かがや》かせ、晴れ晴れとした表情《ひょうじょう》で言った。「子どものころ、あなたのひいおばあさんのイーニッドはよくわたしをここに連れてきて、本を見せてくれたのよ。今度は、わたしがポリーを連れてくる番になったのね」エディスおばさんは本棚《ほんだな》のほうへいくと、長い指で背表紙《せびょうし》をたどりはじめた。

「どうして鍵《かぎ》をかけてあるの？」

「わたしがかけたのよ。ここに入ることが許《ゆる》されるのは、言葉の力をわかっている人間だけだから」エディスおばさんはある本のところで指を止めると、信じられないというように首をふった。「ほら、見てごらんなさい」

エディスおばさんはボロボロの青い表紙の本をさしだした。E・ネズビットの『鉄道きょうだい』という本だった。

「しょっちゅうネズビットの本を読んでいたの」エディスおばさんはあたしの肩越《かたご》しに本を見ながら言った。「あなたがうらやましいわ、ポリー」

「うらやましい？」あたしはおばさんの顔を見た。

「この本を初めて読めることが、ってところかしらね。それは、うらやましいわよ。あなたには、これから楽しい時間がたっぷり待っている」おばさんは唇《くちびる》をすぼめるようにして、考えこんだ。「でも、少なくともわたしは、あなたにこの宝《たから》をもたらすという栄誉《えいよ》が与《あた》えられているわけよね。それだって、なかなかのことよ」

エディスおばさんはまた本を探《さが》しはじめた。数千冊《さつ》はあるにちがいない。ツタやほこりに埋《う》もれた棚《たな》に本がぎっしりならんでいる。これだけあれば、十年間は、毎日新しい本を読めそう。

ネズビットの本を閉《と》じて、おばさんのほうにいこうとした。と、まさにその瞬間《しゅんかん》、また別のコオロギがあたしめがけていきなりジャンプした。さっきのよりもわずかに小さくて、シマリスくらいの大きさ。飛びのいたひょうしに、本棚《ほんだな》にひざをぶつけてしまった。

「ポリー、ただの虫よ」エディスおばさんはふりかえりもせずに、ぴしゃりと言った。

コオロギがどこにいったかわからなかったけど、代わりに散らかった部屋のようすが目に入った。小さい丸テーブルには、黒い縁にそって小さな四角い色とりどりのタイルが貼りつけてある。窓《まど》からふりそそぐ光の中で、ほこりの粒《つぶ》がきらきらと舞《ま》っている。奥《おく》に窓《まど》がさらに二つあり、どっしりとした濃《こ》い赤のカーテンがかかっていた。

「なにを探《さが》してるの？」あたしはきいた。

エディスおばさんが答える前に、窓《まど》から青いトンボがさあっと入ってきて、あたしの頭のまわりをぐるぐる回った。たぶん、バスフォードのまわりをはでに飛んでみせた、あのトンボだ。するとと、なにかが動いたような気がしたので、ぱっと目をやると、ツタがまたつるを持ちあげたところだった。

信じられない。ツタはするするとのびていく。トンボはビュッと飛んできて、あたしの目と鼻の先でキュキュッと止まった。きらきら輝《かがや》いている。あたしは目を見開いてトンボを見つめ、無意識《むいしき》のうちにこくんとうなずいた。

そうしたら、トンボもうなずき返した。うそじゃない。

「見つかるはず、ぜったいあるはず」エディスおばさんは、部屋のすみのほうでつぶやいている。

あたしはトンボにむかってもう一度、うなずいてみた。

すると、トンボはまたゆっくりと、うなずき返した。

こんなこと、ありえない。

「しゃべれるの？」おばさんに聞こえないように、声には出さずに口だけ動かしてたずねた。

トンボはさらに近づいてきた。その一瞬《いっしゅん》、たしかに目が合った、とあたしは思った。それから、トンボは明らかに意図のある動きで飛びはじめた。まっすぐ上昇《じょうしょう》したあと、今度はちょっと右斜《なな》め下へおり、それからまた上昇《じょうしょう》する。そして今度は、ぐるりと円を描《えが》くように飛んだ。大きな円を。

ありえない。

「NO？『しゃべれない』ってこと？」あたしはまた声に出さずにたずねた。トンボが空中にNOって描《えが》くなんて、ありえる？

トンボはうんうん、というように上下した。

「しゃべれないけど、文字は描《えが》けるってこと？」今度は小さな声でたずねた。エディスおばさんはこっちに気づいてるようすはない。

もう一度トンボがうなずいたのを見て、あたしは思わず鉄製《てっせい》の古い椅子《いす》につかまった。ひざがガクガクする。心臓《しんぞう》が永遠《えいえん》に止まってしまうのではないかと思ったくらい。エディスおばさんにここから出たいと言おうとしたけど、口に出す前に、おばけコオロギが細い脚《あし》を一本、ゆっくりと持ちあげ、口の前にあてた。

「シィイイイ」コオロギはそう言っているように見えた。「シィイイイ」

同じ日（8月22日・金）『自己信頼《じこしんらい》』

「あった！」うしろから、エディスおばさんの声が聞こえた。「見つけたわ。ほら。ポリーにあげる」

あたしはふるえながらおばけコオロギから目をそらし、エディスおばさんのほうをふりかえった。おばさんはすっかり興奮《こうふん》していたので、あたしが動転していることに気づいていない。おばさんは本をさしだした。小さくて、革《かわ》の表紙に刻印《こくいん》みたいなものが押《お》してある。「『自己信《じこしん》頼《らい》』」おばさんはタイトルを声に出して読んだ。「ラルフ・ウォルドー・エマソン著《ちょ》。百回読んでも、次もまた読んでほしいような本なの」

本を受け取ると、ちらりとうしろのテーブルを見た。コオロギはまだ黒い脚《あし》を口元にあてている。自分たちのことは秘密《ひみつ》にしろってこと？

「『自分を信じよ。あなたが奏《かな》でる力強い調べは、万人の心をふるわせるはずだ』ポリー、あなたにもこんなふうに世界に接《せっ》してほしいの」エディスおばさんは悲しそうな、そしてどこか焦《こ》がれるような表情《ひょうじょう》を浮《う》かべた。「あなたにこの本をわたせて、本当によかった」

あたしは、手の中のほこりっぽい本に視線《しせん》をもどした。「ありがとう」でも、どうしても窓《まど》のほうをちらりと見ずにはいられなかった。トンボはあたしを待ってるみたいに、本の山の上に浮《う》かんでいる。すると、エディスおばさんはすっと背《せ》をのばし、コオロギたちを無視《むし》してツタを踏《ふ》みつけた。おばけコオロギはトンボのいる本の山のてっぺんに跳《と》びうつった。

「ちょっと話をしましょう」エディスおばさんは言った。

「うん」

エディスおばさんは本棚《ほんだな》によりかかると、腕《うで》を組んだ。

「あなたにわかってほしいことがあるの」そう言って、おばさんは部屋をぐるりと指《さ》し示《しめ》した。「まず、これぜんぶ、つまり、虫たちもコオロギもツタもルバーブもすばらしいと思う。魔法《まほう》よ、本物の」

それを聞いて、一気に気持ちが楽になった。「やっぱり！　おばさんもそう思ってたのね！　魔法《まほう》だって！」

「ええ。だけど……」そう言って、エディスおばさんは前へ出ると、あたしのあごに手を当ててクイッと持ちあげた。「だけど、それは関係のないことなの」

「どういうこと？」あたしはよくわからずにききかえした。

「つまり、あなたの力は魔法《まほう》とは関係ないってこと。だから、あなたにエマソンの本をあげたのよ。自分の力を信じなさい。コオロギじゃなくて。もちろんルバーブでもない。指輪でも——」

「指輪はなくしたの」

エディスおばさんはそれには答えずにつづけた。「わたしが見守っているから。あなたと農園のつながりはわかってる。でも、あなたは魔法《まほう》よりも大きくて、大切な存在《そんざい》なの。今はわからないかもしれないけど、いずれわかる。この農園にしばられているとか、そんなふうに思ってほしくない。この農園に義理《ぎり》を感じなくていいの」

おばさんがなにを言いたいのか、わからなかった。あたしはこの農園を愛している。おばけコオロギのようすをうかがうと、一本の脚《あし》を顔に押《お》しつけ、まるでバイオリンをかき鳴らすようにもう一本の脚《あし》を前後に動かしていた。思わず笑いそうになったけど、エディスおばさんが真剣《しんけん》な顔であたしを見ていることに気づいた。

「これからいろいろなことが変わる」おばさんの声に有無を言わさぬ調子を感じ取り、あたしはこわくなった。「だから、ポリーに心の準備《じゅんび》をしておいてほしい」

「変わるってどういうこと?」緑の霧《きり》のことが頭をかすめ、本をぎゅっと胸《むね》に押《お》しつけた。おびえた顔をしたにちがいない。エディスおばさんの声の調子が変わり、やさしい目になってあたしを見た。

「別にただ……心配ないからって言いたかったのよ。人生っていうのは変わっていく。それを言いたかっただけ。人生のことを」

もっと説明してほしかったけど、おばさんはそれ以上なにも言わなかった。あたしが答えるのをじっと待っている。おばさんが聞きたがっている返事をする以外、なさそうだった。

「わかった」そして、ちらっと虫たちのほうへ視線《しせん》を走らせた。虫たちはおばさんのうしろから、じっとこちらを見ている。

エディスおばさんは気づいていない。「ときどき、あなたがまだ子どもだということを忘《わす》れてしまうのよ。また、きましょう」そして、きいた。「また、きたい？」

うなずく前に、エディスおばさんのうしろでツタがにゅっと上へのび、おばけコオロギの仲間が二匹《ひき》、葉の上にのっかった。そして、葉から葉へ、まるで踏《ふ》み台《だい》をのぼるように跳《と》びうつっていく。おばけコオロギ自身も、ツタのいちばん上に跳《と》びのった。

エディスおばさんは愛情《あいじょう》のこもった笑みをあたしにむけると、くしゃくしゃの頭をなでてくれた。「また、ここにきたい？」おばさんは質問《しつもん》をくりかえした。

聞いてるふりをしようとしたけど、難《むずか》しかった。おばさんのうしろで、トンボが字を描《えが》いていたから。

Y……E……S。

「YES《イエス》。うん」あたしは言った。

「よかった」エディスおばさんは大またで歩いていって、先にドアをくぐった。あたしは外へ出る前に、もう一度うしろをふりかえった。

トンボがひょこひょこ上下している。一方のおばけコオロギはまた床《ゆか》におりて、じっとあたしを見つめている。そして、ゆっくりと脚《あし》を持ちあげると、左右にふった。（バイバイ）

「またくるね」あたしはささやいた。

同じ日（8月22日・金）　ビアトリス

エディスおばさんが帰ると、子ども部屋にいってソファーにすわった。正面の暖炉《だんろ》の上に、イーニッドの肖像画《しょうぞうが》が飾《かざ》ってある。そちらをちらりと見あげてから、ソファーによりかかると、『自己信頼《じこしんらい》』を開いた。最初は詩ではじまっていた。

ネ・テ・クエシヴェリス・エクトラ　（自分の内だけを見つめよ）

男はみな、自らの星である。
正直で完全な男を作りうる魂《たましい》は――

「『正直で完全な男』」
あたしは声に出して読むと、眉《まゆ》をひそめて、本を閉《と》じた。ラルフ・ウォルドー・エマソンさんには、正直で完全な女の人の知り合いはいなかったみたい。男だけなんて。ソファーに頭を預《あず》けたのと同時に、フレディがバタンとドアを開けて、バスフォードを引きつれ、部屋に入ってきた。

「勝ったよ。四対〇だ」

「フレディは二点も入れたんだ」バスフォードは、崇拝《すうはい》としか言い表わしようのない目であたしの兄を見あげた。

フレディはにっこりほほえんだ。ほおは上気して、ところどころ赤くなり、ユニフォームは汗《あせ》でぐっしょりだ。

「シャワーを浴びたら。汗臭《あせくさ》いもん」

「だな。へとへとだよ」フレディは階段《かいだん》にむかいかけて、足を止めた。「エディスおばさんは？」

「帰った」

「今日はどこにいったんだ？　頭のいい人用の博物館？」フレディはにんまりした。

そのとき、ビアトリスが入ってきた。太いウエストにオレンジと白と赤のスカートがくいこんでる。

「洗濯《せんたく》の時間ですよ。今、着てる服を洗《あら》うのも忘《わす》れないように」ビアトリスはバスフォードに言った。ビアトリスは子どもたち全員に、自分の服は自分で洗《あら》わせていた。大人になってから役に立つからという理由だ。

フレディは汗《あせ》でびっしょりのユニフォームを脱《ぬ》ぐと、バスフォードに投げた。「友だちのためのみってことで」

「いいよ」バスフォードはユニフォームを受け止めた。

「おやおや？」と、ビアトリス。

「たった一枚《まい》だろ」フレディはうめいた。「疲《つか》れてるんだ」

「別にだいじょうぶ」バスフォードは小さな声で言って、ユニフォームを返しなさいと言われる前に出ていこうとした。

「疲《つか》れてる？」ビアトリスがドスドスドスとフレディの前までいって、フレディの目をのぞきこもうとした。端《はた》から見ていると、笑ってしまう。フレディのほうがずっと大きいから。ビアトリスはフレディにかがむように合図すると、フレディのおでこに唇《くちびる》をぎゅっと押《お》しつけた。

「熱がありますね」ビアトリスはきっぱりと言った。

「ないよ」

「いいえ、あります。寝《ね》なさい」

「だいじょうぶだって。試合のせいでほてってるだけだよ」フレディは肌《はだ》にくっついている下着のシャツをつまんで、引っぱった。

「二階で昼寝《ひるね》してらっしゃい」

ビアトリスに口答えしてもむだだし、フレディもそれはわかっていた。「わかったよ、だけど、病気だからじゃないよ。疲《つか》れてるからだ」フレディが出ていくと、ビアトリスはあたしのほうにむき直った。

「なんの本です？」ビアトリスはあたしのすわっているところまできて、『自己信頼《じこしんらい》』を手に取った。

「エディスおばさんにもらったの」

「どこにあったんです？」

「上の階」

「イーニッドの鍵《かぎ》のかかった図書室のことですか？」

「知ってるの？」あたしは驚《おどろ》いた。

「ここで三十年働いてるんですよ、もちろん知ってますとも」ビアトリスは本をあたしに返した。

「すごくぶきみなところだった。だってね、部屋の中にツタが生えてて、野球のバットでもなきゃ殺せそうもないくらい大きい虫がいるの――」

「ポリー！」ビアトリスはぱっとあたしのほうを見た。「大人のくせに、あちこちで秘密《ひみつ》をしゃべるなんて、どういうつもりです？」

「秘密《ひみつ》？」

「エディスがあなたに、そう、あなただけにあの塔《とう》の中を見せたいと思ったのなら、それなりの理由があるってことだと思いますよ」

「うん、そうだった。これからはいろいろなことが変わるから、心の準備《じゅんび》をしておいてほしいんだって」

ビアトリスは、あたしを頭から足の先までじろっと見た。「どうしてまた、そうやってぺらぺらしゃべるんです？」ビアトリスは片手《かたて》をあげると、あたしの顔の前で雑巾《ぞうきん》をふった。

「どういう意味だか、わかる？」

ビアトリスはすぐさま答えた。「いいえ。あたしは人の心を読めるわけじゃありませんよ。ポリーだってそうでしょう」ビアトリスは雑巾《ぞうきん》で暖炉《だんろ》の上の棚《たな》をごしごしこすっていたけど、ふと手を止めた。「あらゆるものは変わるんです。農園では、一秒ごとに新しいものが生まれているんですから」

「エディスおばさんが言ったのはそういうことなの？」

ビアトリスの顔がくしゃっとなった。

「あたしはあれこれ質問《しつもん》したりしません。ただ、必要なときに自分が行動を起こせることを、望んでいるだけです。自分がどんな人間かってことは、危機《きき》が訪《おとず》れて初めてわかるんです。すわって見ているだけの人間か、行動を起こす人間か。あたしは、行動を起こす人間になりたいと思ってますよ」

ビアトリスは腰《こし》に両手をあてて、考えこんだような顔をした。

「わかった。でも――」

「本をお読みなさい、ポリー」

「ねえ、ビアトリス――」

ビアトリスは最後にもう一度、あたしのほうを見た。「それにお願いですから、虫をバットで殺すなんて言わないでくださいね！」

あたしはビアトリスの顔をじっと見つめたけど、もう話はおしまいってことがわかった。むかし、ビアトリスは子どもたち三人ともに、農園の虫をわざと殺さないという誓約書《せいやくしょ》にサインさせた。虫に刺《さ》されたり痛《いた》い目に遭《あ》わされたり、なにをされたとしても、殺しませんって。「サインするか、ごはん抜《ぬ》きか」って、迫《せま》られたっけ。今、言おうとしたのは、虫を殺すつもりなんてないってことだけだったのに。

でも、ビアトリスはとっくにいってしまっていた。あたしは本をつかむと、のろのろと階段《かいだん》をあがって、自分の部屋へいった。こういうとき、うちの家族は本当に変わってると思う。住んでる場所も変わってるし。世界一、へんてこかも。

同じ日（8月22日・金）　ジェニファー・ジョング

ベッドにドサッと倒《たお》れこんで、頭のうしろで腕《うで》を組み、机《つくえ》の上にのっているあざやかなブルーのファイルをぼんやりと見つめた。ママがおいていった聖《せい》ザビエル校の案内資料《しりょう》だ。あとぴったり十一日後にはじまる、新しい学校。

そして、はっと気づいた。エディスおばさんの言っていた意味がわかったのだ。おばさんは、新しい学校の準備《じゅんび》をしろって言ってるんだ。七年生の。

そうに決まってる！

ファイルを取ると、あざやかなカラー写真をながめた。敷地《しきち》の真ん中に、きれいな石造《いしづく》りの建物がある。さらさらのストレートヘアの生徒たちが満面に笑みを浮《う》かべて、あたしを見ている。楽しそう。あたしだって、楽しくなれるかもしれない。

目を閉《と》じて、聖《せい》ザビエルで起こりそうな、いいことをかたっぱしから思《おも》い浮《う》かべる。友だちができる。教室でおしゃべりできる。だれも、あたしをヘンだなんて思わない。あたしもふつうの子の、そう、この表紙の子たちの仲間になるんだ。髪《かみ》だって、ちゃんととかすつもり。

前の学校では、あたしは特に目立たない子だった。でも、最悪最低のあの日、同じクラスのマックス・カイザーっていう大柄《おおがら》のにやけた男子が、あたしの指に気づいた。

あたしの右の人さし指は生まれつき曲がっている。ちょっと曲がってるとかじゃなくて、第一関節のところから直角に曲がっているのだ。これは遺伝《いでん》。エディスおばさんもそうだし、おばあちゃんもそうだった。完璧《かんぺき》なパトリシアはもちろん、ちがう。ふだんは見られないようにかくしていたのに、その日は、校庭で読む本を出そうとして、リュックの中を探《さが》していた。本を読んでいれば、校庭にひとりでいてもヘンに見えないから。そしたら、リュックを落としてしまい、中のプリントがひらひらと飛んでいった。マックスはそれを拾ってくれたのだけど、あたしのところに持ってきたときに、曲がった指に気づいた。

「え、なにそれ？」マックスはあたしの指をじっと見た。あたしはさっと手を丸めたけど、遅《おそ》かった。「ゲエーッ」マックスはさけぶと、あたしのプリントを放り投げてうしろに飛びのいた。

マックスが大きな声を出したので、同じクラスのいちばん目立ってる女子がやってきた。ジェニファー・ジョングっていう名前で、みんなにはジョンギーって呼《よ》ばれている。

「見せて」ジョンギーが言った。

あたしはしゃがんで、握《にぎ》った指先を手のひらに押《お》しつけた。ジョンギーとは一年生から同じクラスだったけど、五年生までジョンギーはあたしのことなんて無視《むし》していた。けど、五年生のときの校内スペリング大会であたしが勝つと、ジョンギーは、「ポリーはルバーブから作った秘密《ひみつ》の薬を飲んでずるしてる」って言いふらした。

薬なんて飲んでない。「ブロッコリー（broccoli）」のスペルを知ってただけ。

それ以来、ジョンギーがあたしと口をきいたのが、そのときが初めてだった。

「別にただの指のこと。ちょっと曲がってるの」あたしは言った。

「そんなひどくないでしょ？　見せて」ジョンギーは親切そうに言った。あたしは立ちあがって、手のひらを上にむけてさしだした。ジョンギーは身を乗り出して、科学者みたいに念入りに指を調べ、それからにっこり笑ったので、あたしもほっとして笑い返した。

ジョンギーはあたしの手をひっくり返して、手のひらを下にむけた。まだほほえんでいたけど、唇《くちびる》は閉《と》じていた。そして、マニキュアを塗《ぬ》ったまっすぐな指であたしの指をなぞり、次の瞬間《しゅんかん》、ぱっと離《はな》すと、マックスと、集まってきたクラスメートたちのほうをふりかえった。

「やっぱりね」ジョンギーはちらりとあたしを見ると、みんなにむかって言った。「この子、魔女《まじょ》よ」ジョンギーはとうぜんのことのように言った。まるで空は青いって言うかのように。

「え？」

ジョンギーは口を大きく開けて笑った。白い歯がぎらぎら光った。「あの農園ってなんかぶきみだもん。だって、毎週、雨が降《ふ》るのよ！　それも同じ時間に！　ここって、アメリカでもいちばん乾燥《かんそう》した地域《ちいき》なのよ。パパがいつも言ってるもん、どうして調査《ちょうさ》が入らないのかって」

ジョンギーは「調査《ちょうさ》」っていう言葉を、二十文字くらいある言葉みたいに発音した。「きっと警察《けいさつ》もこわがってるのよ。火あぶりにされるとか、魔女《まじょ》の魔法《まほう》にかけられるんじゃないかって」

あたしはぼうぜんと立ったまま、本当に魔女《まじょ》だったらいいのに、って思ってた。そうしたらすぐさま姿《すがた》を消せるから。全身がカアッと熱くなり、はずかしさが血流の中に注ぎこまれる。

「ちがうわ！　ちがう、あたしは――」でも、クラスメートたちを見まわすと、人数が三倍にも四倍にもなったように思えて、その先が言えなかった。「あたしは――」

あたしはうつむくと、リュックを拾いあげた。今にも泣き出してしまうのがわかったし、ジョンギーだけにはぜったい泣き顔を見られたくなかったから。だから、ジョンギーを押《お》しのけ、せいいっぱい急いで校舎《こうしゃ》に入ってロッカールームへいき、スポーツ用品がしまってある戸棚《とだな》のいちばん下にかくれた。そして、その日はずっとそこにいた。

それから、ジェニファー・ジョングや取《と》り巻《ま》きたちは、あたしとすれちがうたびに、小声で「魔女《まじょ》！」って言うようになった。首にニンニクをかけてきたこともあった。まるであたしがヴァンパイアだっていうみたいに。だから、一刻《いっこく》も早くあの学校を卒業して、ジョンギーたちから離《はな》れたくてしょうがなかった。そしてやっと離《はな》れられたけど、今度はまた一から新しい学校に通わなければならない。

聖《せい》ザビエル校の資料《しりょう》を見ながら、あたしはいつの間にか眠《ねむ》っていた。夢《ゆめ》を見ていた。コオロギとトンボが、バスフォードとにこにこした子どもたちの上を飛びまわっている。あたしはその真ん中にいた。だれも、ポリー・ピーボディをヘンだなんて思っていない。

最高の夢《ゆめ》だった。

8月24日（日）　オフェーリア

あたしは日曜の朝が好き。月曜に観光客がつめかける前の、静かで平和なとき。特に今日は、特別お天気がよくて、おだやかで、完璧《かんぺき》な日だった。バスフォードと〈湖〉へ泳ぎにいこうとしたとき、オフェーリア・ベアードの赤と白と青のミニバンがキキキッと音をさせて入ってきて、〈城《しろ》〉の前でとまった。

「ポリー！」オフェーリアが車から飛《と》びおりた。

「うそでしょ」あたしはぼそりと言った。

「だれ？」バスフォードがきく。

どう答えたらいいのかわからなかった。オフェーリアを知らないからじゃない。説明しづらい人なのだ。

オフェーリアはオルガニック霊媒師《れいばいし》だ。

そう、オルガニック霊媒師《れいばいし》。

オルガニック霊媒師《れいばいし》っていうのは、人間や化学薬品やうわさ話の影響《えいきょう》を受けていない自然界の霊《れい》と話ができる人のことだ（と、オフェーリア自身は説明している）。ママは本当は信じてないけど、オフェーリアといっしょにいるのは楽しいらしい。

オフェーリアは超背《ちょうせ》が高くて、百八十センチ以上ある。車から出てきて、頭をぐっとあげると、巨人《きょじん》みたいに農園を見まわし、目を閉《と》じて、右手でひたいの真ん中にふれた。十字を切るのかと思いきや、またすぐに目を開け、ぱっと笑顔に切《き》り替《か》えた。

「バスフォードよ」あたしはオフェーリアに紹介《しょうかい》した。

「知ってるわよ！」オフェーリアは二十回くらい会ったことがあるみたいに言った。「すてきなぼうや。ここにきたのは、正しかったわ。あなたのお父さんの言うとおりね」

バスフォードは眉毛《まゆげ》をん？って感じであげたけど、あたしは肩《かた》をすくめただけでなにも言わなかった。オフェーリアはよくこういうことを言う。あたしの知ってる人の中で、いちばんイカレてる。「お母さんは中？」オフェーリアはあたしにきいた。

「たぶん」

「よかった。新しい農薬を持ってきたの」オフェーリアはミニバンから大きな紙袋《かみぶくろ》を取り出した。そして、胸《むね》に抱《かか》えると、歩いていこうとしたが、ふっと足を止めて、目を閉《と》じ、ふんふんとにおいをかいだ。「あら、これは新しいわね」オフェーリアの眉《まゆ》がよる。そして、またにおいをかいだ。「災難《さいなん》のにおい」

「どうしたの？」

「うーん。ガの幼虫《ようちゅう》かしら。お母さんに話してくる」

「幼虫《ようちゅう》？」

「ウズマキ虫かもしれないわね。よくわからない。灰色《はいいろ》を感じるの。赤も。もしかしたら、茶色かも。そうね、茶色だわ。オーラのことよ。ちなみに、ポリーのオーラはすばらしいわ。黄色と緑と青。とびきり上等よ。あなたのもとてもいいわよ、ぼうや」

オフェーリアは軽やかな笑みを見せると、通用口から〈城《しろ》〉に入っていった。

「どうしてぼくの父さんが言ったことを知ってるんだ？」バスフォードがきいた。

「勘《かん》が働くタイプなの」あたしはありのままを言った。「前なんて、ズッキーニの形を見るだけで未来が予想できるって言ってた」

バスフォードの目が見開かれた。「ほんとに？」

「さあね」〈湖〉のほとりまできた。「オフェーリアは本当にいい人だから、ちょっとくらいヘンでも別にいいの」

あたしは〈湖〉に足をつけてゆらすと、水温をたしかめた。「用意はいい？」

バスフォードがにやっとしたのを見て、あたしは湖へ飛びこんだ。バスフォードも鉄砲玉《てっぽうだま》みたいにあとにつづく。昨日、バスフォードを農園のすみずみまで案内した。正直に言う――同じ年の子が農園にいるのって、すごく楽しい。

「競争だ！」バスフォードは反対の岸を目指して泳ぎはじめた。

「ずるい！」さけんで、あとを追いかける。せいいっぱい速く泳いだけど、なにかおかしい。

手で水をかくたびに、妙《みょう》なうずきを感じる。やっとバスフォードに追いついてから、両手を水の上に出して、まじまじと見つめた。保健《ほけん》の先生が言ってた成長痛《せいちょうつう》ってやつかもしれない。あたしは十二月で十二歳《さい》になる。まあ、たいしたことじゃない。そこまで痛《いた》くないし。

「見てて！」バスフォードは水中にもぐった。しばらくして、バスフォードが〈おぼれない湖〉の魔法《まほう》を試そうとしているんだってわかった。

こっちが退屈《たいくつ》しはじめたころ、ようやくバスフォードが浮《う》かびあがってきて、水面に顔を出した。「信じられないよ！　四分たったのに、頭がくらくらしたりしない！」

「お兄ちゃんの友だちが一時間、もぐってたこともあるよ。ママが、がんばり屋さんねって言ってた」

バスフォードはうれしそうににっこりした。小さな子どもみたいな顔になる。そしてまた水中にもぐった。きらきらしている岩や色あざやかな魚たちを片《かた》っ端《ぱし》から調べている。この湖には、あらゆるものを大きくする力がある。水底の藻《も》や、色や形もまちまちの魚たち、砂《すな》に埋《う》もれた石――すべてが、ぴかぴかの汚《よご》れひとつない窓《まど》から見ているようにくっきりと見える。

バスフォードはひょいと頭を出すと、あたしに水をはねかけた。「マルコ！」

「ポーロ！」あたしもさけびかえす。

それから二時間、さんざん泳いで、ゲームをした。途中《とちゅう》からパトリシアも〈湖〉に入ってきたけど、ただいったりきたり、反対岸にタッチしてはまたもどるというのをくりかえすだけだった。

ビアトリスが昼ごはんですよ、と呼《よ》びにくると、バスフォードとあたしはパトリシアの横までばしゃばしゃと泳いでいった。そして、岸にあがろうとすると、パトリシアが顔をしかめて言った。「おしっこした？」

「え？」

「湖の中でおしっこした？」

「してないわよ！」いくらなんでもひどい。

「ならどうしてあんたのそばだけ、水が生温かいのよ？」

「熱血動物だからよ！」そう言ったものの、本当に水が温かいような気がしてきた。だけど、もちろん、おしっこなんてしてない。

「ふうん、そう」パトリシアは言った。あたしはバスフォードが聞いていなかったかどうか、そっとようすをうかがった。こんなふうにあたしに恥《はじ》をかかせて、いかにもパトリシアらしい。

「とにかく、そういうことを言うの、やめてくれない？」あたしは声を押《お》し殺《ころ》して言った。

パトリシアは鼻をつまんでみせた。「わかったわよ。だれにも言わないわよ。ごはんの前に、い、い、い、い、い、い、からだを洗わなきゃなんてね」

まさにそのタイミングで、バスフォードがふりかえった。パトリシアはかわいらしくほほえんだ。

「清潔《せいけつ》にしすぎるってことはないからね」パトリシアはまだブツブツ言いながら、岸にあがった。

きっとバスフォードに無視《むし》されると思ってたから、「オフェーリアの言うとおりだった」ってぼそりと言われてびっくりした。

「ここにきたってなにも変わるわけないと思ってたけど、まちがってた」

「なにかを変えたかったの?」

一瞬《いっしゅん》、バスフォードの顔に悲しみがよぎった。それから、一転してぱっと明るくなって言った。「話せば長いんだ」そして、農園を見まわした。「ここはさ、悪いことがなにも起こらない、そういう場所だ。だろ?」

パトリシアがいるけどね、って言うのはやめておいた。霧《きり》のことも。「うん」あたしが答えたのと同時に、ママが〈城《しろ》〉のドアを開けて言った。「そうよ、ここは、世界一いいところよ」

昼ごはんを食べて、〈ジャイアント豆の木〉というものが本当に存在《そんざい》するっていうオフェーリアの話を聞いたあと、あたしはハリーのところへいった。金曜日にイーニッドの小塔《しょうとう》にいってから、ハリーに会うのは初めてだ。

ハリーはあたしを見るとうれしそうに全身の葉をゆらした。ハリーのとなりに腰《こし》を下ろして、オフェーリアのことや、小塔《しょうとう》でおばけコオロギやツタを見たことを話すと、ハリーは葉をほんの少しひらひらさせた。でも、それだけじゃ意味がわからない。

「そうじゃなくて、真面目な話、どう思う?」

あたしは、本気で答えてほしかった。だから、ハリーがまたセロリみたいに茎《くき》を束ねて花束を作ったのを見ていらいらした。

あたしは目をぐるりと回して見せた。「それ、どういう意味だか、わからないんだってば」

でも、ハリーはまた同じことをした。

「車を運転できそうなくらい大きなコオロギの話を聞いても、なにも言うことはないわけ?」

ハリーは一瞬《いっしゅん》、ためらったけど、すぐにまた同じ動作をくりかえした。あたしは立ちあがった。「話してくれる気がないなら、もう帰る」

そして、ハリーがバイバイとか、せめてなにか言ってくれるのを待ったけど、なにも言わないので、あたしは頭にきて、ハリーにくるっと背中《せなか》をむけると、みんなのところへもどろうとした。でも、一歩踏《ふ》み出《だ》したとたん、うしろめたい気持ちに襲《おそ》われた。あたしは怒《おこ》るのが得意じゃない。ハリーとけんかしたいんじゃなくて、仲良くしたいのに。それに、バスフォードのことも聞いてほしかった。今度こそ人間の友だちができそうだって。

だから、あたしは引き返して、謝《あやま》ろうとした。でも、ふりかえって、はっと足をとめた。畑じゅうのルバーブが葉を水平に広げ、となりのルバーブの葉先にふれようとしていた。

「え、どういうこと?」

あたしの口から言葉が飛び出したとたん、葉という葉がぱっと元の位置にかえり、いつもの畑にもどった。

恐怖《きょうふ》がこみあげてきて、ハリーのところへ引き返した。「なにしてたの？」

ハリーは葉をのばして、先っぽであたしのほおにふれた。（よく見て）

「あたしはちゃんと見てるわ。ハリーがなにも言ってくれないんでしょ」

ハリーは一瞬《いっしゅん》、待ってから、一枚《まい》の葉を激《はげ》しく動かし、先っぽをくるくるまわした。（明日）

という意味だ。

「明日？　明日、なにがあるの？」ほかのルバーブを見まわした。聞いてるのは、わかってる。

ハリーはまた例の花束みたいなポーズをした。あたしはハリーをにらみつけた。「頭がおかしくなりそう。ハリーのせいよ」

ハリーは、いつもの葉をカーブさせた笑みすら浮《う》かべずに答えた。（わかってる。ごめん）

一瞬《いっしゅん》、あたしに人間の友だちができたから、妬《や》いてるのかと思った。今までこんなおかしなふるまいをしたことはなかったから。

「だいじょうぶ？」

答えるまで、長い間があった。やっとハリーが答えたとき、あたしはぞくっとした。

（だいじょうぶじゃない）

8月25日（月）　スパーク

昨日の夜、〈ダークハウス〉からまたぶきみな音がした。あたしの頭がおかしいんじゃない。パトリシアの嫌《いや》みな声と同じくらい、はっきり聞こえたんだから。でも、それよりずっとこわい。いつもなら、フレディの部屋に走っていく。フレディならあの音が聞こえてるってわかってるから。シュレッダーにかけられてズタズタになった幽霊《ゆうれい》の悲鳴みたいな声。だけど、フレディはいつも、虫か動物の声さ、農園ではふつうだよって言う（でも、あの音はそんなふつうの音じゃない。だいたいうちの農園では、動物なんて飼《か》ってない）。

でも、昨日は、めずらしくフレディの部屋に走っていかなかった。飛び起きて窓辺《まどべ》の椅子《いす》のところにいくと、びくびくしながら農園をじっと見つめた。ハリーが（だいじょうぶじゃない）って言ったときのようすが、頭にこびりついて離《はな》れない。ひと晩《ばん》じゅう起きていようと思ったのに、気がつくと、椅子《いす》にすわったまま眠《ねむ》ってしまっていた。

おかげで首を寝違《ねちが》えてしまった。腕時計《うでどけい》を見る。そろそろ雨が降《ふ》る時間だ。こんな時間まで寝《ね》ていたなんて信じられない。急いで服を着て、髪《かみ》をさっとポニーテイルにする。外へ飛び出し、〈泣き桜《ざくら》〉の横を走っていく。まだ霧《きり》が出ているかたしかめようと、ちらっとそちらを見て、

思わず足を止めそうになった。霧《きり》は消えるどころか、ますます大きくなって小さな雲くらいになり、今や木の下のスペースのほとんどをおおっていた。桜《さくら》の花から霧《きり》が漏《も》れ出《で》てくるイメージが唐突《とうとつ》に浮《う》かんでくる。農園がガス攻撃《こうげき》を受けているみたいに。

おかしなイメージのせいで、気分が悪くなった。腐《くさ》ったものを食べたみたいな感じ。でも、そんなことを考えているひまはない。ママと〈学びの庭〉で待ち合わせて、観光客の相手をする約束なのに、大遅刻《だいちこく》だ。全速力で走っていくと、いきなり青いトンボが現《あらわ》れて、あたしの耳をヒュッとかすめ、頭のまわりをぐるぐる飛びまわった。

あたしは少しだけスピードを落とし、ハアハアしながら言った。「今は話していられないの。急いでるから」

けれども、トンボはどうかしたみたいにあたしの目の前をいったりきたりする。あたしは走るのをやめて、ももに手をおくと荒《あら》い息を吐《は》いた。

「なによ?」

雲が濃《こ》くなり、灰色《はいいろ》から黒色になった。トンボは真っ黒い空へむかってまっすぐ上昇《じょうしょう》していった。それから、今度は最初に描《えが》いた線と垂直《すいちょく》になるように飛んだ。

「T?」

トンボはいったん止まると、そうそうというように上下した。それから、また字を描《えが》きはじめた。

「R……」まだ息を切らしながら言ったのと同時に、最初の雨粒《あまつぶ》が腕《うで》に落ちてきた。「Y」トンボはくるりとUターンして、あたしの顔の前まで突《つ》っこんでくると、ものすごい勢《いきお》いでうなずいた。

「TRY《トライ》？　やってみろってこと？」

トンボはまたうなずいた。

あたしは〈学びの庭〉のほうをちらりと見た。〈空中ブランコ〉がじりじりと上昇《じょうしょう》し、上の傘《かさ》がいっぱいに広がっている。ここからでも、満員なのがわかる。観客が展望台《てんぼうだい》の手すりにずらりとならんでいるようすや、ブランコから脚《あし》をぶらぶらさせているのも見える。キャアキャアという歓声《かんせい》がひびいてきたのと同時に、雨がポツポツと降《ふ》ってきた。

「やってみろってなにを？」あたしはきいた。

すると、トンボはあたしから離《はな》れ、〈学びの庭〉のほうへ飛んでいってしまった。

「ちょっと！」あたしは大きな声で呼《よ》んだけど、トンボはもどってこない。「ちょっと、ブルートンボ！」

トンボがシューッとすべるようにとまった。

「ついてこいってこと？」

トンボはうなずいて、また飛びはじめた。あたしは小走りで追いかけた。

「ねえ」あたしは息を切らしながら呼《よ》びかけた。「名前はある？　ずっとブルートンボって呼《よ》ぶわけにはいかないでしょ！」

トンボはあたしの前をヒュンと通りすぎ、またもどってくると、文字を描《えが》きはじめた。

S……P……A……R……K。

読みながら、だんだん笑顔になった。「SPARK《スパーク》。火花ね。ぴったりの名前ね」

雲におおわれた灰色《はいいろ》の空からざあっと雨が降《ふ》ってきた。〈空中ブランコ〉から歓声《かんせい》があがる。

いいかげん慣《な》れてもいいはずだけど、いまだに、お客がわざわざ雨に濡《ぬ》れにくることに驚《おどろ》いてしまう。ほかの場所だったら、雨なんて降《ふ》ってきたら一目散で屋根の下に入るのに。

〈学びの庭〉を囲んでいるサトウカエデの並木《なみき》が見えてきた。ざあざあ降《ぶ》りのあいだは、一年じゅう花をつけているモクレンの下で雨宿りしようと足を速める。

大きな枝《えだ》の下に入ったのと同時に、おそろしい音がひびきわたった。

スパークとあたしは同時に〈空中ブランコ〉のほうをふりかえった。

お客が悲鳴をあげている。歓声《かんせい》じゃなくて、本物の悲鳴を。

最初はわからなかった。でも、目を凝《こ》らすと、ブランコに乗っている人たちがぐるぐる回っているのが見えた。〈空中ブランコ〉のコントロールが利《き》かなくなっている。展望台《てんぼうだい》がカチカチカチと音を立てて、どんどん上昇《じょうしょう》していく。

ここからだと、操作盤《そうさばん》の前でチコが両手をふりまわしているのも見えた。

もう一度〈空中ブランコ〉を見あげると、展望台《てんぼうだい》がわずかにずりさがったように見えた。悲鳴が一段《いちだん》と高くなる。

〈空中ブランコ〉が――

止まってしまった。

同じ日（8月25日・月）　事故《じこ》

あたしは木の下から飛びだすと、チコのところへ走っていった。上では、〈空中ブランコ〉がぐらぐらゆれている。お客の悲鳴が高潮《たかしお》みたいに押《お》しよせる。

「どうしたの？」チコにきく。

「ノセ《わからない》、ノセ《わからない》！」

チコがあたしに携帯《けいたい》電話をほうって、警察《けいさつ》に連絡《れんらく》するように言った。懸命《けんめい》に声を落ち着かせて、電話のむこうにむかって説明する。

「もしもし、事故《じこ》です。ルパート農園で」

「事故《じこ》の内容《ないよう》は？」

「〈空中ブランコ〉がこわれたんです」あたしは言った。

警察《けいさつ》の女の人は息をのんだ。「あの空中ブランコ？」それから、もとのプロらしい口調にもどって言った。「〈空中ブランコ〉が事故《じこ》を起こしたんですね？」

「はい、そうです」

「たいへん」女の人はふたたび息をのんだ。でも、今回はさっきより早く立ち直った。「すぐにいきます」

電話を切ると、チコのほうをふりかえった。全体重をかけてレバーを押《お》してるけど、ぴくりともしない。

乗り物全体が左にかたむいた。お客の足が、雨空を飛ぶコウモリみたいにバタバタしているのがかすかに見える。「飛《と》びおりられると思う？」あたしは展望台《てんぼうだい》のほうを見あげた。

「むりだ！」うしろからパパが走ってきた。顔が真っ赤になっている。「二十階の高さなんだぞ」

「でも、もし――」

パパはズボンのポケットからレンチを引っぱりだすと、〈空中ブランコ〉を動かしているモーターについている鉄板の錆《さ》びた大きなボルトをはさんだ。そして、グイッと勢《いきお》いよく一ひねりし、それを何度かくりかえして、一本目のボルトを抜《ぬ》いた。

「ディオス・ミオ！《なんてこった》」一分後、チコがさけんだ。モーターケースの中の歯車を包むように、チョコレート・ルバーブの白くて太い根が入りこんでいた。歯車は根を吐《は》き出《だ》そうとして、止まったり動いたりをくりかえしている。

しかし、根が勝ちつつあった。

おばあちゃんとの最後の会話を思い出す。

いずれそのときがくれば、ポリーは自分で答えを見つけるだろうさ。だけど、先にひとつだけ教えておくよ。ほんのちょっとだけ、おまえさんの背中《せなか》を押《お》してやろうね。いいかい、土から出たものが、勝つ。彼《かれ》らは恵《めぐ》みをもたらす。だから戦おうとしちゃだめだ。海、水、土、すべてわたしらの味方だ。それを忘《わす》れるんじゃないよ。

チコはおのをつかんで、根をたたき切ろうとした。

「だめ！」あたしは思わずさけんだ。

でも、チコはおのをふりおろした。何度も何度もふりおろす。雨で服がからだにはりついている。モーターの部品にからみついている根っこはすべて切り落としたように見えたけど、チコは明らかにいら立った顔でこちらにむき直った。

「だめだ」チコはぼそりと言うと、モーターのケースの中に腕《うで》を突《つ》っこんで、まだ中にからまっている根を引っぱりだそうとした。でも、手が内側のプレートまで届《とど》かない。手が大きくて、奥《おく》まで入らないのだ。

次にパパが試したけど、パパの手はチコよりさらに大きかった。

上から小さな子どもの悲鳴が聞こえたような気がした。からだの内側のものがすべて、呼吸《こきゅう》も、心臓《しんぞう》も、止まる。だれかがなんとかしないと。今すぐに。

パパがモーターにかぶさっている金属《きんぞく》の保護板《ほごばん》をバンとたたいた。あたしは目を見開いた。そこへ、ビアトリスが走ってきて、パパの手首をつかんだ。

「バスフォードが！　上にいるの！」ビアトリスは半狂乱《はんきょうらん》になって、獣《けもの》かなにかになってしまったようだった。「降《お》ろして！　あの子を降《お》ろして！」

ビアトリスがバスフォードの名前をさけんでいるのは聞こえたけど、あたしの新しい友だちが、〈空中ブランコ〉に乗っているという意味だとわかるのに数秒かかった。見あげると、展《てん》望台《ぼうだい》がまたぐらりとゆれ、とどろくような音が空気を切《き》り裂《さ》いた。

「根のせいなんだ。だが、取り出せない」パパがビアトリスに説明する。

ビアトリスはどうすることもできずにかがみこんだ。打ちひしがれた顔でチコを見やる。「お願い、助けて」

そのとき、あたしの口から息を吐《は》くように言葉がすっと出た。「あたしがやってみる」スパークが空に文字を描《えが》いている姿《すがた》がぱっと頭に浮《う》かぶ。（やってみろ）

パパがすぐさま言った。「だめだ。ぜったいにだめだ」

チコはぱっとパパのことを見たけど、ビアトリスはなにも言わずにあたしを見つめた。やるなとは言わなかった。あたしはふたりを押《お》しのけ、顔についた雨粒《あまつぶ》をぬぐうと、モーターのケースの中をのぞいた。太い根が一本、歯車をとめてしまっていた。

「ポリー、だめだ――」パパがどなった。でも、もう遅《おそ》い。あたしはモーターケースの奥《おく》にあるギアの転換装置《てんかんそうち》の中に手を突《つ》っこんだ。

「ディオス・ミオ《なんてこった》！」チコがつぶやいた。「ポリシタ《ポリー嬢ちゃん》――」

あたしはまばたきひとつせずに前だけを見て、チコもパパも無視《むし》した。そして、さらに手をモーターの近くまで突《つ》っこんだ。筋道《すじみち》だって考えようとする。まず、あの根を引っぱりださなければならない。あの一本を抜《ぬ》き出《だ》せば、モーターはまたすぐに回りはじめるはず。今は、ガクンガクンと音をたてて、止まったり動いたりをくりかえしてる。

「ポリー！」うしろからママの声が聞こえた。でも、ふりむかなかった。「すぐにそこから手を出して！」

モーターの熱を手に感じる。心臓《しんぞう》がものすごい速さで打って、電動用ドリルみたいだ。

「すぐにモーターを止めて！」ママが悲鳴をあげる。

「むりだ」パパの顔は真っ白だ。「今、電源《でんげん》を切ったら、〈空中ブランコ〉を下ろせなくなるかもしれない」

だれかの靴《くつ》が落ちてきて、すぐそばに転がった。

チコがとなりにひざまずいた。上では、悲鳴や泣き声がますます大きくなっている。

「トゥ　プエデス」チコがささやいた。「ポリー、トゥ　プエデス」

ポリーならできる。

ゆっくり目を開き、根を見た。右手が迷《まよ》いでゆれる。ふるえている。根は回転子《ローター》のすぐそばにある。もう雨は感じない。

肩《かた》に力が入り、手がますますふるえはじめる。ぎゅっとこぶしを握《にぎ》りたい衝動《しょうどう》に駆《か》られるけど、手を真っ二つにされたくないなら、そんなことはできない。

まちがいだった。こんなこと、するんじゃなかった。

そのとき、声がした。「ポリー」エディスおばさんだった。エディスおばさんはゆっくりと、落ち着いた口調で言った。「エマソンのことを思い出して。自分を信じるの。あなたがする必要はない。でも、もしできたら、それはとてもよいことよ」エディスおばさんの手がそっと肩《かた》におかれた。「やってごらんなさい」

やってみろ。

モーターのほうを見た。〈空中ブランコ〉から聞こえる悲鳴も、近づいてくるサイレンの音も無視《むし》する。すべてを忘《わす》れ、集中する。

やってみろ。

手をのばして、根のはしにふれる。まだモーターから十五センチは離《はな》れている。そっと引っぱる。動いているモーターのことは考えないようにする。掃除機《そうじき》の底の部分を見ているみたい。ぐるぐる、ぐるぐる、回転して、指を吸《す》いこむチャンスを狙《ねら》っている。でも、今度こそぐっと力をこめて引っぱった。スポッ！　根がはずれ、手を引っこめたひょうしにうしろにひっくり返った。ローターから三センチも離《はな》れていなかった。

ママがあたしのわきに手を入れ、抱《だ》き起《お》こした。「わたしの娘《むすめ》、かわいい娘《むすめ》」ささやくように言う。薄《うす》いシャツの下でママのからだがふるえているのがわかる。ぎゅっと抱《だ》きしめられ、ママの肩《かた》に頭が押《お》しつけられる。ようやくママが放すと、雨はやんでいた。〈空中ブランコ〉はまだ上にあがったままだ。

「一サイクルを最後までやらないと、傘《かさ》を閉《と》じることができないんだ」パパは手の甲《こう》で目をぬぐった。「まったく、おれのカボチャっ娘《こ》ときたら」パパもかがんで、あたしを抱《だ》きしめた。

「あたしはだいじょうぶ」あたしはうそをついた。まだふるえが止まらない。

ビアトリスは一メートルほど離《はな》れたところに立っていた。さめざめと涙《なみだ》を流しながら。「おいで、嬢《じょう》ちゃま、ほら」あたしはビアトリスのほうへいって、力強い腕《うで》に抱《だ》きしめられた。むかしはいつも「嬢《じょう》ちゃま」って呼《よ》ばれていたっけ。「ありがとう、ポリー。ありがとう」ビアトリスがあたしを抱《だ》きしめながら、ふるえているのがわかる。声はささやくようで、息が温かい。

「どうしてこんなことに？」

それを聞いたとたん、ビアトリスは腕《うで》の力をゆるめ、まっすぐあたしの目を見た。「バカなことを」そして、わざとルバーブの葉を踏《ふ》みつけた。「バカなことして！」怒《いか》りをこめてくりかえす。「無責任《むせきにん》な。人が死んだかもしれないんだよ！」ルバーブを蹴《け》る。「あたしのバスフォードが死んだかもしれないんだ！」

世界がぼやけたような気がした。ビアトリスが言ったことがようやく頭に入ってきたのだ。

ルバーブ。

ルバーブが〈空中ブランコ〉を止めたんだ。わざと。

「正直、」パトリシアの声が頭に飛びこんできた。「ポリーにあんな勇気があるなんて、思ってなかった」

フレディがあたしの肩《かた》に腕《うで》を回した。「おれのかわいい妹、勇敢《ゆうかん》だったな」

エディスおばさんとママとパパ、フレディとビアトリス、チコもパトリシアもみんながあたしを見ている。まるであたしの背中《せなか》から翼《つばさ》がにょきにょき生えてきて、飛んでいっちゃうって思ってるみたいに。〈空中ブランコ〉のほうを見あげると、ようやく地上におりてくるところだった。お客が次々《つぎつぎ》降《お》りてきて、泣いているお母さんが泣いている子どもを抱《だ》きしめ、男の子たちは濡《ぬ》れている手を乾《かわ》かすときみたいに、ブンブンふりまわし、若者《わかもの》たちは濡《ぬ》れたシャツを押《お》さえるようにからだに腕《うで》を回している。農園全体が、ほうっと安堵《あんど》のため息をついたようだった。

でも、ほっとしたのは農園ではない。人間のほうだ。農園が、そう、あたしの農園がこの事《じ》件《けん》を起こした張本人《ちょうほんにん》なんだから。

「バスフォード！」ビアトリスがさけんだ。バスフォードは両手をポケットの奥《おく》まで突《つ》っこみ、ゆっくりと歩いてきた。ビアトリスは短い脚《あし》でせいいっぱい走って、体当たりしそうな勢《いきお》いでバスフォードに抱《だ》きついた。「よかった。ああ、よかった」体当たりのあとはバスフォードを窒息《ちっそく》させる勢《いきお》いだ。

「こわかったでしょうね」ママはつぶやくように言うと、あたしの肩《かた》に腕《うで》を回した。「ポリーにあんなことができたなんて信じられない」

「あたしも信じられない」あたしはぼそりと言った。

「すごいよ！」フレディは目を誇《ほこ》らしげに輝《かがや》かせた。「モーターの中に腕《うで》を突《つ》っこむなんて！ほんとにおまえはおれのこわがり屋の妹か？」

ビアトリスとバスフォードがやってきた。ビアトリスはバスフォードの腕《うで》にしがみついている。手を離《はな》したら最後、風船みたいに空へ飛んでいってしまうというように。

「おい、妹に命を救われたな」フレディが言った。

「ほんと」パトリシアもまだ信じられないというようにうなずいた。

バスフォードは顔にかかった髪《かみ》をさっとはねのけると、ビアトリスから一歩離《はな》れた。顔は笑っていない。うれしそうにさえ見えない。

それから、片手《かたて》をグイとつきだした。あたしがその手を握《にぎ》ると、バスフォードはぎこちなく上下にふって小さな声で言った。「ありがとう。ほんとにありがとう」

「うん」あたしも同じくらい小さな声で答えた。あたしたちはにこりともせずに見つめ合った。どれだけおそろしかったか、わかっているのは自分たちだけだというように。

「上にいるとき、どうだった？　おれだったら、完全にびびっちまったろうな」フレディが言う。

バスフォードは改めて〈空中ブランコ〉のほうを見あげた。そして、太陽なんて出ていないのに、太陽を見ているみたいに目をしばたたかせ、ごくりとつばをのみこんだ。「みんな、こわがってた」

ビアトリスが飛びつくようにして、またあたしを抱《だ》きしめた。「ああ、ポリー、あんなバカみたいに勇敢《ゆうかん》なことして。ほんと、バカみたいに勇敢《ゆうかん》でしたよ」

「ビアトリスの言うとおりよ」エディスおばさんはじっとあたしを見つめた。きらきら輝《かがや》く目で。「ポリー、勇気のある行動だったわ。本当に勇気があった」

おばさんの目を見ていられなかった。勇気があったなんて思えない。あたしはこわかった。ううん、今だってまだこわい。

土の上のルバーブは生き生きして、元気そうに見える。世界一、むじゃきです、って感じで。そのとき緑の霧《きり》のことが浮《う》かんできて、胃がひっくり返るような気持ちに襲《おそ》われる。そうか、スパークは知ってたんだ。農園が反乱《はんらん》を起こそうとしてるって。あたしたちみんなと戦争をはじめようとしてるんだって。

「家に入りましょう」ママが言った。

あたしはビアトリスと目を合わせた。

そして、ママに言った。「ちょっと待ってて。先にしなくちゃいけないことがあるから」

同じ日（8月25日・月）　説明

ハリーはなにも言おうとしなかった。

「言いなさいよ、ハリー。この目で根を見たんだから。ひどいわ。やっちゃいけないことよ。あなたの友だちのせいで大勢《おおぜい》の人が死んだかもしれないのに」あたしはハリーを責《せ》めた。

ハリーは挑戦的《ちょうせんてき》な感じで、また茎《くき》を束にして、例の意味のわからない花束みたいな形を作った。

「それ、やめて！」あたしはどなった。でも、むだだった。まわりを見まわすと、畑じゅうのチョコレート・ルバーブが花束の形を作っていた。

「人が死んだかもしれないのよ、ハリー。バスフォードを殺したかもしれないの！　わかってる？」

うしろから足音が聞こえた。「わたしも返事が知りたいわ」

エディスおばさん。ああ、最悪のタイミング。

「エディスおばさん」あたしはふりかえった。

「最高の日だったわね、ポリー」エディスおばさんは顔を輝《かがや》かせた。

あたしはなにも言わなかった。ちっともそんな気分じゃなかった。親友に裏切《うらぎ》られた気がしていたから。

エディスおばさんは畑を見まわした。「それはそうと、ルバーブと話してたのね」質問《しつもん》ではなく、確認《かくにん》だった。「ルバーブから答えは返ってくるの？」

あたしは肩《かた》をすくめた。

エディスおばさんはうなずいた。「わたしにもルバーブの友だちがいたわ。テディって呼《よ》んでた」

エディスおばさんの口からそんなセリフが飛び出すとは、思ってもいなかった。

「テディ？　どのテディ？」

「もちろん、テディ・ローズベルトよ。第二十六代大統領《だいとうりょう》の。アメリカの歴史くらい、覚えなさい、ポリー」エディスおばさんはぴしゃりと言った。

今度のはエディスおばさんらしい。ルバーブに話しかけたりしないエディスおばさん。

「今でも元気よ。テディは、ジャイアント・ルバーブなの。〈ダークハウス〉の前にあるベンチのところに生えてるでしょ」

おばあちゃんは生きていたころ、〈ダークハウス〉の前のベンチにすわって〈湖〉をながめるのが好きだった。このベンチは農園が最初にできたときからあったからね、ご先祖《せんぞ》さまとのつながりを感じることができるんだよ、とおばあちゃんは言っていた。**いいかい、ポリー、ききたいことがあるとき、わたしがいなかったら、ここにきて、このベンチにすわるんだよ。**できることならそうしたいけど、あたしにはできない。おばあちゃんがなんて言おうと、いくらおばあちゃんのことが好きでも、〈ダークハウス〉は世界一おそろしい場所だとしか思えないから。

「今でもテディと話す？」あたしはきいた。

「いいえ。大人になると、ルバーブは話しかけてこなくなるから」そして、畑を見まわした。

「どれがポリーのルバーブ？」

あたしはハリーを指さした。「このルバーブ。ハリーって呼《よ》んでる」

「こんにちは、ハリー」エディスおばさんは言った。

ハリーは動かなかった。そうだろうと思った。でも、一言ももらさず聞いてるのは、わかってる。

「人殺しって言ってたわね。ルバーブにそんな力があると思ってるわけね」エディスおばさんは言った。

「〈空中ブランコ〉に根をからませて止めたのよ！」

エディスおばさんは同情《どうじょう》するようにあたしを見た。まるで恐竜《きょうりゅう》がまだ地球をうろつき回っているって信じている人を見るみたいに。「あなたのことが心配なの、ポリー。イーニッドの塔《とう》でわたしが言ったことと、あなたは今、正反対のことをしている」

「なんのこと？」おばさんにむこうへいってほしかった。今はハリーと話したい。

「あなたはこの農園を必要以上にすごいものとして、扱《あつか》ってる。本当はもっと大切なことについて考えなきゃいけないのに。今日は、勇気のあるところを見せたじゃないの。モーターの中に手を入れて、大勢《おおぜい》の人の命を救ったんだから！」

エディスおばさんはわかってない。わかってると思ってたけど、そうじゃなかった。「ルバーブたちは、おばさんが思ってるよりもわかってるのよ」あたしは言《い》い張《は》った。

「ちがう。そうじゃない」おばさんはきっぱりと言った。「ルバーブは植物よ。自由意志《いし》を持った生き物じゃない。人間とはちがうの」

あたしはなにも言わなかった。そう言われた瞬間《しゅんかん》、自分がひどく弱い存在《そんざい》に思え、こなごなになってしまうような気がしたから。

「ポリー、そんなおびえた顔をして」エディスおばさんはあたしのほうへくると、あごの下に手をやり、自分のほうをむかせた。

「ポリーが賢《かしこ》くて、頭の回転がはやいってことを、ポリー自身にわかってほしいだけなの。大きなこと、そう、偉大《いだい》なことができる自分の姿《すがた》を見てほしいのよ。世界を変えるようなことを」

これ以上抑《おさ》えられなかった。あたしは泣きはじめた。エディスおばさんは、あたしをあたしじゃない人間にしようとしつづける。「あたしは世界を変えるようなことはしたくないの。おばさんがまだわかってないなんて、信じられない。ほら、あたしは今、泣いてる。おばさんは、泣く子が大嫌《だいきら》いでしょ。あたしは、どうしようもない臆病者《おくびょうもの》なのよ」

「あなたは動いてるモーターの中に手を入れて、大勢《おおぜい》の人の命を救ったのよ。臆病者《おくびょうもの》じゃないことはたしかだわ」それからおばさんは、おもしろがってるような笑みをちらりと浮《う》かべた。

「それに、わたしは泣き虫が嫌《きら》いじゃないわよ」

「嫌《きら》いよ」

「まあいいわ」おばさんはにんまりした。「たしかに好きじゃないかもね。だけどそれは、自分がむかし泣き虫だったからよ」

足に百万ポンドの重しを落とされたって、今ほど驚《おどろ》かなかったと思う。「おばさんが？」

「ええ、わたしがよ。でも、ある日気づいたの。大海をいっぱいにするくらいの涙《なみだ》を流したけど、なんの役にも立ってないって。あなたもいつかわかる。それまでのあいだは、いろいろ不安がるのはやめて。最後にはすべてうまくいくから」

「本当におばさんも泣いてたの？」

「ええ、そうよ」エディスおばさんは肩《かた》をすくめた。「もちろん、人前ではそんなに泣かなかったけどね。イメージが悪くなるから」エディスおばさんはあたしのほうへ身を乗り出すと、手の甲《こう》でそっと涙《なみだ》をふいてくれた。「いい、よく聞いて。聞いてる？」

あたしはうなずいて、目をしばたたかせて涙《なみだ》をこぼすまいとした。ハリーも聞いているのは、わかっている。

「わたしを信じて、ポリー。わたしはぜんぶ、ちゃんとわかってやっているから」

8月27日（水）　新聞の見出し

今朝、朝ごはんにおりていくと、ビアトリスに地元の新聞の一面を見せられた。

ルパートのルバーブ農園　大混乱《だいこんらん》
〈空中ブランコ〉が故障《こしょう》、死亡事故寸前《しぼうじこすんぜん》！

記者：デビィ・ジョング

　ルパートのルバーブ農園は、週に一度の雨が保証《ほしょう》されている世界でも唯一《ゆいいつ》の農園だ。ところが、今週月曜日に、その保証《ほしょう》が大きくゆらぐ事件《じけん》が発生した。なにかと話題を呼《よ》ぶ農園のアトラクション〈空中ブランコ〉が、地上約百メートルで停止したのだ。百数名の乗客が、絶体絶命《ぜったいぜつめい》のピンチに見舞《みま》われることになった。

　とうぜん、大惨事《だいさんじ》になりかねなかったが、未確認《みかくにん》の情報《じょうほう》によれば、停止の原因《げんいん》となった雑草《ざっそう》を〈空中ブランコ〉のモーターから抜《ぬ》き取《と》ったのは、未成年の少女だったという。しかし、少女は動揺《どうよう》し、一種の放心状態《じょうたい》だったという目撃者《もくげきしゃ》の証言《しょうげん》もあり、そのような勇気ある行動は取れなかったはずだという見方もある。筆者は、自治体の関連部署《ぶしょ》が、農園の経営《けいえい》会社のビジネス状況《じょうきょう》を調査《ちょうさ》すべきだと考える。農園を運営《うんえい》しているのがエディス・ピーボディ・スティルウォーターだという理由で、特別扱《あつか》いをすべきではない……


記事をくりかえし読んでいると、パパが入ってきて、キッチンのドアをバタンと閉《し》めた。

「おはよう、カボチャっ娘《こ》ちゃん！」パパはあたしの頭にキスをした。のんきなのはパパだけだ。あんな事件《じけん》があったあとで明るくふるまえるんだから。

あたしはパパに新聞をわたした。「読んだ？」

パパは笑った。「読んだよ、まあ、いいさ。お上《かみ》とはけんかするなってな」

「どういうこと？」

「あんまり深刻《しんこく》に考えるなよ、ポリー。人っていうのは、言いたいことを言うもんなんだ」そして、ポケットに手を突《つ》っこんだ。「それに、デビィ・ジョングが言うことはいつもくだらんからな」

「ジェニファー・ジョングのお母さんでしょ？」

「ああ。エディスおばさんと学校で同じクラスでな。おばさんはいつも、デビィはあれじゃ自分がバカなことを自慢《じまん》してるようなもんだって言ってたよ。たしか、『積極的バカ』っていう言葉を使ってたな」パパはポケットから領収書《りょうしゅうしょ》の束と小銭《こぜに》を出したが、探《さが》していたものではなかったらしい。もう片方《かたほう》のポケットに手を突《つ》っこんだ。「デビィが新聞記事でうちのことを目の敵《かたき》にしても、やっぱりなってくらいさ。デビィはずっと、エディスと友だちになりたがってたんだ。なにがいいんだろうな、よりによって姉貴《あねき》なんて」パパはにやにやしながら、黄色の小さな塊《かたまり》みたいなものを出した。ビタミン剤《ざい》だ。パパはそれをさしだすと、言った。「ほら、ビタミンEだ。飲んどくと――」

「百四歳《さい》まで生きられるぞ、でしょ」パパはいつもビタミンEを勧《すす》める。パパいわく、現時点ではこの世に存在《そんざい》するものの中で、万能薬《ばんのうやく》にいちばん近いらしい。

あたしはもう一度新聞を見た。「でも、信じる人もいるかもよ？」

パパはちらりと記事を見ると、肩《かた》をすくめた。「〈空中ブランコ〉がこわれたのは事実だ。どうしてこうなったのかは、解明《かいめい》しないと」

「どうしてかは、もうわかってるじゃない」

「そうか？」パパは本気で知りたそうな顔であたしを見た。

「そうよ」どうして大人は、知らないふりをするんだろう？「ルバーブのせいよ」

「ルバーブ？」

「パパ！　ルバーブの根がモーターにからまってたのは、見たでしょ？」

パパは一瞬《いっしゅん》、ぽかんとした顔であたしを見た。それから、突風《とっぷう》が出るのを止められないって感じで口を大きく開けて笑いはじめた。「すまんすまん。だが、ルバーブがそんなことするわけない——できるわけないってことくらい、おまえもわかってないとな。植物だぞ。ルバーブのことなら、よく知ってる。パパは研究してるんだから。やつらとは深いつきあいだと言ってもいい」

親がおもしろいことを言ってるつもりになってるときほど、いやなものはない。「なにそれ」

パパは冷蔵庫《れいぞうこ》からリンゴを出した。「ありえない。科学の問題だ」

「魔法《まほう》の問題でしょ」

「おまえがそう思ってるのは知ってる。それは別にいい。だが、言っとくが、今現在《げんざい》ある疑問《ぎもん》はすべて、科学的に解明《かいめい》される日がくる。今日ではないだろう。明日でもないかもしれない。百年たってもむりかもしれない。だが、千年だったら？　解明《かいめい》されてるんじゃないか？　パパは若《わか》いころ、毎回必ず同じ時間に雨の降《ふ》るメカニズムを突《つ》き止《と》めようとした。だが、結局のところ、あきらめた。興味《きょうみ》がないからじゃない。ルバーブの特性《とくせい》を研究するほうがおもしろくなったからだ。そうやってこの分野の専門家《せんもんか》としての知識《ちしき》をたくわえてきた。願わくは、研究をつづけていくことによって、いくつかの——そう、ぜんぶでなくてもいいから、いくつかの答えを見つけたいと思っている。おまえはパパとは別の分野に進んだっていい。どうしてダイヤモンドが土の中から出てきたかとか——」

「どうしてルバーブがチョコレート味なのかとか——」

「――どうして農園の湖ではだれもおぼれないのか、とかな。この農園には研究するテーマはいくらでもある。おまえが望めばな。もちろん、まったくちがうことをしたっていい。劇《げき》の脚《きゃく》本《ほん》を書いたって、歌を歌ったって、スポーツをしたっていいんだ」パパはリンゴをかじった。「おまえが好きなことを見つけられればそれでいいと思ってる。そうじゃなきゃ、人生をむだにすごすことになる。とにかく」とパパは言って、あたしの顔を上へむけると、にっこりした。「上をむいて、元気を出せ。いいことが起こるから」そして、わきに抱《かか》えた書類の束を指さした。

「例えば？」あまりうれしそうにならないようにして、きく。

「近いうちにわかる。今度ばかりは、親愛なるお姉さまに感心してもらえそうだ。日曜の夕食を楽しみにしてろ。すごいことになるぞ」パパはそう言って、帽《ぼう》子《し》をかぶった。そして、かがんであたしのほおにキスをした。「ビタミン剤《ざい》を飲むんだぞ！」パパはもう一度言うと、のんびりとした足取りで〈城《しろ》〉を出ていった。

あたしは心を躍《おど》らせた。パパにライフジャケットを投げてもらったような気分。

いいことが起こる？　ほんとに？

ぱっと立ちあがると、ドアを押《お》し開《あ》けた。まず、そっとのぞいて、ジョンギーのお母さんみたいなレポーターが突撃《とつげき》してこないか、たしかめる。だれもいない。農園はいつもどおりに見える。ピックアップのトラックと、シャベルを持った作業員の人たち、それから、太陽にむかってゆらりゆらりと葉をゆらしてるルバーブ。

ほんの一瞬《いっしゅん》だけためらったけど、あたしは〈城《しろ》〉を飛び出して、〈泣き桜《ざくら》〉の木へむかって駆《か》けだした。パパが言ったことが本当で、いいことが起こるなら、霧《きり》は消えているはず。

そのはず。あたしは〈湖〉へむかった。

同じ日（8月27日・水）　悲しみ

「パパは、いいことが起こるって言ったのに」あたしは〈泣き桜《ざくら》〉の下で、となりに立っているビアトリスに言った。

霧《きり》は頭上に垂《た》れこめ、〈泣き桜《ざくら》〉の枝《えだ》にまで押《お》しよせていた。前よりずっと大きくなっている。トンボたちがヒュンヒュンと霧《きり》の中を通《とお》り抜《ぬ》けていく。無意識《むいしき》のうちに腕《うで》をあげ、霧《きり》の下側をひっかいた。思っていた感触《かんしょく》とまるでちがう。濃《こ》い霧《きり》のような感じだと――蒸気《じょうき》にふれるような感じだと思っていた。そうじゃない。水をたっぷり吸《す》わせて、ぎゅっとしぼったコットンみたいな感じ。重くてずっしりしている。

水分を含《ふく》んでいる。指先を見ると、緑色の水滴《すいてき》が点々《てんてん》とついていた。

「気味悪い」ぼそりとつぶやく。

ビアトリスは、目が覚めたみたいにビクンとした。

「トンボたちはちゃんとわかってるから。突《つ》き止《と》めようとするのは、おやめなさい」ビアトリスはきっぱりとした口調で言うと、あたしの肩《かた》に手をおいて、自分のほうをむかせた。「〈学びの庭〉にいかなくていいんですか?」

あたしは腕《うで》を組んだ。「こわいの」正直に言って、また霧《きり》を見つめる。

ビアトリスも霧《きり》に目を走らせた。「ええ、わかりますよ」そうつぶやくと、あたしの肩《かた》に腕《うで》を回したまま、あたしとならぶように〈湖〉のほうをむいた。「人は、理解《りかい》できないものをおそれるものなんです。でも、実際問題《じっさいもんだい》、おそれがなんの役に立ちます? こわがったって、なんにも変わらないでしょう?」ビアトリスはあたしを引きよせると、〈泣き桜《ざくら》〉の下から出て歩きはじめた。「とにかく、あたしはトンボのことを信じてるんです。ポリーも信じないと」

「でも――」

「ポリー」ビアトリスは落ち着いた声で言った。「今はあなたにできることは、なにもないんですよ」

そして、あたしの肩《かた》をポンと押《お》したので、あたしはひとりで歩きはじめた。ビアトリスの言うとおりかもしれない。それでも、もう一度ふりかえって、霧《きり》を見ずにはいられなかった。せめて〈学びの庭〉にいけば、霧《きり》が見えなくなる。

「あなたたちふたりで、ジャイアント・ルバーブの畑に新しい農薬をまいてきてちょうだい」

〈学びの庭〉にいくと、ママはバスフォードとあたしにそう言った。「オフェーリアが新しいものを持ってきてくれたの。ルバーブにも虫にも、悪影響《あくえいきょう》はないからって」ママは黄色いヒメユリのところへいって、一本抜《ぬ》いた。またすぐに新しいのが生えてくるから。そして、あたしの髪《かみ》にさすと、にっこりした。ママが背中《せなか》をむけると、あたしはすぐにユリをとった。

オフェーリアの新しい農薬というのは、ビールだということがわかった。どこにでもある、ごくふつうのビール。

「オフェーリアいわく、小皿に注いで、三株《かぶ》ごとにおいておくだけでいいんですって。一週間もすれば、小皿が虫でいっぱいになるそうよ。よっぱらいの虫でね」ママは笑って、あたしのさしだした小皿にビールを注いだ。「ジャイアント・ルバーブの畑からはじめて」

「ママ――」あたしはことわろうとした。あたしがジャイアント・ルバーブの畑で作業するのは苦手だってことくらい、ママは知っているはずなのに。〈ダークハウス〉が近いから。でも、ママは首を横にふった。「ポリーは北側から。バスフォードは南からすればいいわ。だいじょうぶだから」

作業はすぐに終わった。小皿をぜんぶおいたあと、〈湖〉までいって水筒《すいとう》に水をくんだ。ハリーのところへいって、しゃべりたい。バスフォードのことは誘《さそ》わなかったけど、くるなとも言わなかったので、けっきょくバスフォードもいっしょに歩きはじめた。農園の西側へいく青銅の橋をわたるとき、バスフォードがじっと〈湖〉を見つめているのに気づいた。故郷《こきょう》が恋《こい》しいのかもしれない。

「バミューダがなつかしい？」

バスフォードは肩《かた》をすくめた。「ときどきね」

「あたしはここ以外で暮《く》らしたことないんだ」

バスフォードは〈湖〉を見つめたまま、答えた。「ここから出たがる人なんているの？」

すぐさま答えが浮《う》かんだので、自分でも驚《おどろ》きながら言った。「いるよ、エディスおばさん」

バスフォードは興味《きょうみ》を引かれたように、こちらを見た。

「エディスおばさんはニューヨークに住んでたの。おばあちゃんが死んだから、もどってきたのよ。忙《いそが》しくて、お葬式《そうしき》にも間に合わなかったくらい。ロシアにいたから、車と飛行機とロバにまで乗って、帰ってきたの。すごくえらい人にインタビューしてたんだって。王さまみたいな。シャイフっていうのかな」あたしはいったんだまって、考えた。「テロリストだったかも！」

この話をしたことで、エディスおばさんが帰ってくるまでの六日間のことを思い出した。あのときあたしは、おばあちゃんが死んだせいでどうかなりそうになっていた。

「おばあちゃんは、ふつうの年寄《としよ》りとはぜんぜんちがったんだ。癌《がん》だったけど、治療《ちりょう》はしなかった。畑を歩きまわれなくなったら、そもそも生きてたってしょうがないって言って」

バスフォードは太陽の光に目を細めた。あたしたちは橋をわたりきると、チョコレート・ルバーブ畑のほうへむかった。

「パパはルバーブの研究者だって言ったでしょ？　それもおばあちゃんのためなの。おばあちゃんは、ルバーブから魔法《まほう》の力を引きだして人間に使う方法さえわかれば、どんな病気も治せるようになるはずだって思ってた。だから、パパは研究してるの。すごい薬を作ろうとしてるんだよ。おばあちゃんが死んじゃったとき、パパはすごく悲しんでた。もちろん、みんなだって悲しんだけど、パパは本当につらい思いをしたの。自分がもっと優秀《ゆうしゅう》だったら、薬を発見して、おばあちゃんを治せたんじゃないかって思ったんだと思う」

バスフォードはなにも言わなかった。あたしも、おばあちゃんと自分のことで頭がいっぱいになってだまった。ハリーの畑の手前まできたとき、バスフォードがぽつりと言った。

「ぼくの母さんは――ぼくの母さんも癌《がん》だったんだ」小さな声だった。

驚《おどろ》いたせいで息をするのを忘《わす》れ、ひどく咳《せ》きこんでしまった。バスフォードが水筒《すいとう》をわたしてくれた。あたしは水を飲みながら、頭を整理しようとした。

「亡《な》くなったの？」

バスフォードはうなずいた。これまで心配していたことがいっぺんにどこかへいって、頭の中は、バスフォードがお母さんを亡《な》くしてたったひとりでバミューダにいる姿《すがた》でいっぱいになった。

「だから、ここにきたの？」

「ああ。父さんがひどく心配して。ぼくが口をきかなくなったから」

「どのくらいのあいだ？」

「一年くらい。もっとかも」

「どうして口をきかなかったの？」

「言うことがなかったから」バスフォードのほおがふるえているように見えた。泣くんじゃないかと思ったけど、バスフォードはあたしのほうを見た。悲しみのほかはすべて、そう、涙《なみだ》さえ枯《か》れてしまった目で。

あたしたちは長いあいだ、そのまま立っていた。

それから、あたしは言った。「ねえ、あたしの親友に会いたい？」

同じ日（8月27日・水）　ミミズ腫《ば》れ

五分後、あたしたちはハリーの前に立っていた。

あたしは告白した。「あたし、ルバーブとしゃべるの。特にこのルバーブと」そして、顔をあげ、バスフォードの目をまっすぐ見つめた。「いいよ、笑って」

バスフォードはちらっとあたしを見て、それからかがんで、科学者みたいにハリーをまじまじと観察した。「名前は？」

「ハリー」そして、紹介《しょうかい》した。「ハリー、バスフォードよ。バスフォード、これがハリー」

ハリーは茎《くき》を半分にペコンと折った。

「笑ってるの」あたしは説明した。ここまでくるあいだ、ずっとだまっていたバスフォードも、ふっと笑みを漏《も》らした。

「はじめまして、ハリー」そう言ってから、バスフォードはあたしのほうをふりかえった。「握手《あくしゅ》とかしたほうがいい？」

「ううん。ハリーはルバーブだもん。人間じゃないから。それに、葉には毒があるのよ。覚えてるでしょ？」

そう言ったとたん、ハリーは葉を一枚《まい》のばして、バスフォードのひざをすっとこすった。バスフォードはあわててうしろにさがった。

「毒？」バスフォードは声には出さずに口だけ動かしてたずねた。

「ううん」あたしは笑った。「安心してって言ってるの。葉のそっちの側には毒はないから」

「いつから友だちなの？」

「六歳《さい》のときから」バスフォードにはそう言ったけど、心の中で付け加えた。**それもこのあいだの月曜までだけど。仲間が人間を殺そうとしてることを、あたしに話さなかったから。**それから、ハリーのほうをきっとにらみつけた。「でも、今、ハリーに怒《おこ》ってるんだ」

「どうして?」

「だれかが悪いことをしようとしてるのに、それを止めないとするよね?」あたしはハリーの前にひざをついた。「ハリーも同じ。止めなかった」

ハリーはうろたえたように葉をひらひらと上下させた。

バスフォードはハリーを見た。「なにか理由があるんじゃないか? そうだろ?」

ハリーは真ん中の葉をふるわせた。

「そう、って意味」あたしは説明した。「理由があるらしいことは、あたしもわかってる。でも、その理由を説明する気はないのよ。でしょ、ハリー?」

最初、ハリーは動かなかった。それから、葉をグイッと引っぱりあげて、例の花束のかたちにした。わざとあたしを怒《おこ》らせようとしてるとしか思えない。

「ああもう!」

「これはどういう意味?」バスフォードはきいた。

「わからない。ハリーも、あたしがわからないってわかってる。なのに、こればっかりするの」

「ぼくたちで突《つ》き止《と》められるかもしれない」バスフォードは言って、ハリーにむかってきいた。

「怒《おこ》ってるの?」

ハリーはまた、真ん中の葉をふるわせた。(そう)

「ポリーに?」

ハリーは葉を持ちあげて、裏《うら》、表とひっくり返して見せた。

「ううん、って言ってる」あたしはバスフォードに説明すると、いらいらしながらハリーにむかって言った。「いい、ハリー。エディスおばさんが言ったことは聞いてたでしょ？　心配することないの。おばさんがぜんぶわかってるから」

ハリーは答えなかった。

「なにを心配してるにしろ――仲間が〈空中ブランコ〉に乗ってる人たちを危険《きけん》な目に遭《あ》わせようとした理由がなんだかは知らないけど――」

ハリーはグイッと葉を持ちあげて、猛烈《もうれつ》な勢《いきお》いで何度もひっくり返した。バスフォードは困《こま》ったような目であたしを見た。

「ハリーにそんなつもりがなかったとしても、ひどいことをしたことには変わりない。もう少しでみんな、けがをするところだったんだから。それについてはどう思うわけ？」

ハリーがなにもしないうちから、答えはわかっていた。花束だ。

「それ、やめて！」あたしはどなった。「心配することないんだってば。エディスおばさんがそう言ったんだから！　その場にいて、聞いてたでしょ！」言いながら、自分のことも納得《なっとく》させようとしていることに気づいた。

ハリーの茎《くき》がかたくなって、すっとのび、いちばん大きくて、いきいきとした葉が目の前にきた。（ポリーにも怒《おこ》ってる）

「だだっ子みたい。どうしてあたしに怒《おこ》れるのよ？　罪《つみ》もない人を殺そうとしたのは、そっちでしょ」

ハリーは一番大きな葉であたしをひっぱたいた。

バスフォードが息をのむのがわかった。ほおがじんじんして、涙《なみだ》がわきあがってきた。

「別にいいわよ」涙《なみだ》をボロボロ流しながら、あたしはかたくなになって言った。「好きなだけ、たたけばいいわよ。まちがってるのはそっちなんだから」

ハリーはもうたたこうとはしなかった。その代わり、葉を激《はげ》しくふって、地面をたたきはじめたのだ。すると、ほかのルバーブたちもいっしょになって、たたきはじめた。バスフォードの顔から血の気が引いた。でも、今のあたしにはバスフォードのことまで考えられなかった。あわてて立ちあがると、全速力で畑を飛び出す。走っているうちに、顔にミミズ腫《ば》れが浮《う》き出《で》てくるのを感じた。ハリーがあたしをたたいたんだ。

バスフォードがうしろから追いかけてくるのがわかったけど、あたしは止まらなかった。信じられなかった。そう、信じられなかったのだ。

ハリーがあたしをたたくなんて。

8月31日（日）　ほしいものをたのむこと

この三日間、ハリーに会いにいっていないし、それを悪いとも思っていない。ううん、ちょっとは思ってる。バスフォードは畑へいって、ハリーに説明してもらったほうがいいって言ったけど、そのつもりはない。悪いのはハリーなんだから。あたしをたたいて、聖《せい》ザビエル校での新しい生活までめちゃめちゃにしたんだから。だって、学校の子たちに、顔にこんな大きなミミズ腫《ば》れがあるのを見られたら、めちゃめちゃになるに決まってる。

それに、ハリーに会いたいと思ったとしても（思わなかったけど）、ママが四六時中用事を言いつけてきた。エディスおばさんの金曜の個人《こじん》レッスンもいかせてもらえなかったくらい。明日の労働者の日《レイバーデイ》【注：九月の第一月曜日の祝日】は、農園が一年でいちばんいそがしい日だ。一分を惜《お》しんで、みんな総出《そうで》でそうじをしたり、ルバーブを包んだりする。総出《そうで》って言ったけど、パパだけは別。パパは研究室にこもって、なにか極秘《ごくひ》の実験に没頭《ぼっとう》していた。今夜の夕食のときに、ついに種明かしをすることになっている。

「ポリー、これを持っていって」ママが、オリーブとチーズとアーモンドののったオードブルのおぼんをわたした。すると、ちょうどエディスおばさんが入ってきた。

「おいしそう！」おばさんはオリーブを一個《こ》つまんだ。「今日はなにか特別な日？」

ママはパンが山盛《やまも》りになった白い陶器《とうき》の器をおいた。「今日だけじゃないわよ、エディス」おばさんの秘書《ひしょ》のジラードが入ってきた。「こんばんは」それから、あたしのほうを見た。「どうしたんだ、ポリー、その顔？」

あたしは深く息を吸《す》いこんだ。「転んだの」パトリシアがクスクス笑うのが聞こえた。エディスおばさんは眉《まゆ》をクイッとあげたけど、ジラードはなんの疑問《ぎもん》も持たずにうなずいた。ジラードはルバーブのことなんて、なにもわかってない。それを言うなら、農園のことだって。一度なんて、泥《どろ》にむかってどなっていた。イギリス製《せい》の高級な靴《くつ》にしみをつけたから。（そのあと、一秒前までなかった泥《どろ》の水たまりの中に足をつっこんだ。あれは笑った。農園が仕返ししたんだってわかったから）

みんなでオリーブとアーモンドを食べて、アップルルバーブ・ジュースを飲んだ。でも、フレディはまた熱を出していて、ここにはおりてこなかった。ジラードがだれも興味《きょうみ》のないことについてべらべらしゃべっているのを、みんなでぼーっと聞いていると、パパが顔を紅潮《こうちょう》させて部屋に入ってきた。

木箱サイズの箱を抱《かか》えている。

「今、コピーしたんだ」パパはハアハアしながら言った。「全員に一部ずつ。説明は食事のあとにする」まだ息を切らしてる。ママがそわそわしたふうな笑みを浮《う》かべたけど、パパは心底うれしそうだったので、みんなはまたすぐに、冗談《じょうだん》を言ったり笑ったりしはじめた。

みんなって言ったけど、エディスおばさんだけは別。食事のあいだじゅう、気もそぞろって感じで、パパの箱のほうをちらちら見ていた。ようやく食事も終わって、パトリシアとバスフォードとあたしで食卓《しょくたく》を片《かた》づけると、パパはとうとう謎《なぞ》めいた箱を取りあげ、ふたを開けた。

「回してくれ」パパはノートのようなものをみんなに配った。表紙には、〈ダンバー製薬《せいやく》〉と書いてある。

「ダンバー製薬《せいやく》って？」パトリシアがきいた。

「パパがこの三年間、共同研究をしていた会社だ」パパは深く息を吸《す》いこむと、顔をあげてにやっと笑った。「それで今週、これまでより多額《たがく》の資金援助《しきんえんじょ》を受けられることが決まったんだ。ルバーブ薬の研究の成果がそれだけ有望だってことさ！」

真面目な話、パパは今にも爆発《ばくはつ》しそうだった。それくらい興奮《こうふん》しきってる。

「どの研究です？」ジラードがきいた。

「神経系《しんけいけい》に効《き》く薬を開発しているんだ。決まった遺伝子《いでんし》だけを攻撃《こうげき》する型の」

「すごいわ」エディスおばさんがおもむろに言った。「すごいじゃないの。だけど、わたしたちがずっと話し合ってきたことが、なにか変わるわけ？」

パパは顔を輝《かがや》かせた。「おれたちが話し合ってきたことの延長線上《えんちょうせんじょう》さ」そして、世界一自明のことのように言った。「姉さん！　これで、姉さんの問題も解決《かいけつ》だ！」

「わたしの問題？」エディスおばさんは、みんなが疑問《ぎもん》に思ったことをくりかえした。おだやかないい方だったけど、ママとパトリシアとあたしはすぐにこれまでの口調とちがうことに気づいた。

「姉さんがずっと話してたことだよ。これで解決《かいけつ》だ」パパはまたにっこり笑ったけど、笑顔の下でぐっと歯を食いしばった。ノートを握《にぎ》っている手に力が入り、真ん中がカクッとへこむ。

エディスおばさんはノートを手に取ると、最後のページを開いた。数字の書きこまれたグラフがのっている。エディスおばさんは長いあいだ、それを見ていた。みんな静まりかえって、そのようすを見ている。するとおばさんはノートを閉《と》じて、パパのほうを見た。

「お金が入るのはいつなの、ジョージ？」

お金？

パパは目をしばたたいた。ママは消えてしまった食卓《しょくたく》のろうそくに火をつけようとして、三回目でようやくマッチに火がついた。部屋を満たしていたパパの興奮《こうふん》は吸《す》い取られて、張《は》り詰《つ》めた空気だけが残された。

「姉さん――」

「やめて。あなたをがっかりさせたくないの。とてもいいニュースだし、いいことだと思う。でも、わたしははっきり言ったはずよね」エディスおばさんは静かに言った。

あたしはパパのほうを見た。唇《くちびる》がわなわなとふるえている。上唇《うわくちびる》が、下唇《したくちびる》の命令についていけないというように。

「なんなの、パパ？」あたしはきいた。頭がくらくらする。どう考えても、なにかおかしい。パパはふりかえって、まっすぐあたしを見た。そして、口を開いたけど、その口調は暗かった。「おまえのおばさんはお金がいるんだ」

「なにそれ！」あたしは思わず鼻先で笑った。「なるほど。で、あたしは火星にでもいくってわけ。翼《つばさ》で飛んで」たちまち心が軽くなった。こんなバカな話、聞いたことがない。パパの冗《じょう》談《だん》に決まってる。

でも、パパは冗談《じょうだん》を言ってるようには見えなかった。こわい目でエディスおばさんを見つめている。刺《さ》すように鋭《するど》い目つきで。自分の顔から笑みが消えていくのがわかった。

「エディスおばさんはあたしたちの中でいちばんお金持ちでしょ！」わけがわからなくて、頭が破裂《はれつ》しそうになる。「だって、おばさんは有名だし！」

「頭の悪いことを言わないで、ポリー！」エディスおばさんがぴしゃりと言った。「有名だってことはなんの関係もない」

またハリーにたたかれたみたいな気持ちだった。

「もう遅《おそ》いの」エディスおばさんはきっぱりと言って、ノートを食卓《しょくたく》においた。

「チクショウ！」

みんな、いっせいにパパのほうを見た。ふだんパパは乱暴《らんぼう》な言葉は使わない。ぜったいに。

「どれだけあれば、足りるんだ？」

「あなた、今はやめて」ママが言いかけた。

「みんな、知ってるか？　おばさんは農園を売ろうとしてるんだ」パパはみんなを見まわした。

きっと聞きまちがえたんだ。エディスおばさんが農園を売りたがってるなんて。

ママの手がお皿にあたって、カチンと音がひびいた。「最低だわ」ママはつぶやいた。

エディスおばさんはママを制するようにさっと片手《かたて》をあげた。「クリスティーナ、はっきり言わせてもらうけど、この問題はあなたとは関係のないことよ」

「ママ？」こんなおかしなことはやめさせたかった。あたしが止めれば、なにもかも元通りになるかもしれない。

でも、ママはあたしを無視《むし》した。「エディス、あなたは農園を売ろうとしているのに、それをわたしとは関係ないって言うわけ？　そういうこと？」

「そうよ」エディスおばさんは言った。そして、椅子《いす》をひいた。「また別のときに話しましょう。子どもたちがいないときに」

「待って、エディスおばさん――」あたしはもう一度話そうとしたけど、なさけない声しか出なかった。ママはあたしをはるかにしのぐ大きな声で言った。

「わたしの子どもたちにもぜんぶ、聞かせます」ママはぴしゃりと言った。

「だめよ。聞かせるわけにはいかない。わたしは聞いてほしくない。この農園の所有者は二人いるってことを思い出してもらえるかしら。弟とわたしよ。あとの人間は関係ない」おばさんは荒《あら》い息でつづけた。「もうひとつ言わせてもらうわ。決めるのはわたし。農園は売ります」

最後の言葉が、レンガが転げおちる音のように耳にこだました。

「エディスおばさん」あたしはすっかり頭がこんがらがっていた。「おばさんは本当に――本当に――どうして――?」

エディスおばさんはまっすぐあたしの目を見た。そして、口を開いたけど、出てきた声はぜんぜん意地悪じゃなくて、やさしかった。「エマソンのことを思い出して。『真実は、見せかけの愛よりもすばらしい』」おばさんは、深く息を吸《す》いこんだ。「ポリー、本当にわたしにききたいことだけをききなさい。怒《おこ》ったりしないから」

なら、そうさせてもらう。「本気で農園を売りたいの?」

「ええ」エディスおばさんはいったん言葉をとぎらせた。「正確《せいかく》に言えば、もう売ったの。かなりの金額《きんがく》で売れたわ。あとは、あなたのパパが書類にサインするのを待つだけ」

がくぜんとした。からだの根底からゆさぶられ、野球のボールみたいに、公園から、アメリカから、ううん、地球から吹《ふ》っ飛《と》んでいくような気がした。

「姉さん」パパが重い口調で言った。こんな深刻《しんこく》な顔をしたパパは初めてだ。「言ったとおり、おれはサインをする気はない」

エディスおばさんは、とげとげしい笑いを漏《も》らした。「いいえ、するわよ」

パパは首を横にふって、椅子《いす》をうしろにひいた。「いや、しない。この農園の半分はおれのものだ。その点に関しては、姉さんと同じだ。そして、おれの答えはノーだ」

エディスおばさんの顔がこわばり、ごくりとつばを飲みこんだ。

「ジョージ、明日、もう一度話しましょう」エディスおばさんは両手をテーブルにおくと、立ちあがった。

「気を変えるつもりはない」パパはきっぱりと言った。

「それはこれからね」エディスおばさんはジラードにむかって軽くうなずいた。「帰るわよ」

「ちょっと――」ママが言いかけたけど、エディスおばさんはさえぎった。そして、かすかな笑みをママにむけ、それからみんなのほうにむき直った。「じゃあ、おやすみなさい」

「でも――」涙《なみだ》がじわっとわきだし、こぼれおちた。どうしてもこらえきれなかった。

「ああ、ポリー」エディスおばさんは舌打《したう》ちした。「かんべんして」

エディスおばさんの目に悲しみと哀《あわ》れみが浮《う》かんでいるのを見て、あたしは耐《た》えられなくなった。でも、あんな顔をしてたっておばさんは農園を売りたいのだ。そんなおばさんを好きになれるわけがない。

エディスおばさんのことを好きなままでいるのはむり。どうしてもむり。

おばさんはぱっと身をひるがえすようにして、出ていった。

ドアが閉《し》まる音が聞こえても、しばらくのあいだ、だれひとり身動きひとつしなかった。

「エディスおばさんはお金持ちだよね。ベンツも持ってるし、大統領《だいとうりょう》とも知り合いだし」あたしは言った。

ママはどうかなったみたいに笑いはじめた。「ベンツに大統領《だいとうりょう》。たしかにね」

あたしはかっとなった。「なんとかしてよ、パパ」

「ポリー――」ママが言いかけた。

「おばさんになにしたの？」

「ポリー――」今度はパパが口を開いた。

「おばさんにお金をあげればいい」あたしは言った。

「あなたはなにもわかってない――」ママが言いかけた。

「けち！」うちの家族の中で、なんだってわかってるのはエディスおばさんだけ。だって、えらい人なんだから。パパのせいで、おばさんは農園を売りたくなったんだ。そうに決まってる。

あたしはぱっと立ちあがった。

「すわれ！」パパが言った。

でも、あたしは部屋を飛び出した。みんなが、あたしのうしろ姿《すがた》を見ているのがわかる。でも、どうでもいい。あたしは頭にきていた。これまでにないほど、頭にきてた。うちの親に。エディスおばさんに。フレディに。パトリシアに。ハリーに。あらゆる怒《いか》りがぐらぐらと煮立《にた》った川に流れこんでいく。ほおが燃《も》えるように熱い。胸《むね》がばくばくする。脳《のう》が爆発《ばくはつ》したような気がする。なにひとつ、理解《りかい》できない。

吊《つ》り橋《ばし》を走ってわたり、〈城《しろ》〉を通《とお》り抜《ぬ》け、走りに走ってチョコレート・ルバーブ畑の十八列三十番目にいく。

「ハリー、お願いだからしゃべって」ハアハア息を切らしながら、ハリーを見下ろす。「どういうことか、教えて！」

ハリーはゆっくりと葉を動かして、またあの花束のかたちにした。

あたしは、流れていたことも気づいてなかった涙《なみだ》をぬぐった。「どうしてそればっかりするの？」

ほかのルバーブたちも花束を作りはじめた。ひとつ、またひとつ、と花束が増《ふ》え、畑全体がチョコレート・ルバーブの花束で埋《う》めつくされた。

「お願いだから、あたしを助けて！」泣きながらさけぶ。

すると、ハリーはゆっくりと葉をのばし、横に広げはじめた。やっと答えをくれるのかもしれない。あたしが知りたいことを教えてくれるんだ。ほっとして、深く息を吸《す》いこむ。

ハリーは葉を大きく広げたまま、長いあいだじっとしていた。

「ハリー、それで？」あたしはささやいた。

すると、ハリーの葉がさっと上をむき、またあの花束のかたちになった。いつもの、なんだかわからない、あたしをいらつかせる花束。

限界《げんかい》だった。

どういうことなのかわからないどういうことなのかわからないどういうことなのか……

なにも考えなかった。あたしは手をのばすと、ハリーの葉を摘《つ》みとりはじめた。葉を一枚《まい》一枚《まい》もぎとり、茎《くき》を引《ひ》っこ抜《ぬ》いて投《な》げ捨《す》て、埋《う》もれている根頭を掘《ほ》り起《お》こす。

ほかのルバーブたちはゴウゴウと音を立て、茎《くき》を上げたり下げたりして、葉をざわざわと鳴らしたけど、無視《むし》した。パパとママのがっかりした顔も無視《むし》し、エディスおばさんの声も無視《むし》する。**農園は売ったの、農園は売ったの。**

あたしは、ハリーをズタズタにするまでやめなかった。ほかのルバーブたちは、じっとあたしを見つめてる。次は自分たちの番だと思っているのかもしれない。

曲がった指が、ずきずきしてる。かあっと燃《も》えるような恥《は》ずかしさが押《お》しよせてきて、泣き声がせりあがってきた。わんわん泣きじゃくる、と思ったけど、涙《なみだ》は出てこなかった。からだの中が空っぽになったみたいだ。ハリーをズタズタにしたことで、自分のこともめちゃめちゃにしてしまったかのように。あたしはぬいぐるみのようにパタンと倒《たお》れこむと、ぼろぼろになったハリーの上に横たわった。そして、痛《いた》む指をもみながら、暗く、なにもない空を見あげていた。

9月1日（月）　ルバーブを信じなさい

朝、遅《おそ》く起きると、塔《とう》の窓《まど》を見あげた。どうやってベッドにもどったのかも、覚えていない。農園は、昨日となにも変わらないように見えた。ルバーブが青々《あおあお》と生《お》い茂《しげ》り、ずらりととまっている観光バスが黄色い刈《か》り跡《あと》のように見える。そこいらじゅうに、観光客がいる。

そして、思い出した。

ハリー。

服を着て、部屋から飛び出し、階段《かいだん》を駆《か》けおりて、外へ出ると、畑の中を突《つ》っ切《き》っていった。走りながら、思いちがいだって言い聞かせる。ハリーは魔法《まほう》みたいによみがえってるって。〈学びの庭〉の植物たちみたいに。

でも、ハリーのところへいくと、葉は——そう、わずかに残っている葉はズタズタになって散らばり、茎《くき》は真っ二つに裂《さ》け、そこいらじゅうに投げ出されていた。あたしは黒い土の山にひざをついた。白い根がいくつかのぞき、緑の葉と折れた茎《くき》が点々としている。恥《は》ずかしさが一気に舞いもどってくる。川となって、ううん、海となって、あたしに押《お》しよせる。ひどいことをしてしまった。

「ルバーブを信じなさい」おばあちゃんの声が聞こえた。「ルバーブはおまえをぜったいにまちがった方向へ導《みちび》いたりしない。いとおしい子たちなんだよ」

ほかのルバーブを見た。一週間前にしていたみたいに、たがいに葉をのばし、となりとつながりあっている。なにかの戦いに備《そな》えるかのように。

ハリーの残骸《ざんがい》を注意深く拾い集めた。葉や茎《くき》や根をひとつ残らず集めて、ポケットに入れる。もしかしたら、そう、もしかしたら、根頭にまだなにかの力が残っているかもしれない。土の奥深《おくふか》くに、ハリーの一部があたしの狂気《きょうき》から逃《のが》れてひそんでいるかもしれない。可能性《かのうせい》はわずかだ。ほとんどないと言っていい。ふだんは祈《いの》ったりしないのに、あたしは十字を切って、からだをかがめ、根の部分にキスをした。

ほかのルバーブたちは葉を水平に押《お》し広《ひろ》げ、となりの仲間とつながりあっている。まるで巨《きょ》大《だい》な扇《おうぎ》のように。

「みんなに影響《えいきょう》する。農園全体に」そこまで言って、はっとした。「だから、〈空中ブランコ〉を止めたのね」

そして、理解《りかい》した。ハリーは、農園全体が危険《きけん》にさらされていることを伝えようとしていたのだ。自分のからだの全体を使って。あの花束の意味はそれだったんだ。

「エディスおばさんが農園を売ったって、知ってたのね」

ルバーブたちは真ん中の葉をふるわせた。全員の(イエス)。ハリーのいたほうを見る。ハリーはあたしに伝えようとしていたのだ。あたしはその場でへなへなとすわりこみそうになった。

でも、その間もなく、あたしの名前を呼《よ》ぶ声が聞こえてきた。

呼《よ》ぶというより、どなっている。

「ポリー!」

ふりかえると、フレディとパトリシアとバスフォードが走ってくるのが見えた。

「ポリー!」三人はまたどなった。

フレディがいちばんにきた。ハアハア息を切らしている。ひどく咳《せ》きこんで、しばらくしゃべれなかった。

「どうしたの?」あたしはきいた。

フレディはゼーゼーいいながら答えた。「わからないのか?」

あたしは首をふった。

「なに?」

パトリシアがルバーブをかきわけて突進《とっしん》してきた。「上を見て」パトリシアがあえぐ。

頭をのけぞらせて、空を見あげた。真っ青だ。突《つ》き抜《ぬ》けるような青。雲ひとつない、どこまでも完璧《かんぺき》に青い空。

フレディが腕時計《うでどけい》をあたしにむけた。

午後一時七分。月曜日の。

雨は降《ふ》っていなかった。

第二章

9月2日（火）　科学調査《ちょうさ》

「ポリー・ピーボディ！　なにか言いたいことは？」
レポーターはナメクジよりたちが悪い。ナメクジは長い距離《きょり》は移動《いどう》できない。でも、レポーターはどこまでもやってくる。新しい学校の始まる日なのに、よりにもよって今日、彼《かれ》らはやってきた。

予想できたはずだった。これまでもずっと農園に蚊《か》の大群《たいぐん》みたいに押《お》しよせては、畑にずかずか入ったり、いきなり〈湖〉に現《あらわ》れたりしてたんだから。〈湖〉から水のサンプルを取ったレポーターまでいた。ママとビアトリスはひと晩《ばん》じゅう、彼《かれ》らに門前払《もんぜんばら》いを食らわせ、絶好《ぜっこう》のニュース映像《えいぞう》を提供《ていきょう》するはめになった。みんな、知りたくてたまらなかったのだ。**なぜピーボディ家の農園に雨が降《ふ》らなかったのか？**

フレディがパパの古いステーションワゴンの運転席に乗りこむと、ママはフレディとパトリシアとあたし、それからバスフォードにもキスをした。
「フレディが生まれた日は月曜日だったけど、雨が降《ふ》らなかったの。だから、いいことが起こるしるしかもしれないわ」ママは真剣《しんけん》な声で言った。でも、妙《みょう》に早口で、目には思いつめた表《ひょう》情《じょう》が浮《う》かんでいた。それをかくそうとするように、ママはあたしたちを車に押《お》しこめ、なにもかもいつもどおりって感じで学校へ送り出そうとした。「ポリーのミミズ腫《ば》れも落ち着いてきたし。それもひとつ、いいことよね」それを聞いて、あたしはバタンとドアを閉《し》めた。ミミズ腫《ば》れは、今は、ピザを顔に投げつけられたみたいになってる。ほんと、学校初日にぴったりだし。

学校についたとたん、レポーターの質問《しつもん》の嵐《あらし》にさらされた。

「パトリシア！　こうなることはわかってたの？」

「気象学者には相談した？」

「そこのブロンドのきみ、ピーボディ家とはどういう関係？」

バスフォードは凍《こお》りついた。「いくわよ！」あたしは押《お》し殺《ころ》した声で言うと、バスフォードの腕《うで》をつかんで、わめいているレポーターとフラッシュをたいているカメラマンのあいだを歩きはじめた。

「今回のことは、前もってわかってた？　これからどうするの？」歩いていくと、別のレポーターがどなった。幸い、校長のホーヴァット先生が飛び出してきて、レポーターの顔の前に長い腕《うで》を突《つ》き出《だ》してバリケードを作ってくれた。

「ここは私有地《しゆうち》です。それに、もう少し分別があってもいいんじゃないですか、学校まで子どもを追いかけてくるなんて」校長先生はあたしたちを大きなゴシック式のドアから中に入れると、校長室まで連れていった。そして、「ふつうの」学校生活を送れるよう約束するからと言って、なんでも質問《しつもん》や問題があれば、自分のところにくるようにと念を押《お》した。

「なんでも質問《しつもん》していいなら、どうやったら雨が降《ふ》るか、きいてみるとか？」あとから、パトリシアは言った。

でも、あたしは答えなかった。なぜならぽかんと口を開けて、聖《せい》ザビエル校の校舎《こうしゃ》をながめていたから。

ここにきたのは初めてじゃない。前にも、パトリシアとフレディときたことがある。でも、そのときはちゃんと見てなかったのかも。こんな美しいところだなんて、ぜんぜん気づいてなかった。

これまで通っていた学校は、オレンジ色のレンガで造《つく》られた長方形の建物だった。ぽつぽつと木は生えていたような気はするし、芝生《しばふ》の広場もあったけど、特に目を引くようなものはなく、美しさのかけらもなかった。

でも、ここは？　これが学校？

校舎《こうしゃ》は巨大《きょだい》な灰色《はいいろ》の石造《いしづく》りの建物で、時計塔《とけいとう》とアーチのついた回廊《かいろう》があり、石の床《ゆか》はぴかぴかにみがかれていた。回廊《かいろう》のまわりには、きれいに刈《か》られたふかふかの緑の芝生《しばふ》が、片側《かたがわ》は小さな池まで、反対側は水路までつづいている。手入れされたあざやかな色の花が咲《さ》きほこり、木々《きぎ》は巨人《きょじん》のように大きく、ほほえんでいる先生たちに負けじと新入生を歓迎《かんげい》するように枝《えだ》を広げている。テニスコートと、サッカーのグラウンドと、屋内プールがあり、談話室なんてどこかの邸宅《ていたく》のリビングルームみたいだった。

教室まで完璧《かんぺき》だった。理科室にいくと――そう、こんな教室は見たことがなかった！　最上階にあって、教室の半分はふつうの木の床《ゆか》だけど、もう半分はなんと芝生《しばふ》になっている。というのも、長方形の屋根は片側《かたがわ》によせられるようになっていて、天気のいい日は、青空の下で芝《しば》生《ふ》にすわって授業《じゅぎょう》を受けられるのだ。

教室のいちばんうしろの椅子《いす》にすわると、緊張《きんちょう》がほぐれていくのがわかった。レポーターはいない。となりにはバスフォードがすわっている。自分でもいけすかないと思うけど、こういう学校に通えることが誇《ほこ》らしかった。こんな立派《りっぱ》な場所に入ることを許《ゆる》されるなんて、なんだか特別な存在《そんざい》になった気がする。

でも、「彼女《かのじょ》」が入ってきて、一瞬《いっしゅん》ですべてが変わってしまった。背《せ》の高さはあたしと同じくらいだけど、あとはすべてあたしより大きい。頭も、からだも、脚《あし》も、きっと足の爪《つめ》も。ゆたかな髪《かみ》は濃《こ》い茶色で、大きな目はブルー、歯も唇《くちびる》も大きい。口はとりわけ大きくて、ひどいことを言うときさえ、笑みを浮《う》かべてる。

そう。ジェニファー・ジョング。じわじわと高まりつつあった聖《せい》ザビエル校への期待値《きたいち》が、一気にさがる。ジョンギーが入れるってことは、だれでも入れるってことだから。運よく、ジョンギーは前の列にすわった。あたしがここに通うって、知ってるんだろうか？　あごを胸《むね》につけるようにして、ひたすら机《つくえ》を見つめた。一日じゅうだって見ていられる、ジョンギーが放っておいてくれさえするなら。

すると、男の人が駆《か》けこんできたので、思わず顔をあげた。くしゃくしゃのブロンドの髪《かみ》はかなり長く、鼻はゆがんでて、片《かた》ほおだけで笑ってるような印象を受ける。半袖《はんそで》のあざやかなオレンジ色のアロハシャツを着ていて、今、ビーチからきましたって感じだ。

「やあ、みんな！　オーウェン・デイル参上だ！」

バスフォードとあたしは顔を見合わせた。バスフォードはにやにやしているけど、あたしは笑えなかった。バミューダではふつうなのかもしれないけど、こんな先生は見たことない。

「まずいくつかルールを」先生は教室をせわしく歩きまわりながら、ビーカーやペットボトルや奇妙《きみょう》な銀色の器具を次々《つぎつぎ》手に取っては、またおいた。「わたしのことはオーウェンと呼《よ》ぶように。デイル先生と呼《よ》んだら、罰点《ばってん》だ」

「罰点《ばってん》ってなんですか？」うしろの列の女の子がきいた。

オーウェンはくるりとふりかえると、その子を見下ろした。上から下までピンクの服を着ている。「罰点《ばってん》っていうのは、わたしがあらゆるときに使う言葉で、『よくないこと』っていう意味だ」そして、小走りで教壇《きょうだん》にむかった。

「成績《せいせき》にも関係するのかってことです。罰点《ばってん》をつけられたら」オーウェンは途中《とちゅう》で足を止めた。

そして、その女の子のほうをふりかえった。

「名前は？」

女の子は不安そうにまわりを見た。「ドーンです。ドーン・ドブランスキー」

「よし、ドーン・ドブランスキー。きみの場合、答えはイエスだ。罰点《ばってん》は成績《せいせき》に関係する」

「わたしだけ？」

「さあどうかな」オーウェンは肩《かた》をすくめ、教室を見まわした。「みんなかもしれないな。どう思う？」

ドーン・ドブランスキーは、意味がわからずにオーウェンを見つめた。「わかりません」

オーウェンは教壇《きょうだん》へ走ってもどると、ひょいと机《つくえ》の上にすわった。そして、あたしたちを見まわした。

「出席をとる。一日でいちばん好きな時間なんだ。十二月までには全員の名前を覚える。指切りまんまんだ」オーウェンは片手《かたて》をあげ、ピースサインを作った。「指切りげんまんだったな」

あたしは思わず笑ってしまった。ヘンな先生。

それからオーウェンは名前を呼《よ》びはじめたが、いちいちおかしなコメントをした。チャールズ・ラファイエットという名前の子には、敬礼《けいれい》をした（独立《どくりつ》戦争のラファイエット侯爵《こうしゃく》と同じ名前だから？）。ジョセフ・ジョセフズという子のときは、「お悔《く》やみ申し上げます」とだけ言った（名字と名前がほとんど同じせい？）。そして、あたしの番がきた。

「ポリー・ピーボディ！」

あたしは手をあげた。

「ピーか！　エンドウマメのことだな。ピーと聞いて、わたしがなにを思い出すかわかるか？」

今や、みんながあたしのほうをむいていた。もちろん、ジョンギーも。あたしはオーウェンだけを見るようにしながら、首をふった。この先生はなにを言うつもりだろうってびくびくしながら。

「グレゴール・メンデルさ！」オーウェンは意気揚々《いきようよう》と言った。「だれだか知ってるかい？」

あたしはまた首をふった。

「だれかわかる人？」オーウェンはきいた。「これは科学の授業《じゅぎょう》だからな。科学的に考えろ。グレゴール・メンデルだ。ところが、彼《かれ》は科学者じゃない。神父だったんだ。聖《せい》アウグスチノ修道会《しゅうどうかい》のな。まあ、修道会《しゅうどうかい》のことはよくわからんが、メンデルはある学問の祖《そ》と言われている――」

オーウェンはだれかがつづけるのを待った。ブロンドにブルーの目をしたきれいな女の子が手をあげた。

「じゃ、マーシャ」

「マーガレットです」

「そのとおり。マーガレットだな。それで？　ピーボディくんとグレゴール・メンデルの共通点はなんだと思う？」

「グレゴール・メンデルはエンドウマメを研究したとか？」

「とか?じゃない」オーウェンは大きな声を張《は》りあげた。「そうなんだ! もっと自信を持って! そうだ、グレゴール・メンデルは現代遺伝学《げんだいいでんがく》の祖《そ》なんだ!」

マーガレットはおどおどした笑みを浮《う》かべた。

「ええと、そうだな」オーウェンはそう言いながら、名簿《めいぼ》を見た。「バスフォード? バスフォード・フォン・トレメルという生徒はいるかい?」

バスフォードはそわそわした。

「バスフォードはいるか? バスフォード・フォン・トレメルくん? それとも、国務省《こくむしょう》にでもいってしまったかな? もしかして大使とか? スパイかもしれないぞ。だから、こんなに静かだとか?【注:「フォン」は、ドイツ語圏《けん》で王侯貴族《おうこうきぞく》の姓《せい》につける称号《しょうごう》】」オーウェンは教室を見まわした。

ジョンギーが立ちあがって、指をさした。「あの子です。昨日の夜のニュースで見ました。ピーボディ家で暮《く》らしてるんです」

バスフォードはぱっと目を伏《ふ》せた。

「やあやあ、フォン・トレメルくん。バスフォードという名前はどこからつけたのか、おききしてもいいかな?」

「父の好きだった先生の名前からつけました」バスフォードは小声で答えた。

オーウェンはびっくりするくらい大きく口を開け、片側《かたがわ》に引っぱられたような笑みを浮《う》かべた。「いい話だ！　自分の子どもにオーウェンかデイルとつけたいと思っている者は、授業《じゅぎょう》の後にわたしのところに相談にくるように。なんらかの取り決めをしておけるかもしれないからね」

オーウェンは、もう一度ジョンギーのほうをふりかえった。「で、公共サービス精神旺盛《せいしんおうせい》なきみ、名前は？」

ジョンギーはきゅっと目を細めた。「さっきの出席のとき、呼《よ》ばれましたけど」

「そうかい？」

「ええ、十秒前に」

「ああ、そうか。イブだね」

「ちがいます」

「ピア？」

「いいえ」

「シルヴィー？」

「ジェニファーです。ジェニファー・ジョング」

「そうか。で、きみはクラス全員のことを知ってるのかい？」

ジョンギーは教室を見まわした。「何人かは知ってます」

「われらが大使、フォン・トレメルくんのこととか？」

「ポリー・ピーボディとか」

あたしは目を閉《と》じた。

「すばらしい」

「それどころか、クラスのみんなに発表しておきたいと思ってたんです」ジョンギーはつづけた。

「ぜひ、どうぞ」

ジョンギーはコホンと咳払《せきばら》いをした。「みんなを代表して、ピーボディ家のことを気の毒に思っていることを伝えたいと思います。自分のうちの農園がつぶれるとわかった次の日に、新しい学校がはじまるなんて、とてもたいへんだと思いますから」

みんな、しんとなった。あたしは自分の手をじっと見つめた。こんなふうに紹介《しょうかい》される予定じゃなかったのに。

「すわりなさい」オーウェンが言うのが聞こえた。「今のは、思いやりがない発言だ」

あたしはそっとふたりのほうをうかがった。ジョンギーがゆっくりすわるのが見えた。ジョンギーはすわると、まっすぐオーウェンの目を見つめたまま、リップブロスをぬぐいとり、またつけなおした。

「けっこうだ」オーウェンは言った。「きみのおかげで、話し合いをはじめるのにもってこいのきっかけができたよ、ジョングくん」

「え？」

「科学的研究についてだ。きみなら、聞いたことがあるだろう。きみは超人的《ちょうじんてき》な事情通《じじょうつう》の女性《じょせい》のようだからな」

オーウェンは教室の前を行ったり来たりしはじめた。「仮にAという事実が存在《そんざい》し、きみはそれについて説明したいと思っているとする」オーウェンはチャールズ・ラファイエットのほうに一歩踏《ふ》み出《だ》した。「たとえば、ビリー――」

「チャールズです」

「チャールズ。チャールズが、自分の髪《かみ》はブラウンだという事実について考えていたとする。きみはどうして自分の髪《かみ》の色がブラウンか、考えたことはあるかね？」

チャールズは首をふった。「いいえ。母の髪《かみ》がブラウンですから。父もそうです。だからむしろもし髪《かみ》がブラウンじゃなかったら、考えたと思います」

「いいぞ！」オーウェンはうれしそうに笑った。「今、チャールズはどうして髪《かみ》がブラウンかという『問い』を設定《せってい》しただけじゃなくて、『仮説《かせつ》』まで提示《ていじ》してくれたんだ。つまり、髪《かみ》がブラウンなのは、両親の髪《かみ》がブラウンだから、ということだ。それから、その仮説《かせつ》を調査《ちょうさ》・分析《ぶんせき》した。この場合は実際《じっさい》に調査《ちょうさ》をしたわけじゃないが、本能的《ほんのうてき》に判断《はんだん》したんだ。髪《かみ》の色は遺伝《いでん》によるものでないかと、正しい推測《すいそく》を行い、ご両親の髪《かみ》の色を考察した」オーウェンはパチンと指を鳴らした。「すばらしい能力《のうりょく》の持ち主だよ！」

オーウェンの話し方にはどこか引きこまれるところがある。オーウェンのこと、好きになるかも。

「頭のおかしい人間を見るみたいな目で見ないでくれよ」オーウェンはクラスのみんなにむかって言った。「さて、これで大事なことがわかっただろう」オーウェンはさらに二歩進んでから、足を止め、困《こま》ったような顔をしてみせた。「大事なこととはなんだ?」

そして、クリストファーという男子をまっすぐ見た。クリストファーの目が見開かれた。

「大事なこと?」クリストファーはくりかえした。

「そのとおり! 大事なこととは、プロセスなんだ! 問いがあり、それを解決《かいけつ》するために、仮説《かせつ》を立てる。推測《すいそく》するんだ。それから、その仮説《かせつ》が正しいかどうか調査《ちょうさ》・分析《ぶんせき》する。それがすべてだ、科学的研究ではな。わかったかな? さてと、ジョングくん」オーウェンはくるりとふりかえると、ジョーとヒソヒソしゃべっているジョンギーを見た。「やあ、不幸な名前のジョセフ・ジョセフズこと、ジョーくん」オーウェンはジョーを軽く牽制《けんせい》してから、ジョンギーのところへ歩いていった。「ジョングくん、きみにひとつ、仮説《かせつ》を立ててあげよう。きみが、尊《そん》敬《けい》すべき科学の教師《きょうし》としゃべるときに塗《ぬ》ってもいいと思っているその化粧品《けしょうひん》を貸《か》してくれるかい?」

ジョンギーはどうすればいいかわからずに、教室を見まわした。オーウェンは満面に笑みを浮《う》かべている。ジョンギーはリップをオーウェンにわたした。オーウェンは教壇《きょうだん》にもどると、読書用メガネをかけ、容器《ようき》に書かれた小さな文字をしげしげとながめた。

「ふーむ」オーウェンはメガネを外すと、ジョンギーにリップを返した。

「なんです？」ジョンギーは不安になってたずねた。

「わたしの仮説《かせつ》はだね――」オーウェンはジョンギーを安心させるようにほほえんだ。「そのリップグロスはきみの健康によくないかもしれない、というものだ。なぜかって？　それは、リップグロスがもともときみの唇《くちびる》にそなわっている保護膜《ほごまく》を損《そこ》なうことによって、日光が直《ちょく》接肌《せつはだ》まで浸透《しんとう》し、皮膚癌《ひふがん》や、非癌性《ひがんせい》の傷《きず》の原因《げんいん》になるかもしれないと思うからだ」

「傷《きず》？」

オーウェンは聞こえなかったかのようにつづけた。「この仮説《かせつ》をどう調査《ちょうさ》・分析《ぶんせき》するか？　わたしはラベルを読んでみた。すると、不幸なことに……」オーウェンはジョンギーのほうを見た。「わたしの仮説《かせつ》は合っていた」

「わかる言葉で言ってください」ジョンギーはイライラしながら言った。

「日焼け防止剤《ぼうしざい》の入っていないリップグロスは、太陽に対して拡大鏡《かくだいきょう》のように作用するんだ」

「どういう意味ですか？」

「別の新しいリップグロスに投資《とうし》したほうがいいということ、だろうね。日焼け防止剤《ぼうしざい》の入っているものに。そうしたら、のちのちわたしに感謝《かんしゃ》することになるだろう。まちがいない」

ジョンギーは作り笑いを浮《う》かべたけど、すぐさま手の甲《こう》でこすって、リップグロスをぬぐいとった。

「さあ、じゃあもう一度だ。だれか、教えてくれ。科学的研究というのは……？」

「問い、仮説《かせつ》、調査《ちょうさ》・分析《ぶんせき》」さっきのブロンドの子が答えた。

「完璧《かんぺき》だ、チャールズ」オーウェンは言った。

「ぼくの名前はクリストファーです」

「そうだ。もちろんだ」オーウェンはクリストファーの机《つくえ》まで歩いていった。「科学的研究というのは、本能的《ほんのうてき》に知っていることをきちんと説明し、その段階《だんかい》ひとつひとつに名前をつけることだ。これから言うことはよく聞いてくれ。今年度を乗り切るためには、やることが山のようにある。そのうちいくつかは、実際《じっさい》に役立つだろう。だが、役立たないものもある。壁《かべ》にスパゲティを投げつけて――」そう言って、オーウェンは右腕《みぎうで》をあげ、うしろの壁《かべ》にものを投げつけるまねをした。「――なにかくっつくか、見てみようってわけだ。さてと。第一回の宿題について説明しよう！」

オーウェンが話しているあいだ、最初に質問《しつもん》に答えたきれいな女の子が、あたしのほうをふりかえった。

「ジョンギーのことはほっとけばいいわ。いっしょにキャンプにいったのよ。あの子がどういう子かは、よくわかってるから」

「ありがとう」

あたしは緊張《きんちょう》のあまり、その子のことをまともに見られなかった。でも、まだこちらを見ているのは、感じる。

「農園のこと、びっくりだよね？」

あたしは机《つくえ》のはしをぎゅっと握《にぎ》った。けっきょく、この子も同じ。「うん、まあ」あたしは顔をそむけると、窓《まど》の外を見た。

「だいじょうぶ？」女の子はきいた。

問いA　：ポリー・ピーボディ。
仮説《かせつ》　：ポリー・ピーボディは変わっている。
調査《ちょうさ》・分析《ぶんせき》：ポリー・ピーボディの農園のことを心配していると言ってみる。
結果　：ポリー・ピーボディは変わっている。

レッテルはずっとついてまわるんだ。

そのあとは一言も口をきかずに、ずっと机《つくえ》だけを見つめていた。穴《あな》があくんじゃないかと思うくらい。そして、授業《じゅぎょう》が終わったとたん、全速力で教室を出ようとして――クラスメートにぶつかってしまった。ウィルとジョーとジョンギーに。

「ねえ、フレディ・ピーボディの妹だよね？」ウィルが言った。

「うん」あたしはだれとも目を合わせないようにしながら言った。けれども、ジョーがいきなり飛びかかってきて、逃《に》げる間もなく、頭を抱《かか》えられ、ひじで押《お》さえつけられた。

「痛《いた》い！」

「なにやってるんだよ？　離《はな》せよ」ウィルがジョーに言った。

でも、ジョーの考えてることはわかってた。あたしが学校にいるのを見たときから、みんながずっとなにを考えてたかってことくらい、わかってる。

「どうして雨が降《ふ》らなくなったか、あたしは知らない！」あたしはさけんで、腕《うで》をふりまわした。「離《はな》して！」

ジョーがあたしを離《はな》すと、おりから逃《に》げたライオンでも見るみたいに、みんなはあたしを遠《とお》巻《ま》きにした。

「ちがうよ、去年フレディにサッカーでしごかれたときの仕返しをしただけなんだ。別に本気じゃ……ふざけただけだって」

ジョンギーはいかにも見せかけの笑みを浮《う》かべた。

「ストレスで参ってるんでしょ。ほっときゃいいわ。ルパート農園はもう終わりなんだし」

ジョンギーは男の子たちにそう言うと、まるで親友みたいにあたしに腕《うで》を回した。

あたしは身をかがめて逃《のが》れようとしたけど、ジョンギーに肩《かた》をしっかりつかまれた。ほかの子たちも集まってきた。知らない子もいる。

「遠足が待ち遠しいわあ」ジョンギーがにんまりした。

あたしは心の中でうめいた。毎年、ママは「責任《せきにん》ある農園経営《けいえい》を学ぶために」といって、あたしのクラスのみんなを農園に招待《しょうたい》していた。

ジョンギーはまだやめなかった。「〈空中ブランコ〉に乗せてもらえるかもね。ほら、あの、乗客をぐるんぐるんふりまわすやつ」そして、あたしの肩《かた》をぎゅっとつねった。あたしがむりやり逃《のが》れるのと同時に、ジョンギーは笑みを浮《う》かべたまま吐《は》き捨《す》てるように言った。「また雨が降《ふ》ればってことだけどね」

「雨はまた降《ふ》るわ」あたしは弱々《よわよわ》しい声で言い返した。

「あなたのおばさんはなんて言ってるの？　今日、自家用ジェットで出発するのを見たって、うちのママが言ってたけど。ママのことなんて知らないふりして。いっつもそう」ジョンギーは上唇《うわくちびる》と下唇《したくちびる》を押《お》しつけあうようにしてリップグロスをのばした。けっきょくのところ、皮膚《ひふ》の傷《きず》の話はそんなに気にしてないらしい。「これ以上、ひどいことになる前に、逃《に》げ出《だ》したとか？」

それを聞いてうろたえたのが、ジョンギーにも伝わってしまった。

そのとき、階段《かいだん》のほうからオーウェンが出てきて、こっちへ歩いてきた。「さあ、そこまでだ。もうやめろ」

「でも、ポリーは例のルバーブ農園のプリンセスなんです！　ちょっとききたいだけ――」

ジョーが言いかけた。

オーウェンはジョンギーとジョーのほうに目をむけた。目元にきびしい表情《ひょうじょう》が浮《う》かぶ。さっきまでの、気のいい先生は消えていた。今のオーウェンは大人で（髪《かみ》は長いし、アロハシャツだけど）、烈火《れっか》のごとく怒《おこ》っていた。

「きみたちにはもっと期待している。二度とこういうふるまいをしないように」オーウェンは静かな声で言った。

「ぼくはなにもしてません。ポリーがおかしいんだ」ジョーが言った。

オーウェンはジョーをにらみつけた。「もういけ！」

「わかりました、わかりましたよ」ジョーは言った。ジョンギーは去りぎわにあたしにウィンクした。そのせいでますます気分が悪くなった。

「ポリー？　だいじょうぶか？」オーウェンがきいた。

あたしはうなずいた。

「大使と教師《きょうし》なら、頭ごなしに命令できるからね。そうだろう、大使？」

オーウェンはバスフォードにウィンクした。バスフォードはうっすら笑みを浮《う》かべた。

「さて、いいかい、グレゴール・メンデル」オーウェンはあたしにむかって言った。

「グレゴール？」

「聞いてなかったのかい？　エンドウマメのメンデル神父だ。比喩的表現《ひゆてきひょうげん》は避《さ》けてほしいかい？　いいだろう。わたしはふつうのしゃべり方もできるんだ。さてと、ポリー・ピーボディ」オーウェンは壁《かべ》によりかかると、頭をかたむけて、あたしの目をのぞきこんだ。「わたしのきいたところによると、きみの家の農園はかなり魅力的《みりょくてき》な場所で、みんなの注目を集め、いいことをいろいろしているみたいだな。だから、すなおに興味《きょうみ》を持って、話題に出す人も多い」そして、また片《かた》ほおだけで笑った。「それに、おそらく、おそらくだが、そういう人たちは、きみ自身にもすなおに関心を持っているんじゃないかな。きみもそうじゃないか、大使どの？」

バスフォードはうなずいた。でも、バスフォードがあたしに関心を持つのは、あたりまえだ。うちの農園で暮《く》らしてるんだから。

どちらにしろ、オーウェンがなにを言おうとしているかは、わかっていた。でも、大人は頭に霧《きり》がかかってる。中学がどういうところだか、忘《わす》れてしまうのだ。あたしは、得体の知れない雨の降《ふ》る、得体の知れない農園の子だ。おまけに、あたし自身も変わってる。きっと、これからもずっとそう。自分の中のおかしな部分を殺すことができたら、そう、抑《おさ》えつけることができるなら、とっくにそうしてる。同じ年の子から関心を持たれても、あたしのヘンなところがどんどんほじくり返されるだけ。

「ありがとうございます」あたしはそれだけ言って、オーウェンとバスフォードをおいて走りだした。聖《せい》ザビエル校は広い。かくれる場所くらいあるはずだから。

同じ日（9月2日・火）　ひざをすりむく

学校から帰ると、ママに、遠足をとりやめるようにたのんだ。

「まさか、だめよ」

「ママ、みんな、ただきて、ぽかんと見てるだけなのよ」

「ちがうわ。みんな、勉強しにくるのよ。もう、ぜんぶ計画は立てたの。あなたのクラスのみんなに、ルバーブの植《う》え替《か》えを手伝ってもらうつもりなのよ！」

「雨が降《ふ》らなかったら、どうするの？　それでも、楽しい？」

「ええ」ママは頑固《がんこ》に言《い》い張《は》った。「ねえ、ポリー。ママたちは別にあなたを苦しめるためにやってるんじゃないの。遠足を受け入れてるのは、信じられないかもしれないけど、生徒の中には本気で責任《せきにん》ある農園経営《けいえい》に関心を持ってる子もいるからなのよ」

たしかにジェニファー・ジョングは本気で関心を持ってるだろう。ジョンギーが知りたいことリストでは、「真夜中の儀式《ぎしき》でどんないけにえを捧《ささ》げているのか？」と「イモリを煮《に》ている大釜《おおがま》をどこにかくしてるのか？」がトップ2かも。

あたしは思いっきり陰険《いんけん》な目つきでママを見た。

「学校も、これからもっと楽しくなるわよ」ママは言った。

「自分の部屋にいっていい？」

　ママはあたしの肩《かた》にふれようとして手をのばしかけたけど、ふっと止めて、ただうなずいた。あたしは階段《かいだん》を駆《か》けあがると、部屋に入って、ドアを閉《し》めた。外は晴れてるのに、あらゆるものが腐《くさ》っていく気がした。聖《せい》ザビエルみたいな学校は、ジェニファー・ジョングみたいな子にはいいかくれみのになる。エディスおばさんは自家用ジェットでどこかへいってしまった。あたしは、ハリーを殺してしまったかもしれない。

　そして、雨は降《ふ》らなくなった。

　タッパーの容器《ようき》を見つめた。ハリーの葉と茎《くき》が水に浮《う》いている。あたしったら、こうやっておけば、奇跡《きせき》が起きて、またくっつくとでも思ったわけ？　もちろん、くっついたりしなかった。ハリーの破片《はへん》が、バラバラに浮《う》かんでるだけ。今夜も同じ、明日も同じ、来年になっても同じ。もっといい方法を考えないかぎり。

　タッパーの容器《ようき》を片腕《かたうで》に抱《かか》えると、もう片方《かたほう》の手で水筒《すいとう》を持った。〈湖〉まで走っていって、水筒《すいとう》を突《つ》っこみ、ふちまで〈湖〉の水を満たす。それからまたチョコレート・ルバーブ畑まで走っていくと、十八列三十番目までいった。ハリーのところまで。

　もちろん、そこにはなにもなかった。地面にしゃがみこんで、両手で土を掘《ほ》りはじめる。土が温かく感じられる。そして、見つけた。ハリーの根が一本だけあるのを見て、ほんの少し気持ちが落ち着く。白いひょろっとした根はようやく地面の上に顔を出すくらいの長さしかなかった。ていねいに〈湖〉の水をかける。それから、おごそかにひざまずくと、十字を切った。**ぜったいにハリーのこと、あきらめない。約束する。もし聞いてたら、あたしのことも見捨《みす》てないで。**

それからのろのろと〈城《しろ》〉へむかって歩きはじめた。土を蹴《け》って歩きながら、気持ちをまとめようとする。学校や、ハリーや、昨日、雨が降《ふ》らなかったことについて、どう考えればいいかわからない。脳《のう》が停止してしまったみたい。たぶんあたしは今すぐ答えがほしいだけなんだ。

「なにが起こってるの？」気がつくと、〈泣き桜《ざくら》〉に話しかけていた。みるみるうちに、花びらに涙《なみだ》のしずくがたまった。

「ごめんね」あわてて言う。「本当にごめん」〈泣き桜《ざくら》〉はよくひとりで泣いている。でも、今みたいに、あたしのせいで泣きはじめることもよくあって、そのたびに、ひどいことをしたような気持ちになる。

手をのばして、垂《た》れ下《さ》がった枝《えだ》をつかんだ。花びらがはっとするほど美しい。ピンク色のレースみたいで、木のてっぺんからあたしの足元まで滝《たき》のようにこぼれ落ちている。この木とあたしはどこかでつながっている。だからいつも、本を読んだりひとりになりたいときにここにくると、気持ちが楽になった。

さっと枝《えだ》を持ちあげて、その下をくぐった。霧《きり》は木と同じ高さまできていて、空間という空間すべてを満たしていた。改めて霧《きり》をながめると、ちっともおそろしくないことに気づいた。

むしろ、美しい。水の粒《つぶ》が連なるようにきらきらと緑色に輝《かがや》き、その連なりが糸のように一本一本編《あ》み合わさって、魔法《まほう》の網《あみ》を織《お》りなしている。手をのばして、つまんでみようとしたけど、今度も手に緑色の水滴《すいてき》がついただけだった。何百匹《びき》というトンボがせっせと作ったのだ。

「ねえ、なにをしてるの？」あたしはさけんだ。スパークか仲間が答えてくれるかもしれない。

「どうしてこれを作ってるの？」

ちょっと待ってみてから、あきらめて霧《きり》の下にすわり、湖のほとりの大きな岩によりかかった。ここで、眠《ねむ》ってしまいたい。そうしたら、おとぎ話の世界に入って、目が覚めたら、霧《きり》が晴れて、エディスおばさんが、そう、農園を売ろうとしてる知らないおばさんじゃなくて、あたしのエディスおばさんが、目の前に立ってるかもしれない。あたしにまた、アステカ族のことなんかを教えるために。

「スパーク？」もう一度呼《よ》んでみる。

霧《きり》のことばかり見ていたので、湖は蚊《か》の遊び場だという基本的《きほんてき》な事実を忘《わす》れていた。これじゃ、食われ放題。首の下の方を刺《さ》され、鎖骨《さこつ》のあたりを思いきりたたいてつぶした。**ごめん、ビアトリス。虫を殺しちゃった。**すると、すぐそばを色あざやかな虫がかすめていった。スパークだ。

「スパーク、話があるの」立ちあがって、スパークのあとを追いかけて湖のきわまでいった。

「ハリーのことだけど、そんなつもりはなかったの。ただ――」

スパークはあたしの横を通《とお》り抜《ぬ》け、十メートルほど離《はな》れたところにある岩のほうへむかった。走って追いかける。枝《えだ》をよけ、霧《きり》の下にもぐりこむと、やっとスパークの姿《すがた》がはっきり見えた。蚊《か》の群《む》れにしのびよろうとしている。ところがスパークがごちそうの中にとびこんでいったのと同時に、右足をとがった灰色《はいいろ》の石にひっかけあたしは思いきり転んだ。ひざを切ってしまったらしい。

手からも血が出てる。またやってしまった。手首の血を吸《す》いながら、目をしばたたかせて涙《なみだ》をこらえ、起きあがろうとすると、右手がなにかごつごつしたものにふれた。拾って目の前まで持ちあげ、血がついている手の甲《こう》で涙《なみだ》をぬぐってから、ながめた。

鍵《かぎ》だった。長いブロンズの鍵《かぎ》で、持つところは切《き》り抜《ぬ》き細工になっている。柄《え》の部分に文字が刻《きざ》まれていた。

WATER. NATURA NIHIL FIT IN FURSTRA +/−

けがのことは頭から消え去った。エディスおばさんがイーニッドの塔《とう》のドアを開けるのに使った鍵《かぎ》とそっくりだったから。

頭がぐるぐる回りだす。エディスおばさんの鍵《かぎ》？〈泣き桜《ざくら》〉の下に？　スパークが鍵《かぎ》とあたしのあいだをヒュンッと通《とお》り抜《ぬ》けた。

「鍵《かぎ》がここにあることを、知ってたの？」

スパークが空中に文字を描《えが》くのを待ったけど、ただその場で上にいったり下にいったりしただけで、またあたしの肩《かた》をかすめるように飛んでいって、空中で蚊《か》をつかまえた。

もう一度鍵《かぎ》を見つめた。WATERはわかる。水。でも、あとの言葉はラテン語？　＋と－はなに？

「ああ、ポリー、ここにいたんだ。お母さんに探《さが》してきてってたのまれたんだよ」バスフォードが桜《さくら》の枝《えだ》を押《お》しわけて入ってきた。そして、目が吸《す》い寄《よ》せられるように霧《きり》を見た。「わ、すごい」それから、あたしのひざと顔を交互《こうご》に見た。

「血が出てるよ」

「たいしたことない」シャツに手をぐいっと押《お》しつけて、血を吸《す》わせた。

「そっちじゃない。脚《あし》のほう」

下を見ると、ひざから血がどくどく流れていた。

「うそ、最低！　これ、持っててくれる？」あたしはバスフォードに鍵《かぎ》をわたすと、シャツを下に引っぱって、ひざに押《お》しつけた。「転んじゃったの」

あたしが脚《あし》の血をシャツに吸《す》わせてるあいだ、バスフォードは顔の前に鍵《かぎ》を持っていってしげしげとながめていた。

「今、見つけたの。家にもどったら、そこに刻《きざ》んである言葉の意味を調べてみるつもり」

バスフォードの目がきらっと光り、口元でかすかな笑みが躍《おど》った。

「調べなくてもいいよ。ラテン語だよ。ラテン語ならわかるから」それから、ほおを赤くした。

「少しだけだけどね」

「そうなんだ。なんていう意味？　教えて」

バスフォードは慎重《しんちょう》に言葉を口にした。「自然のなすことにむだはない」

お腹《なか》に一発食らったような衝撃《しょうげき》だった。「え？」

「『自然のなすことにむだはない』」バスフォードはくりかえした。あたしの顔から血の気が引くのを見て、バスフォードの笑みがすっと消えた。

「まちがいない？」あたしはきいた。

「うん。どうした、ポリー？」

声は聞こえていたけど、答えられなかった。おばあちゃんと午後のピクニックへいったときのことを思い出していたのだ。〈ホワイトハウス〉のまわりを散歩したり、〈泣き桜《ざくら》〉の木の下で話したりしたことを。

自然のすることにむだはないんだよ、ポリー。それを忘《わす》れるんじゃないよ。

おばあちゃんの言葉。それが鍵《かぎ》に刻《きざ》まれてる。

だれかが、あたしになにかを伝えようとしてるんだ。空を見あげ、スパークの姿《すがた》を探《さが》した。霧《きり》の中には数百匹《ぴき》というトンボがいたけど、一匹《ぴき》たりともこちらを見ているトンボはいない。

「まちがいかもしれない。訳《やく》しまちがいかも」バスフォードが言った。

ふたたびおばあちゃんの声が頭の中でひびきわたった。「ううん。合ってる」

同じ日（9月2日・火）　イーニッドのネックレス

バスフォードをおいていくのは悪い気がしたけど、まだイーニッドの塔《とう》に案内する気にはなれない。バスフォードを信用してないからじゃない。だって、同じ年で親切にしてくれたのって、バスフォードが初めてだから。塔《とう》のおかしなものを見て、バスフォードが気味悪がると思ってるからでもない。バスフォードはきっと気味悪がったりしない。ただ、あの塔《とう》はあたしのものだって思ってるから。あたしだけのものだって。

それから、もちろん、エディスおばさんと。

ふるえながら階段《かいだん》をあがっていく。ここにくると、エディスおばさんのことを思い出してしまう――コオロギのことも。

一段《だん》一段《だん》のぼることだけに集中する。鍵《かぎ》を取りだし、鍵穴《かぎあな》に入れ、ゆっくりと回す。スライド錠《じょう》が外れる音がする。呼吸《こきゅう》が速く、浅くなる。重いドアを押《お》し開《あ》けると、コオロギの攻撃《こうげき》にそなえ、すぐさま飛びのいた。でも、なにも動く気配がない。そろそろと一歩踏《ふ》み出《だ》すと、敷《しき》居《い》をまたいで、部屋の中に入った。

入ったとたん、おばけコオロギが突進《とっしん》してきて、あたしの肩《かた》に跳《と》びのった。

「ちょっと！」

おばけコオロギは跳《と》びおりると、ほこりだらけの本の山に着地した。そして、おかしな歌に合わせて腕《うで》をふるような感じで、脚《あし》をふりまわした。

「まさか笑ってるの？」

コオロギは返事をしようとするように前脚《まえあし》をあげたけど、そのとき、壁《かべ》からツタがぽろりとはがれ落ちた。ツタはそのまま這《は》うようにあたしのところまでやってきて、あたしの頭より高いアーチを作った。すると、また別のツタが壁《かべ》から離《はな》れ、やっぱりアーチを作る。

あたしに道を作ってくれているのだ。あたし専用《せんよう》の魔法《まほう》の道。

やわらかな光が大きな弧《こ》を描《えが》くようにさしこみ、部屋を満たしている。中を見まわしていると、次々疑問《つぎつぎぎもん》が浮《う》かんできた。

スパークが鍵《かぎ》を持ってきたの？　あたしにここにきてほしいってこと？

魔法《まほう》の道はあたしを導《みちび》くように部屋の奥《おく》へむかい、本の山の横を通って、丸い塔《とう》の壁《かべ》にそってのびていく。そして、ほこりをかぶったタイルの丸テーブルのところでようやくとまった。

おばけコオロギがテーブルの上に跳《と》びのり、あたしはまたビクッとしてしまった。

「ああもう！　そうやって急に飛び出してくるの、やめて！」

おばけコオロギは脚《あし》をのばして、テーブルの真ん中においてある小さな黒い箱をさした。箱を手にとって、おばけコオロギのほうをちらりとうかがうと、コオロギの大きな黒い頭がいいというようにこくんとうなずいた。

箱を開けると、中に小さなカードが一枚《まい》、入っていた。むかしふうの手書きで、「イーニッドへ」とある。その下の白い薄紙《うすがみ》をどけると、長い金のネックレスが出てきた。

「エディスおばさんが鍵《かぎ》を下げてた鎖《くさり》と同じね」そう言うと、おばけコオロギはまたうなずいた。「もらっていいの？」

そうきいたとたん、いきなり十五匹《ひき》ほどのコオロギが現《あらわ》れて、おばけコオロギといっしょになってピョンピョン跳《は》ねながら、本の山のてっぺんまでのぼってきた。コオロギたちはチアリーダー顔負けのパフォーマンスをくりひろげ、最後はそれぞれ別の高さの本にちょこんととまった。すると今度はツタがくるくるとつるをのばし、気味の悪い巨大《きょだい》なカメムシがうじゃうじゃ出てきて、前脚《まえあし》をつなぎあい、子どもの手つなぎ遊びみたいに輪を作った。かわいいと言えばかわいいけど、かなりグロテスク。

すると、ツタがアーチに文字を描《えが》いた。〈YES 4U（そう、あなたのため）〉

あたしはポケットから鍵《かぎ》を出して、てっぺんの穴《あな》にネックレスを通した。それから顔をあげると、またお客が現《あらわ》れた。スパークだ。

「ねえ！」

ネックレスをスパークの前にぶら下げてみせたけど、興味《きょうみ》はなさそうだった。部屋をさあっと一周して、コオロギのところへすっ飛んでいく。そしてスパークは上下に飛んだり、ジグザグに進んだりしはじめた。一方のおばけコオロギは飛《と》び跳《は》ねたり、黒い脚《あし》をのばしたりしている。どうやら本格的《ほんかくてき》な会話を交わしているらしい。

かなり勇気がいるけど、あとは、カメムシにきくしかない。

「ねえ、どういうことなの？」いちばん大きなのにきいてみた。

カメムシはしばらく答えなかった。それからやっと動いたけど、これってぜったいおなら。なんなのよ！

そうしたら、ちょうどスパークがおばけコオロギとの話を終えてもどってきた。スパークは小刻《こきざ》みな動きで部屋を飛びまわりながら、しょっちゅうふりかえっては、あたしが見ているか確認《かくにん》している。そわそわしてるみたい。

「なにか言いたいことがあるの？」

スパークが空中で上下した。

「待って。先にあたしの話をさせて」深く息を吸《す》いこむ。「ハリーのこと、傷《きず》つけるつもりはなかったの。ぜったいに、誓《ちか》って、ハリーを元通りにする。どんなことをしてでも——」

I　KNOW（わかってる）

そんな答え、簡単《かんたん》すぎる。自分がやってしまったことを声に出して言うのは、初めてなのに。どれだけ後悔《こうかい》しているか、どうしてもはっきり伝えたい。

「根が一本残ってるの。小さいけど、毎日でも水をあげるつもり。そうするのがいいなら」

スパークはじれったそうに上下した。いらだってる。でも、あたしだってそれは同じ。

「そんなにあせるほど大切なことってなに？」

ＷＡＴＣＨ（見ていて）。

「見てるわよ」すると、スパークはうしろむきに宙返《ちゅうがえ》りして、文字を描《えが》きはじめた。

「今のはＳ？」

スパークは上下してから、今度は天井《てんじょう》まで上にまっすぐ飛んでいった。

「Ｉ？」

今度も、スパークは（そう）というように上下した。次の文字は、またまっすぐの線に見えた。まず下へ。それから右へ。それをくりかえす。下、右――。

「Ｌ？」

ＳＩＬ？　うそ。顔がこわばる。

「スパーク、まさかちがうよね、まさかそれって……」

スパークは最後に、ぐるぐる、ぐるぐる、飛んで完璧《かんぺき》な円を描《えが》いた。

ＳＩＬＯ。貯蔵庫《サイロ》。〈ダークハウス〉だ。

目の前に巨大《きょだい》な黒いサイロの姿《すがた》が浮《う》かんできた。生きた怪物《かいぶつ》が息づいているかのように。

〈ダークハウス〉だけはぜったいにいや。

スパークはやってみろっていわんばかりに、あたしの前にふわりと浮《う》かんだ。ツタはぴたりと動きを止め、カメムシは脚《あし》をおろし、コオロギはテーブルに跳《と》びのった。みんな、あたしを見つめている。

ぎゅっと目をつぶる。「ハリーのことで仕返ししてるわけ？ 幽霊《ゆうれい》が出るところにあたしをいかせようってこと？」目を開けると、部屋をさっと見まわした。「巨大化《きょだいか》したナメクジがうじゃうじゃいるところに？」

スパークはヒュンヒュンとあたしの頭のまわりを回ると、右耳のところで止まった。あきらめる気はないのだ。ほかの虫たちは、おばけコオロギでさえ、こおりついたようにだまりこくっている。

「ハリーのことは後悔《こうかい》したって言ったでしょ。今だって後悔《こうかい》してる。あんなひどいこと、今までしたことなかった。ハリーを生き返らせるためなら、なんだってする。でも、それだけはむり。サイロにいくのだけは、ぜったいにむりなの。ごめんなさい。とにかくできない」

あたしがことわるのを聞いて、ツタはパタンと床《ゆか》に落ちた。おばけコオロギのほうを見ると、黒い脚《あし》をふっていた。

チッチッチッって舌打《したう》ちされているような気がした。

「むりなの」大きな声でどなる。「ごめんなさい、でもむり」こみあげてきたものをぐっとこらえ、とぼとぼと出口へむかう。「ネックレス、ありがとう」

バタンとドアを閉《し》め、急いで鍵《かぎ》をかけた。そうすれば、虫たちがついてこられないとでもいうように。

部屋にもどると、いちばん上の引き出しにネックレスをしまって鍵《かぎ》をかけ、窓辺《まどべ》にすわった。そして、いつも見ないようにしている方向へむりやり目をむけた。

サイロ。

窓《まど》から見える〈ダークハウス〉は、大文字のLの形をしている。横線にあたる部分はジャイアント・ルバーブを日光にあてずに育てる納屋《なや》に使っている。縦線《たてせん》の部分がサイロだ。サイロははるかむかし、ひいひいおじいちゃんのレオナルドがこの農園を造《つく》ったときからずっとここにある。でも、納屋《なや》の部分は、おばあちゃんがイエール大学の科学者を呼《よ》んだときに建《た》て増《ま》したものだ。ルバーブの葉からシュウ酸《さん》をとり、大気に放出して地球を冷却《れいきゃく》する研究について書かれた本を読んだからだった。パパいわく、これもおばあちゃんの偉業《いぎょう》のひとつだ。アイデアを思いつくと、すぐさまふさわしい人物を呼《よ》び、ジャーン！　実行する。あたしたちはジャイアント・ルバーブを育て、たくさんのお金をもうけて、世界のために役立った。パパの言う、ウィンウィン、みんなが得をするってやつだ。

ジャイアント・ルバーブは、「促成栽培《そくせいさいばい》」という方法で巨大化《きょだいか》させる。畑からルバーブを掘《ほ》り出《だ》し、一本ずつブリキの樽《たる》に植《う》え替《か》え、約六週間、納屋《なや》の中に入れておく。納屋《なや》の中では、水はやるが、日光にはいっさいあてない。納屋《なや》とサイロの壁《かべ》が真っ黒に塗《ぬ》ってあるのは、そのためだ。ほかの植物と同じで、ルバーブも文字どおり死に物狂《ものぐる》いで日光を求めるから、すべてのエネルギーが葉に注ぎこまれ、結果、巨大化《きょだいか》し、地球冷却《れいきゃく》に役立つシュウ酸《さん》が大量に作られる。そして六週間後、ルバーブが枯《か》れてしまう前に納屋《なや》から出し、地面に植《う》え替《か》える。このプロセスを「移植《いしょく》」という。ほとんどの人にとっては、ハロウィーンっていえば盛大《せいだい》なパーティだろうけど、あたしたちにとっては、ルバーブの植《う》え替《か》えの日。

パパは、納屋《なや》はこわくもなんともないと言う。一度いっしょに中を見てまわればわかるよ、って。でも、むりなのだ。恐怖《きょうふ》はあたしのからだの深いところに根ざしていて、もはや骨《ほね》の一部になっているような気さえする。クロネコをこわがる人がいる。ジェットコースターがこわい人もいる。あたしは〈ダークハウス〉がこわい。

中でも、サイロが特にこわい。少なくとも、納屋《なや》には用途《ようと》がある。でも、サイロにはなにもない。ただそこに存在《そんざい》し、農園を見下ろし、善《よ》きものに黒々《くろぐろ》と影《かげ》を投げかけている。

窓《まど》から目をそらした。

ごめん、スパーク。あたしにはできない。正真正銘《しょうめい》の臆病者《おくびょうもの》だから。

9月5日（金）　水の循環《じゅんかん》

今までのところ、あたしはジョンギーを無視《むし》している。エディスおばさんは南極にいったらしい、とささやかれたときも無視《むし》した。チャールズとビリーとクリストファーに、チョコレート・ルバーブがぜんぶ枯《か》れる前に残りを買えるかってきかれたときも、無視《むし》したし、アフリカの干《かん》ばつに関する記事を親切に机《つくえ》においていった人も、無視《むし》した。

でも、今日の科学の授業《じゅぎょう》は無視《むし》できなかった。教室の電子ボードに今日のテーマが書いてあるのを見て、最初は冗談《じょうだん》だと思った。

　水の循環《じゅんかん》について

　淡水《たんすい》の安定供給《きょうきゅう》は、国際《こくさい》社会を維持《いじ》するためもっとも重要な要素《ようそ》である。

ジョンギーが教室のすみからヤジを飛ばした。「クラスまるごとルパートの農園に移動《いどう》して授業《じゅぎょう》をすればいいわ！　そろそろ水が必要だろうしね、雨乞《あまご》いの踊《おど》りも効《き》き目《め》がないみたいだから」

クラスメートたちがクスクスと笑った。聖《せい》ザビエル校は前の学校よりきれいで、生徒もお金持ちだと思ってた。だけど、けっきょく内側はどの学校も変わらない。そんなの、当たり前なのかも。目を閉《と》じて、好きなものを思《おも》い浮《う》かべようとする。チャールズ・ディケンズ。チョコレート・ルバーブ。くだらなくて笑える映画《えいが》。

「ジョングくん、前に出てきてくれるかな?」オーウェンがプリントに目を通しながら、顔もあげずに言った。

ジョンギーはわざとらしく目をぐるりと回して見せた。「どうしてですか?」

「質問《しつもん》をしたいからだ」

ジョンギーはぶらぶらと前へ出ていった。

オーウェンはプリントをおくと、椅子《いす》の背《せ》によりかかった。

「雨乞《あまご》いの踊《おど》りの歴史について、クラスのみんなに説明してくれるかい?」

「えっ?」

「たった今、きみが雨乞《あまご》いの踊《おど》りについて言及《げんきゅう》したのを聞いたんだがね。きみがどのくらい知っているか、ぜひ知りたい。雨乞《あまご》いは、多くの古代社会および現代《げんだい》の社会でも、大切な要素《ようそ》をしめる伝統《でんとう》であり、食物確保《かくほ》が天候に左右される地域《ちいき》ではことさら重要だ。さて、では詳《くわ》しく教えてほしい。雨乞《あまご》いについて、どんなことを知っているんだい?」

「あたしがペットをいじったから、腹《はら》を立ててるだけでしょ」

「ペット？　うちの犬がここに？　ウィンストン！」オーウェンはあたしたちのほうを見てきょろきょろした。「うちのウィンストンはどこにいたって見えるはずなんだがな。なにしろ三十六キロのチョコレート色のラブラドール犬なんだ」オーウェンはジョンギーのほうへ顔を向けた。「ウィンストンをいじった？　ノミでも取ったとか？　なんの話だ？」

「ちっともおもしろくないし」

オーウェンが椅子《いす》を勢《いきお》いよく引いたので、キイッと音が鳴った。立ちあがったオーウェンの表情《ひょうじょう》はがらりと変わっていた。

「きみもちっともおもしろくないね、ジョングくん」

あたしは目を閉《と》じて、深く息を吸《す》いこんだ。オーウェンがあたしのためにやってるのはわかってるけど、やりとりを聞いてると、オーウェン自身のためにもやっているような気がした。ジョンギーみたいな子に勝手なふるまいを許《ゆる》すつもりはないってことだ。実際《じっさい》、効《き》き目《め》をあらわしつつある。

ふたたび目を開けると、オーウェンが説明をしていた。「……で組を作る。水分子の相転移《そうてんい》【注：物質《ぶっしつ》が気体から液体《えきたい》や固体へ、あるいはその逆《ぎゃく》に変化すること】の温度を測《はか》る。今から保証《ほしょう》しておくが、聞いたとおり、退屈《たいくつ》な作業だ。だから、せめてパートナーにはおもしろい相手を選べ」

すぐさまバスフォードのほうを見ると、バスフォードがうなずいたので、ほっとした。

「バスフォード！」ジョンギーが割《わ》って入《はい》ってきた。「あたしのパートナーになって。いいでしょ？　ポリー、別にかまわないわよね？」

ジョンギーなんて、パートナーならいくらだっているはずなのに。あたしにはひとりしか友だちがいないのに、それさえ横取りするなんて。

バスフォードのほうを見る。でも、バスフォードはこの状況《じょうきょう》が読めていない。

「ポリー」オーウェンがにっこり笑って言った。「ドーンと組めばいい」

オーウェンは、ドーン・ドブランスキーのほうに手をふった。いつもピンクの服を着ている子だ。ヘッドバンドもピンク、シャツもピンク、靴下《くつした》もピンク。あたしは教科書やノートをまとめた。

「ごめん」バスフォードがささやいた。ジョンギーは、大きなえくぼを作ってバスフォードにむかってほほえんだ。バスフォードも笑い返していた。なにあれ。だから男子っていうのは！

あたしは頭をふりつつ、ドーンのところへいった。

「あたし、もうはじめてるんだ」ドーンが言った。きれいな白い肌《はだ》をしていて、薄《うす》い唇《くちびる》にピンクのリップグロスを塗《ぬ》っている。「夏休みに、実験の資料《しりょう》をぜんぶダウンロードしておいたの。ポリーもした？」

「ううん」

「そう。じゃあ、あたしと組めてよかったって思うと思う！」ドーンはにっこり笑った。「水を温めて、蒸気《じょうき》になるのを観察して、それから、冷えて凝縮《ぎょうしゅく》するのを観察するの。もちろん、液体《えきたい》になるってこと。水蒸気《すいじょうき》が降水《こうすい》するのが見られるのよ！　雨みたいに。あたし、科学が大好きなの。ポリーは？」ドーンは顔を輝《かがや》かせた。

「うん、好き」あたしはため息まじりに答えた。

オーウェンが教室を歩きまわっているあいだに、ドーンは炭酸《たんさん》飲料が入っていたペットボトルと靴《くつ》ひもを用意した。あたしは手伝ってるふりをした。

「問題ないかい？」

ドーンはにっこりした。「はい、デイル先生！　じゃなくて、オーウェン」

あたしはオーウェンのほうを見なくてすむように、靴《くつ》ひもをペットボトルのキャップの穴《あな》に通すのに集中した。ドーンはずっとしゃべりつづけ、どうすればいいかをいちいち教えてくれた。あたしたちはペットボトルの底から七、八センチのところまで水を入れた。

「そしたら、あっちに持っていって」ドーンは教室の芝生《しばふ》を指さした。「そのあいだに、あたしはこっちのボトルをやっておくから」そして、もうひとつのペットボトルに土を入れはじめた。

水の入ったボトルをもって、芝生《しばふ》のほうへいった。わざわざ避《さ》けたのに、ジョンギーはまたあたしの前に立ちふさがった。

「ルバーブ魔女《まじょ》」ジョンギーは小声で言った。

ぱっと身をひるがえしたひょうしに、マーガレットにぶつかってしまった。ペットボトルがマーガレットの腰《こし》にあたった。

「いた!」

「ごめん」すぐに謝《あやま》った。

「それ、めちゃめちゃ熱い」マーガレットがボトルを指さした。

あたしは手元を見て、驚《おどろ》いた。たしかに、ボトルの中の水が、沸騰《ふっとう》してるとまでは言えないけど、すでに蒸発《じょうはつ》がはじまって渦《うず》を巻《ま》いている。ボトルを高くかかげて、光にすかして見た。

オーウェンがふりかえった。「どうした?」

あたしは、なぜかうしろめたい気持ちでオーウェンのほうを見た。別になにもしてないのに。

「これです」オーウェンにボトルをさしだす。

オーウェンは興味深《きょうみぶか》そうに受け取った。それから、空を見あげた。クラスのみんながこちらを見ている。

「太陽の熱で温まったみたいだな」オーウェンは言った。そして、まるであたしが耳から蒸気《じょうき》を出してるみたいにじっと見つめた。

「こうなるものなんですよね?」

「ああ」オーウェンはゆっくりとうなずいた。そして、またじっとペットボトルを見つめた。

「まあ、そうだ」それから、ペットボトルを床《ゆか》において、レンガの仕切りにもたせかけた。「そうだな。そんなところだ」

クラスメートたちが、ぽかんとこっちを見つめているのを感じた。こんなおかしな現象《げんしょう》が起こるのは、へんてこなポリー・ピーボディだけって顔で。せいいっぱい早足でドーンのところへもどってから、そっとふりむくと、オーウェンはまだ教壇《きょうだん》からあたしのことを見ていた。

ドーンは待ちきれないようすだった。「これがもうひとつ」そして、土の入ったペットボトルをさしだした。「もう種は植えておいたから」今度は、できるだけ急いでさっきと反対側にいくと、ペットボトルをおいた。だれかに見られているかもしれないと思ったけど、床《ゆか》においたあと、そっとボトルを見てみた。別に熱くなったりしてるようすはない。おいたときのままだ。なんだかバカみたい。

授業《じゅぎょう》のあとで、バスフォードのところへいこうとしていたら、オーウェンに呼《よ》び止《と》められた。

「ちょっといいかな?」

まだペットボトルのことが気になってるらしい。「さっきのはすごかったな。どういうことか、心当たりはあるかい?」

「なにも」あたしはリュックを反対側に持ちかえた。「あれって、なにかヘンなんですか?」

オーウェンはあたしをたっぷり一秒間、見つめた。「いいや。ピラミッドだって、ヘンだ。月面歩行? ヘンだろう! 蝋人形館《ろうにんぎょうかん》は? いったことあるかい? どう見たってヘンだ。ヘン度としちゃ、十点満点中……」オーウェンはつづきを考えながら、笑みを作った。「数字じゃ表せないいな。謎《なぞ》だ」

「たしかさっき、太陽のせいだっておっしゃってましたよね」

「まあな。だが、実際《じっさい》はどうかなと思っている。ペットボトルはかなりの熱さになっていた。それも、かなりの速さでね」オーウェンは肩《かた》をすくめた。「だが、別に問題はない。悪いことじゃない」

あたしは唇《くちびる》を噛《か》んだ。「じゃあ、もういいですか?」

「ああ」オーウェンは笑ってみせた。「きみはいつもそうやって心配ばかりしてるのかい?」

オーウェンの目をまっすぐ見つめて、あたしは正直に答えた。「はい」

9月6日（土）　クモ

バカだった。エディスおばさんが待っててくれるかもと思ったなんて。でも、昨日の午後、学校から帰る途中《とちゅう》で、急におばさんがきてくれるような気がした。いつものように金曜日の個《こ》人《じん》レッスンに出かけて、みんながうらやましがるような特別ですごいことを学ばせてくれるんじゃないかって。

うちに入っていって、〈城〉の前にベンツがとまってないのを見て、あからさまにがっかりした顔になったのが自分でもわかった。でも、自分のせい。もしかしたら、と思うなんて。エディスおばさんが旅に出ているのはまちがいない。できるなら、一秒もむだにせずに外国へいくって人だから。おばさんはいつも、人間について学ぶなら、最前列の席から見るしか方法はないって言ってる。でも、今、毎晩《まいばん》読んでいるエマソンさんは、おばさんとは意見が違《ちが》った。**賢明《けんめい》な人間は家にとどまる。**エマソンさんの考えは、どちらかというと、エディスおばさんよりおばあちゃんよりだ。でも、今はもう、エディスおばさんがなにをして、どう考えているのか、あたしにはわからない。思っていたより、あたしはおばさんのことを知らないのだ。

おばさんの言ったことは正しかった。農園では、いろいろなことが変わりはじめていた。今朝も、外を散歩しているとき、〈泣き桜《ざくら》〉の下に垂《た》れこめていた緑の霧《きり》が外へ漏《も》れ出《だ》しているのに気づいた。おそるおそる身を乗り出し、さわってみる。前ほどみっちりしていない。編《あ》み目《め》がほんの少しゆるんで、糸と糸が離《はな》れ、湖のこれまで届《とど》いていなかったほうまでおおいはじめている。

おばあちゃんが死んだときの霧《きり》と同じなんだろうか？ 湖をすっぽりと包みこみ、次の救世主が現《あらわ》れて元通りにしてくれるのを待つしかないの？ 四年前にエディスおばさんが現《あらわ》れたときのように。

もしそうなら、その救世主に早くきてほしい。なぜって、今は家族みんな、世界の崖《がけ》っぷちを歩いてるような気持ちだから。次の月曜日に雨が降《ふ》らなかったら、縁《ふち》から転げ落ちてしまいそうだから。

ハリーの生えていた場所へいくと、そっと水をやった。毎朝、学校にいく前にここにきて、十字を切り、祈《いの》りを捧《ささ》げる。でも、今までのところ、なにか起こるようすはない。あたしは、ハリーの一本だけ残った白い根をじっと見つめた。根が視線《しせん》で痛《いた》みを感じるんじゃないかって思うくらい。心のどこかで、あたしはこの細い小さな根にすがっていた。この根があるかぎり、望みはあるって。

「ほかにあたしにできることはない？」あたしはせいいっぱいやさしく、ひょろっとした根に話しかけた。それから、ほかの、しょんぼりとうなだれたルバーブたちに言った。「なんだってするから」

でも、ルバーブたちはみんな眠《ねむ》っているようだった。じゃなきゃ、仲間をズタズタにした犯《はん》人《にん》を無視《むし》してるのかもしれない。とうぜんだ。毎日ここにきて、ルバーブたちがどれだけ怒《おこ》っているか身にしみて感じるのも、自分に課した罰《ばつ》のひとつ。あたしが心から後悔《こうかい》していること、そしてぜったいあきらめるつもりはないことを、ルバーブたちにわかってほしい。

そのとき、足首になにかがすっとかすった。もしかして、と思って、ぱっと下を見た。一枚《まい》の葉、そうじゃなきゃ、一本の茎《くき》があたしにふれようとしたのかもしれないって。

でも、ちがった。クモだ。

足の長い、大きな黒いクモだった。頭が二つあって、胴《どう》に線が三本入っている。

「きゃあああ！」あたしは飛びのいた。

「ヤンデイルウウウ！」声がした。かすかに聞こえただけだったので、畑に迷《まよ》いこんだネズミの鳴き声かと思った。

「ヤンデイルウウウ！」またただ。さっきより大きい。パニックに襲《おそ》われ、ルバーブのほうを見る。とうとう虫がしゃべり出したってわけ？　空耳じゃなくて？

クモはルバーブの葉を這《は》いあがってきて、あたしの目の前まできた。

「ヤンデイルウ。ヤンデイルウ」クモの左側の頭が言った。

クモに口があることさえ、知らなかったのに。

「ヤンデイルウ」クモはすばやく別のルバーブに移《うつ》ると、葉から葉へ階段《かいだん》をおりるように伝っていった。今度は右の頭が言った。「ヤンデイルウウウ！」

「雨がやんでるってこと？」

クモは右の頭を横にふった。

「ヤンデイルウウウ！」

「もしかして、病気の病んでる？」

両方の頭がうなずいた。それから、目の前の葉を這《は》いおりて、茎《くき》を伝い、地面までいった。

「だれが病んでるの？」自分の声が恐怖《きょうふ》でうわずっているのがわかる。

クモはするするとむこうへ走っていく。「待って！」あたしは追いかけた。

クモはいったん止まって、右の頭をこちらへむけた。

「病ンデイル！」それから、もうあたしを見もせずに、畑の中に飛びこんだ。あとを追いかけて、あたしも畑へ飛びこむ。そして、はっと足を止めた。なぜなら、目の前に数百匹《ぴき》という黒い双頭《そうとう》のクモがいたからだ。細い脚《あし》としましまの胴体《どうたい》を持った数千のクモの軍団《ぐんだん》が、チョコレート・ルバーブの畑の真ん中にじっと立って、まっすぐあたしを見つめている。

「病ンデイル！　病ンデイル！」あたしはあんぐりと口を開け、目を見開いて、ぼうぜんとクモたちを見つめた。すると、クモたちがしんとなった。そして次の瞬間《しゅんかん》、ぱっと消えた。一匹《ぴき》残らず。

消えてしまったのだ。

9月8日（月） 現実《げんじつ》

昨日、英語の授業《じゅぎょう》のためにマーク・トウェインの作品を読み、数学の宿題を二章分やった。でも、今日は、そのどれについても一言だって話せそうにない。

頭にあるのは――あたしだけじゃなくて、農園のみんなの頭にあるのは、今日の一時に雨が降《ふ》るかということだけ。授業《じゅぎょう》が終わるとすぐに、フレディとパトリシアとバスフォードと、休《きゅう》憩室《けいしつ》に集まることになっている。

今、オーウェンは大気について教えようとしていた。

「……これは、対流圏《たいりゅうけん》だ。地球にいちばん近い大気の層《そう》だな。みんなで言ってみよう、対流圏《たいりゅうけん》……」

腕時計《うでどけい》を見る。12：48。オーウェンが「アルゴン」についてなにか言った。

12：49。オーウェンが「電磁波放射《でんじはほうしゃ》」という言葉を使った。

12：50。授業《じゅぎょう》が終わった。

ぱっと立ちあがって、いちばんにドアへ突進《とっしん》した。そして、廊下《ろうか》へ飛び出そうとしたとき、オーウェンに肩《かた》をたたかれた。

「きみとご家族は、数滴《すうてき》の雨粒《あまつぶ》より強い。わかってるね?」

「はい」うそをついて、バスフォードを探《さが》す。机《つくえ》をよけながら急いでこちらへむかってくる。

「早く!」

パトリシアはすでに休憩室《きゅうけいしつ》にきていて、サムといっしょにソファーにすわっていた。フレディは窓《まど》のところで、携帯《けいたい》電話を耳にあてている。腕時計《うでどけい》を見る。12:59。

「ビアトリスと話してるの」パトリシアが小声で言う。

すわろうとしたけど、すわっていられなかった。今はむり。ついにがまんしきれなくなって、フレディのところに走っていって、肩《かた》を引っぱる。「教えて!」

フレディはゆっくりとふりかえった。笑みはない。

「わかった。じゃあ、ありがとう」フレディはパチンと携帯《けいたい》を閉《と》じ、しばらくそのままぼーっとしていた。

1:01。

「降《ふ》ってない」砂利《じゃり》を踏《ふ》みしめるような声だった。「空には雲ひとつないって」

あたしはフレディから離《はな》れると、くずれるように椅子《いす》にすわった。サムとパトリシアはクッションに背《せ》をあずけ、バスフォードはあたしを見て、それからフレディを見た。

バスフォードの視線《しせん》を追うと、フレディの顔はすっかり血の気を失っていた。

「マジか」フレディはぼそりとつぶやいた。間延《まの》びした感じで。「本当に終わりなのかも。雨が降《ふ》らなきゃ、ルバーブも育たない……」

あたしは目をおおった。

「あのさ……」バスフォードがささやいた。

「なに？」

「ほかの子もきてる」バスフォードは入り口のほうを指さした。見ると、廊下《ろうか》には五十人くらい、あたしたちの友だちがいた。それから、友だちじゃない子も。そして、見たこともない子たちまで。

いちばん前にジョンギーがいた。ピンクの携帯《けいたい》電話の画面を読みあげてる。

「ここ七十六年間で三度目なんだって……」目が合った。ジョンギーはにやっと笑った。

「出ていけ」サムが百キロのからだでジョンギーの前に立ちふさがった。「今すぐ」

ジョンギーは七年生としてはかなり大きいけど、高校のアメフト部のキャプテンとじゃ、比《くら》べものにならない。そう言われて、ぱっと背《せ》をむけたけど、その前にもう一度、薄笑《うすわら》いを浮《う》かべるのは忘《わす》れなかった。

そのときになってやっと、パトリシアとあたしはフレディのようすに気づいた。フレディはソファーの上にぐったり倒《たお》れこんでいた。「だいじょうぶ？」

「なんか……からだから空気が出ていっちゃったみたいなんだ」フレディはほほえもうとしたけど、息が切れてできなかった。ふいに背筋《せすじ》が寒くなった。まさかクモが言っていたのは、フレディのこと？　フレディが病気ってことなの？

まさか。

そのとき、校長のホーヴァット先生が部屋に駆《か》けこんできた。フレディは立ちあがろうとしたけど、「だいじょうぶです」と言いながら、ひざからくずれ落ちた。「ちょっとだけ横になってもいいですか？」

ホーヴァット先生の行動は早かった。「次の授業《じゅぎょう》まであと二分だぞ。生徒たちは、教室か自習室にいきなさい。ピーボディ家の子たちときみ――」そう言って、校長先生はバスフォードを指さした。「――以外、ここでグズグズしている者は全員停学にするぞ。いきなさい！」

クラスメートたちは押《お》し合《あ》いへし合いしながらあわててむきを変えた。サムがパトリシアのほおにキスをした。

「あとでまた」サムはそっと言った。

ホーヴァット先生は生徒たちを見送ると、あたしたちのほうをふりかえった。「フレディ、保健室《ほけんしつ》のスカレイ先生のところへいきなさい」フレディはうなずいて、のろのろと立ちあがり、うつむきかげんで出ていった。

まさか。まさかそんなことないよね？

「フレディの診察《しんさつ》が終わったら、今日は全員、家に帰ったらどうだね？」それは提案《ていあん》ではなく、命令だった。

「はい、わかりました」パトリシアがみんなを代表して答えてくれた。

単純《たんじゅん》な事実が、頭の中でぐるぐる回っている。クモは、だれかが病気だと言った。そして今日、フレディが知らせを聞いたあと、ソファーに倒《たお》れこんだ。フレディが生まれた日は、雨が降《ふ》らなかった。今日みたいに。先週みたいに。

もし雨が降《ふ》らなくなったんだとしたら、それはフレディにとってどういう意味を持つの？

そう思ったとたん、おそろしい考えが頭をかすめた。

もし永遠《えいえん》に雨が降《ふ》らなかったら、フレディは死ぬってことなの？

同じ日（9月8日・月）　パパの計画

雨とフレディのことは、だれにも言わなかった。

どっちにしろ、フレディはもうすっかり病人らしくなくなっていた。保健室《ほけんしつ》のスカレイ先生にリンゴジュースとバナナをもらったら、今はもう、保健室《ほけんしつ》を跳《と》びまわっている。これからママがむかえにくることになっている。

「気が高ぶっただけだよ。同じ立場だったら、だれだってそうだろ？」フレディは言《い》い張《は》った。

スカレイ先生は落ち着きはらってうなずくと、フレディに飴《あめ》をひとつさしだした。「血圧《けつあつ》も正常《せいじょう》だし、よかったわ」

「お願いです、先生。練習があるんです」

「今日はだめよ」

あたしたちは椅子《いす》や鉄製《てつせい》のベッドにふぬけたようにすわっていた。ほとんど物音ひとつしない中、スカレイ先生の歩きまわる音だけがひびいている。あたしは窓《まど》の外のカエデの葉をぼんやりと見つめていた。

雨は降《ふ》らなかった。

パトリシアが爪《つめ》と爪《つめ》をカチカチ合わせながら、つぶやいた。「これからあたしたち、どうなるんだろう」

「畑に水を引こう。父さんが言ってたろ」フレディが言った。

「それじゃ、足りないわよ」パトリシアはそっけなく言った。「終わりね」

「どうしていつもそうなの？　ほかに方法があるっていうふりくらいしてもいいんじゃないの？」あたしは言った。

「ポリー」パトリシアは赤《あか》ん坊《ぼう》を見るような目であたしを見た。「頭を使いなさいよ。水道管があったとしても、錆《さ》びてるに決まってる。そもそもあるかどうかすらわかんないんだし。そういう設備《せつび》はなにもない。うちの家族はたよってきたのよ……」パトリシアは怒《いか》りに顔をゆがめ、吐《は》き捨《す》てるように言った。「月曜の午後に雨が降《ふ》るってことだけにたよって、帝国《ていこく》を築《きず》きあげてきたってわけ」

「自分たちでやってきたことだって、たくさんあるじゃない」あたしはカッとなって言い返した。「ルバーブだってそうでしょ？　カフェだって、〈空中ブランコ〉だって、移植栽培《いしょくさいばい》だって、ちゃんと考えついたじゃない」

「雨が降《ふ》らなきゃ、ぜんぶ終わりよ」

「パトリシア、だまれ」フレディがかみつくように言った。「母さんと父さんがなんとかしてくれるさ」

「フレディ？」ママが保健室《ほけんしつ》のドアを開けて、入ってきた。うしろに、ホーヴァット先生もいる。ママはフレディに駆《か》けよって、フレディが窒息《ちっそく》するんじゃないかってくらいきつく抱《だ》きしめた。

「母さん、母さんってば。おれはだいじょうぶだよ！」フレディは身をよじって、ママの腕《うで》から逃《のが》れた。「マジで、心配ないから。さっきは、別の知らせを期待してたんだと思う」

「それはわたしも同じよ」ママは笑みにならない笑みを浮《う》かべた。

パトリシアがあきれたような顔をした。

「じゃあ、これでいける？」フレディは言った。

「いけるって？」

フレディは期待に満ちた笑みを浮《う》かべた。「サッカーだよ」

「だめに決まってるでしょ」ママは言って、フレディが文句《もんく》を言おうとすると、さえぎった。

「なにを言ってもむだ」

帰りの車の中で、ママとフレディは畑に水を引く灌漑《かんがい》システムについて、ああでもないこうでもないと話していたけど、あたしはずっと窓《まど》の外を見ていた。胃がムカムカする。あたしにとって、これまでは、おばあちゃんが死んだことが最悪の出来事だった。でも、おばあちゃんは年を取っていたし、病気だった。だからって、つらさが和《やわ》らぐわけじゃないけど、せめて理解することはできた。

あたしには、ふつうならすべきことが、できない。ふつうなら考えることが、考えられないのだ。例えば、大好きなおばさんが自分の家を売りたがっているとき、どうすればいいか、雨が降《ふ》らないせいで兄が病気になるかもしれないっていうときに、どう考えればいいか。あたしにはまったくわからない。

〈ホワイトハウス〉につくと、パパがフレディを車から引っぱりだして、抱《だ》きしめた。それからぱっと離《はな》すと、今度はいきなり医者モードになって、なにかのサンプルでも見るみたいにフレディのことを上から下までながめまわした。

「血液《けつえき》の精密検査《せいみつけんさ》を申《もう》し込《こ》んでおいた」パパは言った。

「父さん、だいじょうぶだって。ほんとだよ」

「看護師《かんごし》さんが待ってる」パパは〈ホワイトハウス〉の門のほうを指さした。

「あのさ」フレディはあいまいな笑みを浮《う》かべた。「父さんが作ってる薬を試してみるっていうのはどう？　そんな心配ならさ？」

「まだ人間に試せる段階《だんかい》じゃない。特に自分の息子じゃな」

ママがパパのほうにきた。「スカレイ先生は、ショックを受けたせいじゃないかって」

「健康な十七歳《さい》は、なにもないのに倒《たお》れたりしない」

「倒《たお》れたわけじゃないよ」

「そこまでだ。終わったら、資料室《しりょうしつ》にこい」パパはフレディの肩《かた》に手をおいて、玄関《げんかん》の階段《かいだん》のほうへ押《お》していった。

あたしも階段《かいだん》をあがりはじめたけど、ふとふりかえって、農園をながめた。目を細めて、〈平和の迷路《めいろ》〉のルバーブの葉先に焦点《しょうてん》を合わせる。葉を広げて空へむかってのばし、太陽に一瞬《いっしゅん》でいいからどこかへいってくれとたのんでいるような気がした。気のせいかもしれないけど、葉のへりに張《は》りがなくなっているように見える。迷路《めいろ》の先の畑に目をやる。でも、この距離《きょり》からだと、いつもの九月とまったく変わらずいきいきとした緑が広がっているように見えた。

みんなはルバーブ資料室《しりょうしつ》に集まった。ここには、ルバーブに関するあらゆる本が集めてある。ソファーのバスフォードのとなりにすわった。パパは部屋の真ん中の、パワーポイントで作ったチャートがおいてある四角いイーゼルの横に立ち、ビアトリスとパトリシアとママはパパを囲むようにそれぞれ椅子《いす》にすわった。

パパが口を開いた。「当番制《とうばんせい》にしよう。湖から水をくみあげるポンプを五台と、ホースを急ぎで注文した。水曜日に届《とど》く。チコが責任《せきにん》を持って設置《せっち》してくれることになっている。作業の日程《にってい》はこうだ……」

パパは畑を区分けし、毎日だれかがいって、じょうろと「湖に設置《せっち》したポンプについているホース」で水やりができるようにスケジュールを組んでいた。

「どうしてそんなにたくさん水をやらなきゃいけないの？　雨は一週間に一度しか、降《ふ》ってなかったじゃない」パトリシアは作業スケジュールを携帯《けいたい》電話のカレンダーに入力しながらきいた。

「簡易設置《かんいせっち》されたホースよりも、雨のほうがはるかに水の量が多いからな」パパは野球帽《やきゅうぼう》のふちに手をやった。

「ふつうのルバーブには、水曜日まで水はやらないの？」パトリシアはたずねた。

「手作業で、できるかぎりやってくれ。パパはそうするつもりだ。来月までにダンバー製薬《せいやく》の計画案のために新しい検査《けんさ》を終わらせとかなきゃならないから、ルバーブを枯《か》らすわけにはいかないんだ」

バスフォードは、数学のテストの課題かなにかみたいにチャートに見入っている。でも、あたしは頭がごっちゃになっていた。図を見ると、頭がくらくらするし、水をやらなきゃいけないのはわかっているけど、こんなのはちがうという思いを拭《ぬぐ》いきれない。あたしたちは、なにか大切なことを忘《わす》れてる。

「売っちゃったほうがいいんじゃない？」パトリシアが言った。

あたしはぱっとふりかえった。「え？」

ママとパパは顔を見合わせた。しばらくして、やっとのことでママが肩《かた》をすくめてみせた。パパにいたっては、一瞬《いっしゅん》笑みを浮《う》かべたくらい。「これだけは、はっきりさせておく」パパはしっかりとした声で言った。「むこうが百万ドル出すと言ったとしても、パパの答えはノーだ。百兆ドルでも変わらない。心配するな」

あたしはほっとして、はあっと息を吐《は》いた。

「むこうってだれのこと？　参考までに、その人はどのくらい払《はら》うって言ってるの？」パトリシアがきいた。

「年取ったご婦人《ふじん》だ。アレッサンドラ・ディ・ファルチアーナといってね、実のところ、親戚《しんせき》なんだよ、むかしはここで暮《く》らしてたんだ」

「ここで？　どうして？」あたしはきいた。どんどんおかしなことになっていく。

「おまえのひいおばあちゃんのイーニッドの妹なんだ」

「じゃあ、もう百歳《さい》くらいだよね」イーニッドの肖像画《しょうぞうが》を思《おも》い浮《う》かべる。

「八十六だ」

「で、いくらなの？」パトリシアがしつこくきいた。

パパはちらりとママのほうを見た。「五千万ドルちょっとだ」

聞きまちがい？　「五千万？」

「まあ、二千五百万がパパで、二千五百万がエディスだが」

パトリシアの目が輝《かがや》いた。「考える価値《かち》はあるわね」ママはすぐさま、得意の凍《こお》りつくような目でパトリシアを見た。「冗談《じょうだん》だってば」パトリシアはわれに返って答えた。

「いいか」パパの声が真剣《しんけん》になった。「このことは、あちこちで言いふらしたりするんじゃないぞ。エディスが農園を売りたがっているなんて、知らせてまわる必要はない。他人には関係のないことだからな」

「農園を買えるような大金、持ってる人はいないわよ」

「アレッサンドラを別にすりゃな。アレッサンドラは公爵《こうしゃく》かなんかと結婚《けっこん》したんだ。貴族《きぞく》と。大金持ちで、金さえあればなんだって買えると思ってるのさ」

「そもそもどうして農園なんてほしがってるの？　農園を経営《けいえい》したいわけじゃないでしょ？」

パトリシアがきいた。

「またここで暮《く》らしたいんだそうだ。それで、ふつうのルバーブ以外、ぜんぶ引《ひ》っこ抜《ぬ》くつもりらしい。ここで暮《く》らして、ジラードを新しい経営者《けいえいしゃ》に据《す》える。エディスがすべて手配したんだ」

「売っちゃだめ」頭に血がのぼってくる。「パパ、売るなんてだめ。とにかくだめ」

「だいじょうぶだ、ポリー。天地がひっくり返りでもしないかぎり、パパはうんとは言わない」そして、やさしくほほえんだ。「パパはぜんぶ、ちゃんとわかってやっているから」

きっと安心しただろう。パパのセリフが、エディスおばさんと同じじゃなかったら。

ふっとビアトリスがよく言う言葉が浮《う》かんできた。**虫たちはちゃんとわかってるんです。**

パパの会議が終わると、急いで自分の部屋へもどった。『自己信頼《じこしんらい》』の本とイーニッドのネックレスを引っぱりだす。鎖《くさり》には鍵《かぎ》がついたままになっている。**WATER. NATURA NIHIL FIT IN FURSTRA +／−**

WATER。水。農園に雨は降《ふ》らない。『自己信頼《じこしんらい》』。双頭《そうとう》のクモ。あたしは鍵《かぎ》を手に取って、金のネックレスに指を走らせた。ヒントはぜんぶある。あたしの目の前に。それともなにか、忘《わす》れてる？

9月10日（水） ナメクジ地獄《じごく》

ぜんぶつながった。昨日の夜、部屋の窓辺《まどべ》においてある椅子《いす》から〈ダークハウス〉を見ないように外をながめていたときだ。

NATURA NIHIL FIT IN FURSTRA

自然のなすことにむだはない。

スパークだって、あたしがサイロへいくことが大切だから、空中にそう描《えが》いたのだ。あのときスパークのアドバイスを無視《むし》したことは、後悔《こうかい》してる。でも、サイロにいくと思うだけで怖《こわ》くて、そのまま頭のすみに追いやってしまったのだ。といっても、代わりに楽しいことを考えていたわけじゃない。それどころか、昨日は完全についてない日だった。寝坊《ねぼう》して、左右ちがう靴下《くつした》をはいていった上、宿題を忘《わす》れたんだから。学校は最悪だった。ジョンギーとジョー・ジョセフズがタッグを組んで、農園のことでくだらない冗談《じょうだん》を言いつづけた。**ねえ、ポリー、〈空中ブランコ〉の傘《かさ》があまったらくれない？　なにも栽培《さいばい》してない農園って、農園って呼《よ》べるわけ？　今やただの金食い虫だな！　笑える！**　たいていはなんとかだまってやり過《す》ごし、『自《じ》己信頼《こしんらい》』を読みつづけた。今までのところ、いちばん気に入ったのは、「おろかにひとつのことをやりつづけるのは、頭の悪い小鬼《ホブゴブリン》みたいなものだ」という言葉だった。ジョンギーもこれと同じ。おろかにひとつのことをやりつづけてる。だから、ジョンギーは頭が悪いか、ホブゴブリンか、その両方ってこと。今日一日で笑ったのは、ジョンギーにむかって「ホブゴブリン」と心の中で言ってやったときだけだった。

少なくともフレディはよくなっているようだった。パパは、血液検査《けつえきけんさ》の結果はまだ出てないと言ってたけど、パパもママも貧血《ひんけつ》だと思ってるみたい。つまり、もっとほうれん草を食べればすむってことだよね？　ここのところ、フレディはずっとサッカーボールと眠《ねむ》っていた。練習を休んだことですっかりへこんでるみたい。

まだ朝の七時にもなっていないのに、太陽はすでにじりじりと畑に照りつけていた。雨不足がもたらした影響《えいきょう》を見ていると、比喩《ひゆ》ではなく、からだがきりきりと痛《いた》んだ。雨が最後に降《ふ》ってからもう十六日になる。ルバーブたちは、ふらふらしながらやっとのことで葉を支《ささ》えているように見える。

エディスおばさんは今ごろ、なにをしてるんだろう？　あたしのことも考えているだろうか？　今、この瞬間《しゅんかん》、あたしがサイロにむかおうとしてるのは、わかってる？　気にしてくれてる？

湖の南側にかかっている青銅製《せいどうせい》の橋をわたった。〈ダークハウス〉の入り口まで土の道がつづいてるけど、どこかに〈ナメクジ地獄《じごく》〉があるはずだ。正確《せいかく》な場所はわからない。念のため、いちばんがっしりした長靴《ながぐつ》をはいてきた。

左側にある湖は、いつもどおりきらきらと青く輝《かがや》いている。おばあちゃんのベンチが見えてきた。五十メートルほど先だ。エディスおばさんの友だちだったジャイアント・ルバーブのテディは、今のところ、水不足の影響《えいきょう》もなくピンと立っている。

また一歩、前へ出る。自分の使命を果たすことだけを考えようと、まっすぐ前を見すえながら、土の道のはしっこを歩いていく。気がつくと、息を止めていた。さらに、一歩、また一歩と進んでいく。サイロだけに集中していたので、三匹《びき》のクロスズメバチがこっちへむかって飛んでくるのを危《あや》うく見過《みす》ごすところだった。思わず首をすくめる。スズメバチはすぐに方向《ほうこう》転換《てんかん》して、またあたしの胸《むね》めがけて飛んできた。あたしはとっさに道の片側《かたがわ》に飛びのいた。

が、右足が踏《ふ》んだのは地面ではなかった。足の下にぐにゃっとやわらかい感触《かんしょく》があった。頭蓋骨《ずがいこつ》がしびれたようになり、恐怖《きょうふ》がからだのすみずみまで広がっていく。またたく間にもう片方《かたほう》の足も沈《しず》んでいく。ぬかるみの中へ、ねばねばしたものの中へ。ナメクジの中へ。

うそ！

〈ナメクジ地獄《じごく》〉にはまったんだ。

ヘビみたいなナメクジ。でっぷりと太った、濡《ぬ》れたスパゲティみたいなナメクジ。どれも、てらてらと光ってのたくり、這《は》いずりまわっている。

悲鳴がのどに詰《つ》まり、ナメクジの映像《えいぞう》とからみあう。彼《かれ》らの住みかに足を踏《ふ》み入《い》れてしまったのだ。藻《も》だらけの池みたいな泥《どろ》の中に。長靴《ながぐつ》がガボガボと音を立てて沈《しず》んでいく。なんとか足を土の道の上へ引き上げようとする。

でも実際《じっさい》は、動くたびに、長靴《ながぐつ》はずぶずぶとぬかるみにとらわれていく。ナメクジが靴下《くつした》より上まできて、足に直接《ちょくせつ》へばりつき、皮膚《ひふ》の上を這《は》いまわる。吐《は》き気《け》がこみあげる。あたしはここでおぼれ死ぬんだ。全身ナメクジにおおわれて。

でも、そんなわけにはいかない。〈ナメクジ地獄《じごく》〉で死ぬわけにはいかない。ナメクジが勝利を収《おさ》めつつあるとしても。勝利を確信《かくしん》して、くねくねと踊《おど》りまわっているとしても。とうとうひざまできた。左手がその上をかすめたとたん、ぞくっとする感触《かんしょく》がからだを駆《か》け抜《ぬ》け、殴《なぐ》られたように気が遠くなる。

だめ。ナメクジで死んだりしない。そんなの、聞いたこともないでしょ！

目を閉《と》じて、湖に飛びこむときのように両手を頭の上にかかげた。一、二、三。ほら、跳《と》んで。跳《と》ぶのよ。そして、あたしはやった。土の道へむかって、文字どおり飛びこんだのだ。手のひらが地面にふれた。あたし、やったの？　ひじをつかって、〈ナメクジ地獄《じごく》〉から這《は》い出《で》る。

すると、目の前にビアトリスがいた。

「まあまあ、ポリー！」ビアトリスはさけんだ。いつきたのかもわからなかった。というか、なにも考えられない。ナメクジはまだいる。そこいらじゅうにいる。ぬるぬる這《は》いまわっている。言葉が出てこない。ナメクジに足や手やからだの感覚をすべて断《た》ち切《き》られ、麻痺《まひ》してしまったみたい。

ビアトリスはあたしの長靴《ながぐつ》を引っぱって脱《ぬ》がせてくれた。そして砂糖袋《さとうぶくろ》みたいに軽々《かるがる》と抱《だ》きあげ、〈城《しろ》〉へもどって、階段《かいだん》をあがり、お風呂場《ふろば》まで運んでくれた。そのあいだ、あたしはずっと目をつぶっていた。

フレディとパトリシアとバスフォードが驚《おどろ》いてさけんでいるのが聞こえた。ママがビアトリスにお礼を言っている。そしてドアがバタンと閉《し》まる音がした。

ママの腕《うで》があたしを抱《だ》きしめた。耳元でママのささやき声がする。

「もうだいじょうぶよ。きれいにしてあげるから。だいじょうぶよ、かわいいポリー。新品みたいにぴかぴかになるから」

ママはバスタブにお湯をはり、ゆっくりと服を脱《ぬ》がせてくれた。そして、あたしをバスタブに入れ、そっと、ひとつずつ、ナメクジをはがして、茶色い紙袋《かみぶくろ》の中に落としていった。

「だいじょうぶよ」そのあいだも、ママはずっと言っていた。「すぐよくなるから」

聞こえてたけど、返事はしなかった。温かいお湯の中に身を沈《しず》めて、バスタブの縁《ふち》に頭を預《あず》ける。

「閉《と》じてなさい。目を閉《と》じて」

ママにからだを洗《あら》ってもらった。小さい子どもみたいに。終わると、あたしは腕《うで》を出してバスタブの縁《ふち》にのせ、脚《あし》を見てみた。まだナメクジの泥《どろ》がついている。ママは目を細め、小さい紫《むらさき》のナメクジを脚《あし》からはがした。そして、あたしの顔の前にぶらんとぶら下げてから、紙袋《かみぶくろ》に入れた。

「どうしてあんなところにいってたの？」

ママのほうへ目をむける代わりに、バスタブの縁《ふち》にのせた腕《うで》をじっと見た。スパークが望んでいたのはこれなの？　スパークは本当に味方なの？　「今日こそ、今回の騒《さわ》ぎの原因《げんいん》がなんなのか、調べようと思ったの」

ママはあたしの顔に温かいタオルをのせ、おでこからほおからあごへと、するするとぬぐっていった。そして、タオルをとると、あたしと目を合わせた。「大人になってるのね」ママは静かに言った。

「こわいの。エディスおばさんがいないのが、悲しい」それから、うしろめたさを感じてママのほうを見あげた。「ごめんなさい。本当は大嫌《だいきら》いにならなきゃいけないのに」

ママはほほえんだ。「そんなことないわ。もちろん、嫌《きら》いになったりしちゃだめよ」

「ママはエディスおばさんが嫌《きら》いでしょ」

ママは笑った。「いつも嫌《きら》いなわけじゃないわよ。それに、最近はそんなことない。本当よ」

「エディスおばさんがいれば、こんなことにはならないんじゃないかと思うの」

「どういうこと？」

「おばさんは思いどおりにならなかったから、雨を降《ふ》らせないようにしたんじゃないかって」

ママはのんびりとした笑い声をあげた。「まあ、ポリー、たしかにあなたのおばさんはいろんなことができるけど、さすがに雨を降《ふ》らせるのはむりでしょうね」でも、それから興味深《きょうみぶか》そうな目であたしを見た。「エディスは今、いないの？」

「うん、自家用ジェットでどこかいったみたい。ジョンギーは南極だって言ってた」

ママは、もう一度タオルにお湯を含《ふく》ませた。「まあね、エディスは一度もこの場所を愛したことはなかったから」

「どうして？」

ママは、あたしのもう一方の脚《あし》をごしごし洗《あら》いはじめた。「考えてごらんなさい。エディスは本当に、本当にいっしょうけんめい働いて、今の地位を手に入れた。世界に本当の意味で影響《えいきょう》を及《およ》ぼすことができるのは、人口の一パーセントくらいだと思うわ。あなたのおばさんはそのひとりなのよ。人の上に立つえらい人なの」ママはいったん言葉をとぎらせた。「もし女の人が昔より楽になにかを達成できるようになっているとしたら、あなたのおばさんのような人のおかげでしょうね。

想像《そうぞう》してみて。急に子どものころの家に帰ってこなきゃならなくなって、農園のトラック輸送《ゆそう》やルバーブの量について取引することになるなんて。それまでは、いろいろな考えや哲学《てつがく》について話して、頭のいい人たちがおばさんの言うことに耳を傾《かたむ》けていたのに。パパがあんなふうじゃなければ、おばあちゃんが死んだあとも農園を経営《けいえい》できていたはず。でも、パパはずっと研究のことしか頭になかったからね。エディスは、ほかにどうしようもなくて、もどってきてくれたのよ」ママは首をふった。「ママも心がひろいときは、エディスのことが気の毒になるの。つらかったと思う。ここよりもはるかに刺激のある場所でやってきたことをすべてあきらめて、もどらなきゃならなかったんだから。自分だけとりのこされたような気持ちだったと思うわ」ママは悲しそうに笑った。「でも、心がひろくないときは、権力《けんりょく》に飢《う》えてて、魅力《みりょく》のない、わがままな暴君《ぼうくん》に思えるわけ。どう思う？」

あたしは答えなかった。エディスおばさんがここで育ってきたようすを想像《そうぞう》しようとしていたから。今、この瞬間《しゅんかん》まで、あたしは、エディスおばさんがあたしとまったく同じ子ども時代を過《す》ごしてたって思いこんでいた。おばさんもあたしと同じくらい農園を愛していて、あたしとまったく同じように考えてると思った。でも、そうじゃなかった。ぜんぜんちがったのだ。

エディスおばさんは、あたしほど農園を愛していない。あたしと考え方がすべて同じわけでもない。あたしはずっとかんちがいしていたのだ。

じわっと涙《なみだ》がわきでるのを感じた。

「ナメクジのせい」うそをつく。

「いいのよ、ポリー。泣いていいの」

9月12日（金）　お金

昨日は、学校にいかなくてすんだ。ママが、まだナメクジの事件《じけん》から回復《かいふく》してないからって。でも、今日はむりやり家から追い出された。どうせ金曜なんだから、週末とくっつけて三連休にさせてくれればいいのに。どっちにしろ勉強なんてする気になれない。とにかく雨が降《ふ》ってほしい。ハリーにふたたび芽を出してほしい。あの気味の悪い霧《きり》に消えてほしい。

だれかに腕《うで》をつかまれた。「あんたが知らないこと、知ってるんだ」またジョンギー。

「離《はな》して」あたしは低い声で言うと、腕《うで》をふりほどこうとした。

「いやよ。あんたも知りたいはずよ」

「ううん、知りたくない」

「どうかしらね？」ジョンギーはにやっとした。「ダンバーに興味《きょうみ》ない？」

一瞬《いっしゅん》、ダンバーがなんなのかすら、思い出せなかった。それから、エディスおばさんと夕食を食べたときにパパが見せたファイルにあった名前だということを思い出した。ちらりとジョンギーのほうを見あげると、片手《かたて》で茶色い巻《ま》き毛《げ》をくるくるさせながら、にやにやしてあたしの反応《はんのう》を待っている。

「なによ?」

「うちのパパが、ダンバー製薬《せいやく》の取締役《とりしまりやく》なの。今回のことは、気に入ってないみたいよ。あんたのお父さんへの資金提供《しきんていきょう》は却下《きゃっか》するつもりだって」あたしは口をあんぐりと開けた。「あんたのために言ってあげてんのよ、ポリー。もっと言いたいことをはっきり言ったら? 消極的すぎんのよ」

「でも……」いらだちで舌《した》がもつれる。「灌漑《かんがい》システムが動き出したばかりなのに……」うそじゃない。昨日の夜、パパとチコが湖にポンプを設置《せっち》し、ジャイアント・ルバーブ畑に水をまいたばかりだった。みんなうれしくて、スプリンクラーの下で遊ぶ子どもみたいにはしゃぎまわったのだ。

ジョンギーは意地の悪い笑い声をあげた。「かんべんしてよ、ポリー。あんたんちの農園がつぶれるのは時間の問題よ。みんな、わかってるわ」

「言ったでしょ、畑に水をやるための灌漑《かんがい》システムを作ってるの」

「へえ」ジョンギーはバカにしたように言った。「じゃあ、なんの心配もないわね」そして、大きな口の端《はし》から端《はし》までグロスを塗《ぬ》りつけた。「せっかくあんたと仲良くしてやろうと思ってるのに」

へえ、そう。あたしはナメクジに脚《あし》を這《は》いまわられるほうがまし。

「授業《じゅぎょう》だから」ジョンギーに背《せ》をむける。

「聖《せい》ザビエルなら、あんたにお金がなくなっても、おいてくれるかもよ」

「お金はあるわ」あたしはつぶやいた。「お金ならいっぱいある」

ジョンギーの目つきがきつくなった。「それは、あんたのおばさんが大金持ちってことでしょ」

「なにも知らないくせに。うちの農園は数千万ドルの価値《かち》があるんだから。そのうち半分は、パパのものよ」

「あんたが言ってるだけ――」

「事実よ！」

「そりゃよかったわね。うちのパパはそうは思ってないみたいだけど」

「その気になれば、うちの農園は五千万ドルで売れるんだって、あんたのパパに言っといて！」

その言葉はあっという間に口から飛び出し、宙《ちゅう》にただようのが見える気さえした。

ジョンギーの顔に笑みがよぎり、目がするどく光った。

しまった。

「パパが聞いたら喜ぶわ」

たいへん、どうしようどうしようどうしよう。

パパははっきりと、このことは人に言うなと言ったのに、あたしはしゃべってしまった。それも、よりにもよってジェニファー・ジョングに。ジョンギーが父親に言ったらどうしよう？母親に言ったら？

「お願い、ジョンギー。言わないで。お願いよ。だれにも言っちゃいけないことになってるの」
どれだけ自分がなさけなく見えるか、わかってたけど、かまわなかった。ジョンギーの親の耳に入れるわけにはいかない。
「ええ、もちろんよ。だれにも言わないわ。神に誓《ちか》ってね」そう言って、ジョンギーはあたしの顔の前にぱっと両手を出した。ぜんぶの指をクロスさせていた【注：うそを言ったときに罰《ばち》が当たらないようにするおまじない】。

なんてことしちゃったんだろう?

聖《せい》ザビエルには、前の学校みたいな体育の道具をしまう棚《たな》はなかった。ちゃんとした体育道具室があるから。でも、あたしはほかにかくれられる場所を見つけていた。チャペルだ。チャペルは地下にあって、教室から遠いから、くる人はめったにいない。中はひんやりとして、静まりかえっていた。ここなら、だれにも泣き声を聞かれずにすむだろう。

9月13日（土）　ジラード

ママとパパに、ジョンギーに話してしまったことを言わなくちゃ。あたしがバカをやらかしたことを。ジョンギーが母親に言えば、ジョンギーの母親が新聞に書き、エディスおばさんが農園を売ろうとしていることがみんなに知れわたってしまう。そうしたら、きっとますますひどいことになる。

　静かな午後だった。湖のポンプのゴボゴボゴボという音がやわらかくひびいている。土の道沿《ぞ》いに植えられているルバーブはすべて力なくうなだれ、土も濃《こ》い茶色から薄《うす》い茶色に変わっていた。湖はあいかわらず日の光を反射《はんしゃ》して輝《かがや》いてるけど、水位が下がってきているのがわかる。前までは、岸まで水がひたひたと打ちよせ、畑まで跳《は》ねかかることもあったのに。今では、水際《みずぎわ》に泥《どろ》が見えている。

　霧《きり》は、〈泣き桜《ざくら》〉のところからじわじわと広がり、今はもう湖の北半分をおおい、鉄の橋までせまっていた。遠くへ広がるほど、薄《うす》くなっている。手をさっとくぐらせると、無数の濡《ぬ》れた蜘蛛《くも》の巣にふれたみたいに感じる。どうしてトンボたちはこんなにいっしょうけんめい霧《きり》を編《あ》んでいるのか、スパークにきいてみても、そのたびにただ上下に飛んで、霧《きり》の中にもどっていってしまう。あとには、きらきらと輝《かがや》く跡《あと》が残るだけだ。

土の道をとぼとぼと歩いて、パパの研究室にむかった。毎晩《まいばん》夜遅《おそ》くまで研究をつづけていると、ママに聞いたからだ。農園の仕事が増《ふ》えたから、研究に支障《ししょう》をきたさないように夜に実験や調べ物をしているみたい。朝ごはんのとき、ちらっとパパに会ったけど、なんの心配もないようにふるまっていても、ふりだけなのがわかった。ビタミンE剤《ざい》を二粒《つぶ》くれて、「いいことが起こるぞ！　まちがいない」って。でも、パパ自身、信じてるようには見えなかった。

パパの研究室まで百メートルほどのところまできたとき、だれかに名前を呼《よ》ばれた。

「ポリー？」

ふりかえった。ゲッ、エディスおばさんのアシスタントのジラードだ。ジラードは太陽の真ん前に立っていたので、光をさえぎる暗い惑星《わくせい》みたいだった。

「どうしてここにいるの？」ずいぶん感じの悪い口調になってしまったけど、顔を見たとたん、ジラードはうちのルバーブをぜんぶ引《ひ》き抜《ぬ》こうとしてるってことしか考えられなくなってしまったのだ。

「きみのお父さんと会う約束をしてるんだ」ジラードはそう言って、いつもの気味の悪い笑みを浮《う》かべた。

怒《いか》りがこみあげた。ジラードをパパに会わせるわけにはいかない。ジラードをうちの農園に入れるわけにはいかない。「なんで？」

「お父さんに、土地の買いとりの件《けん》はまだ、取り消されてないってことを伝えるためだ」ジラードの笑みがますます大きく、ますます気味悪くなった。それを見たとたん、あたしの中で意地悪スイッチが入った。

「農園で働いた経験《けいけん》もないくせに。そもそも農園のことなんて、好きでもなんでもないくせに。うちの農園のいいところをぜんぶ、めちゃめちゃにしようとしてんでしょ！」

ジラードは一歩あたしのほうに踏《ふ》み出《だ》した。「なんの話だい？」

「チョコレート・ルバーブのことよ。ジャイアント・ルバーブと。パパに聞いたもの、ぜんぶ抜《ぬ》くつもりだって」

「ああ、そうだ。ビジネスの決断《けつだん》として正しいからね」ジラードは心底とほうにくれた顔で言うと、さっと畑を見まわした。「別にわたしは悪役じゃないんだよ、ポリー。買い手だってそうだ。わたしはマクロな視点《してん》からルバーブのビジネスを研究してきたんだ」そして、あとずさりながらも、講義《こうぎ》をつづけた。「つまり、この農園の利益《りえき》の中心は、ジュース会社との契約《けいやく》からきている。世界中の人がジュースをほしがってる。それなら、理解《りかい》できるだろう？」

「世界中の人は、チョコレート・ルバーブだってほしがってるわ」

ジラードは首を横にふった。「ジュースほどじゃない」そして、多くて短い髪《かみ》をかきあげた。「『魔法《まほう》』の穀物《こくもつ》なんてものは、もういらないんだよ」ジラードは「魔法《まほう》」と言うとき、両手の人さし指と中指を、カッコを描《えが》くようにくいっと動かした。魔法《まほう》っていうのは、あたしたちが言ってるだけって意味。

「土の上を歩くのも嫌《いや》なくせに。どうやって農園を経営《けいえい》するのよ！」あたしはどなった。

ジラードは笑った。「きみのエディスおばさんが、この数年間、足を泥《どろ》だらけにしてきたとでも？」

「あなたはおばさんとはちがう。正反対よ」

ジラードは少しも腹《はら》を立《た》てずに、あたしの言ったことを、なんでもないみたいに無視《むし》した。

「パパは考えを変えたりしない」あたしは言った。

「さあ、どうだろうね」ジラードはあたしの頭越《あたまご》しにジャイアント・ルバーブの畑のほうを見た。「アレッサンドラは値段《ねだん》をあげてもいいと言っているんだ。もとの値段《ねだん》よりも」

「どうしてそんなに農園がほしいの？　雨が降《ふ》らなかったらどうするの？」

「ぜんぶ計画ずみだ。幸い、アレッサンドラはうなるほど金を持ってる。もちろん、インフラの大がかりな工事は必要だろう。ふつうのルバーブ以外はすべて抜《ぬ》いて、最新の灌漑《かんがい》システムを設置《せっち》する。ジュース会社も全面的に賛成《さんせい》だ」

「〈ホワイトハウス〉もなくすの？」ジラードはうなずいた。「〈学びの庭〉も？」ふたたびうなずく。

「きみの両親の家も、ジャイアント・ルバーブも、お父さんの研究室も、〈ダークハウス〉もだ。チョコレート・ルバーブの畑は閉鎖《へいさ》して、なにが育つか見てみてもいいと思っている。アレッサンドラとわたしで話し合ったんだ。アレッサンドラ・ディ・ファルチアーナ保護区《ほごく》とか、そんなふうにするのもいいだろうって」

「〈城《しろ》〉は？」

「〈城《しろ》〉はこのままだ。アレッサンドラは〈城《しろ》〉で暮《く》らすつもりなんだ」

あたしの世界が、これまでの人生すべてが、消えていく。

「お願いだからやめて！　ここはあたしたちの家なのよ！」

ジラードが初めて、本気であたしのほうを見た。ジラードは静かに言った。「わたしは悪人ではない。きみやお兄さんやお姉さんにとって、どれだけつらいかもちゃんとわかっている」そして、いったん言葉をとぎらせてから、つづけた。「信じないかもしれないが、わたしはきみたちのことが好きなんだ」そして、コホンと咳払《せきばら》いをし、冷静さを取りもどした。「でも、子どもは住む場所を変えるべきだ。わたしだって、子どものとき十六回も引《ひ》っ越《こ》しをした。それを乗りこえて、強くなるんだ」ジラードはほほえんだ。「それに、きみたちは大金持ちになるんだよ。お父さんは、きみたちをどこへでも好きなところへ連れていける」

「どこかにいきたくなんかない。お金なんてどうでもいい」

たちまちジラードの顔にいつものうぬぼれた表情《ひょうじょう》がもどった。「それは、きみがお金に困《こま》ったことがないからだ」ジラードはぴしゃりと言った。「お金がある人間は、お金がないってことがどういうことか、わかっていない。自分が甘《あま》やかされたガキみたいにふるまっていることすら、わからないんだ。ほかのふるまい方を知らないから」そして、地面を蹴《け》った。

ショックだった。

ジラードは首をふった。「もちろん、わからないだろうな。しかたない。子どものころから金持ちだったんだから。そして、今度はもっと金持ちになる。きみのお父さんが、革新的科学《かくしんてき》者のふりをするのをやめればね」

なにか言おうにも、口が動かなかった。

「よく考えてみるんだな。お父さんが今回の話を受けないかぎり、農園はだめになる」ジラードはすっと背《せ》をのばした。「じゃあ、失礼するよ。お父さんのところへ行く前に、〈ダークハウス〉によりたいんでね」

〈ホワイトハウス〉もチョコレート・ルバーブも、それどころか〈ダークハウス〉もない農園を思《おも》い浮《う》かべようとした。もうどこにも「ピーボディ」の名前がない農園を。農園が、ダイヤモンドやチョコレート・ルバーブや魔法《まほう》の虫たちもろとも、地面に沈《しず》みこんでしまうところを。

「大嫌《だいきら》いよ。みんな、あなたのことなんて大嫌《だいきら》い。あたしもフレディもパトリシアも。あなたなんてえらそうで気取った負け犬よ」

ジラードはひるんだように肩《かた》を引き、目を地面にむけた。でも、またすぐに元にもどすと、すっと背筋《せすじ》をのばした。

「お父さんに、手遅《ておく》れになる前に売るように言うんだな。すべてを失う前に」そして、ごくりとつばを飲みこんだ。「それから、人に悪口を言うのは、子どもっぽいだけじゃなくて、非生《ひせい》産的《さんてき》だと学んだほうがいい。えらそうで気取った負け犬は、子どもたちが生まれた土地を離《はな》れなきゃならないことなんて、気にも留《と》めないだろうね」ジラードは意地悪な笑みを浮《う》かべた。

そして、くるりときびすを返すと、ジラードは大またで畑を出ていった。あたしは息が詰《つ》まりそうになって、必死で息を吸《す》いこんだ。

「待って！」あたしはさけんだ。でも、ジラードは止まらなかった。あたしは息を切らして、あとを追いかけた。「ジラード！　負け犬なんて言って、ごめんなさい。お願いだから、こんなことしないで」

「ポリー」ジラードは感情《かんじょう》のない声で言った。「大人になれ。もう決まったことなんだ」

9月14日（日）　オルガニック霊媒師《れいばいし》

だれかに言われなくても、状況《じょうきょう》がますます悪くなっているのは一目でわかった。毎日欠かさず、チョコレート・ルバーブ畑にいっていれば、すぐわかる。ハリーは予想どおり、まったく芽は出さなかったし、まわりのルバーブまで、ううん、畑全体が、色あせてみすぼらしくなっていた。

だから、霧《きり》がとうとう湖の北側をすっぽりおおってしまっても、驚《おどろ》かなかった。じょうろをもって〈平和の迷路《めいろ》〉を歩いているときに指がずきずきしはじめても、驚《おどろ》かなかった。

それどころか、フレディが土曜日、最後まで試合をつづけられなかったと聞いても、驚《おどろ》かなかった。誤解《ごかい》しないでほしい。心配だった。心配でたまらなかった。でも、驚《おどろ》きはしなかった。

でも、今朝は驚《おどろ》いた。

オフェーリア・ベアードが、水晶玉《すいしょうだま》を持ってうちにきた。映画《えいが》とか漫画《まんが》に出てきそうな水晶《すいしょう》玉《だま》だ。

「ポリー！　農園の調子はよくなさそうね。心配してるのよ」オフェーリアは、ぴんと張《は》った高い声で言った。いつものよどみないやさしい声をチーズ削《けず》り器《き》にかけたみたい。それから、ベルベットの袋《ふくろ》をかかげた。「ぜんぶ持ってきたわよ。タロットカードも、小麦の粒《つぶ》も、水晶《すいしょう》玉《だま》も。お母さんを呼《よ》んできて！　みんなも！　元気出さないとね！」

フレディは子ども部屋でテレビゲームをしていた。

「オフェーリアが二階にきてって」フレディの肌《はだ》が、骨《ほね》みたいに真っ白なのに気づかないふりをして言った。

「なんで？」

「わからない。降霊術《こうれいじゅつ》じゃない？」

フレディに言うつもりはないけど、今回の降霊術《こうれいじゅつ》がもしかしたらなにか答えをあたえてくれるかもしれないって思ってた。

フレディはにやっと笑って、立ちあがった。「じゃあ、すぐいかなくっちゃな。霊《れい》が、ここにいる妹に安心しろって言ってくれるかもしれないし。ゾンビを見るみたいな目で兄を見るなってさ」

三十分後、家族全員とビアトリス、バスフォード、チコが、オフェーリアを囲むように席についた（正確《せいかく》には、パパとチコは輪のうしろの椅子《いす》にすわっていた。チコがひざが痛《いた》いと言ったのをいいことに、パパは心配してるふりをしてそっちへ移動《いどう》したから。でも本当は、腕《うで》の下にかくしている書類を盗《ぬす》み見《み》しながら聞いていた）。パパは一日じゅう、ダンバー製薬《せいやく》の人と電話している。でも、あたしは知らないことになっている。パパはジラードと話したことも、みんなに言わなかった。でもあたしもその前にジラードと話したことをみんなに言っていない。

それに、ジョンギーに農園を売る話をしてしまったことも言ってない。ママにも。毎日、なんて言おうか練習するのに、いざとなると、どうしても言い出せない。毎日、新聞にまだのってないのを確認《かくにん》するたびに、ジョンギーの邪悪《じゃあく》な心に親切心の光明が差したのかもって思う。けっきょく、両親には話さなかったのかもって。でも、それから、相手はジョンギーだってことを思い出す。手遅《ておく》れになる前にパパとママに話さなきゃって。で、また堂々《どうどう》めぐりになる。

パトリシアはオフェーリアの目の前で小麦の粒《つぶ》を取っては、口に入れているけど、オフェーリアは気にするようすはない。水晶玉《すいしょうだま》だけに集中してる。爪《つめ》をシルバーに塗《ぬ》った長くて細い指で、水晶玉《すいしょうだま》の表面をせわしなくなでまわしている。

パトリシアはあきれたように目を回した。「ウィジャ盤《ばん》【注：霊《れい》との交信に使うボード】を囲んでるひまがあったら、どうして湖がぶきみな緑の霧《きり》におおわれてるのか、解明《かいめい》したほうがいいんじゃないの？」

「失礼なこと言わないの」ママが小声でぴしゃりと言う。ママは、ふだんは岩みたいに落ち着いているのに、今回はいろいろなことが重なったせいでかなりこたえてる。「やって損《そん》はないんだから」

オフェーリアはひたすら水晶玉《すいしょうだま》をたたきながら……コツ、コツ、コツ、コツ……『オズの魔《ま》法使《ほうつか》い』の『魔法使《まほうつか》いに会いに出発』のメロディをハミングしている。

「もう少しよ」オフェーリアはみんなに言った。「あともうひとつだけ」そして、アメフトのヘルメットを取り出すと、頭にかぶった。フェイスガードはついてないから表情《ひょうじょう》はわかるけど、どうしたってひどくこっけいだ。「悪い霊《れい》をブロックするの。アメフトのディフェンスのラインマンみたいにね」

ラインマンがどういう役割《やくわり》の選手なのかフレディにきこうとしたとき、オフェーリアがぐるりとからだを回して、ママとむきあった。

「クリスティーナ！」

ママは水晶玉《すいしょうだま》の前の席にあぐらをかいてすわっていたけど、ビクッとして顔をあげ、引きつった顔でオフェーリアを見た。

オフェーリアは目を閉《と》じて、水晶玉《すいしょうだま》の上に両手で屋根のような形を作った。「西の畑のチョコレート・ルバーブが、ノコギリハリバエをやめてくれって言ってる」オフェーリアは硬《かた》い表情《ひょうじょう》で言った。「あたしも言ったでしょ。ヒメバチのほうが、ルバーブの根に影響《えいきょう》が少ないって」

寄生《きせい》バエの話だ。イモムシに寄生《きせい》するハエを放すことで、害虫を駆除《くじょ》する。「自然な」殺虫剤《さっちゅうざい》だ。

パトリシアがうめいた。「かんべんしてー、死んだほうがまし！」

「シイイイ！」

でも、ママはいくらかほっとしたように、にっこり笑った。「ありがとう、オフェーリア、でも――」

「静かに！」オフェーリアは玉の上で指をくねらせた。「フレディ！　フレディ！」

「オフェーリア！　オフェーリア！」フレディがまねをして、にやっと笑う。

オフェーリアは目をぱっと開いて、また手を屋根の形にした。笑みは浮《う》かべていない。「光のほうへいけ」

「え？」

オフェーリアはおごそかに言った。「光よ！　見れば、それとわかるから」

「え、ああ、わかったよ」フレディは答えた。

オフェーリアはさらに、みんなにそれぞれ考えるべきことを告げた。パパは、白化したルバーブに化学溶液《ようえき》を使う必要性《ひつようせい》について考えること。パトリシアは魂《たましい》のためにもっと水を飲むこと。バスフォードは食事に複合《ふくごう》炭水化物を加えること。チコはサトウカエデの木にもっとやさしくすること。サトウカエデはときどきチコの剪定《せんてい》方法に不満を持っているから。

あたしも自分の番がくるのを待っていた。でも、オフェーリアは目を開くたびに、あたし以外の人を見る。ついに最後のひとりになった。パトリシアもそれに気づいて、ひじでお腹《なか》をつついてきた。

ところが、オフェーリアは目を開けて、にっこりした。「さてと！　なかなかよかったじゃない！」

信じられなかった。あたしはせいいっぱい首をのばして、オフェーリアの視界《しかい》に入ろうとした。でも、オフェーリアはまるであたしなんて見えないようにふるまっている。

「オルガニック霊媒師《れいばいし》の霊《れい》は、あんたに力を貸《か》すつもりはないみたいね」パトリシアが言った。

あたしは肩《かた》すかしを食らい、涙《なみだ》がこみあげてくるのを感じた。ハリーの言葉を聞きたかったのに。やっぱりジョンギーの言うとおりかもしれない。あたしは呪《のろ》われてるんだ。

ママがあたしたちのほうにきて、ほほえんだ。「さあて、すごく役立ったとまでは言えないけど、ノコギリハリバエのことがわかったのはよかったわ」

「そうね。あたしはもっと水を飲まなきゃいけないってことがわかったし。魂《たましい》が渇《かわ》いてるってことね」パトリシアも言う。

みんなが笑い、ママは部屋を出ていった。怒《いか》りがこみあげる。オフェーリアなんてインチキだ。一瞬《いっしゅん》でもこんなのが役に立つと思ったなんて、あたしは大バカだ。

自分の部屋に駆《か》けもどって、バタンとドアを閉《し》めた。そして、ベッドに倒《たお》れこもうとして、ぎりぎりのところでコオロギがいるのに気づいた。おばけコオロギだ。

「なんの用?」あたしは小声できいた。おばけコオロギは、話があるのはそっちだろうというように、じっとあたしを見た。すると、肩《かた》のあたりの空気がふるえたような気がして、見ると、すぐ横にスパークが浮《う》かんでいた。

「ナメクジのこと、知ってたんじゃないの?」スパークが空中に(SORRY《ごめん》)と描《えが》きおわったのと同時に、ドアをノックする音がした。

「ポリー」オフェーリアだ。「入っていい？」

ベッドのほうをふりかえると、おばけコオロギはいなくなっていた。スパークも、どこにもいない。

ふうん、そういうこと。魔法《まほう》の虫なんて、いかにもオルガニック霊媒師《れいばいし》と相性《あいしょう》がよさそうだけど。あたしの虫たちは臆病者《おくびょうもの》ぞろいってことらしい。

「いいよ」オフェーリアは、今はもうふつうに見えた。ヘルメットは脱《ぬ》いでたし、よくいるお母さんって感じ。笑いじわがあって、ちょっときつめの服を着ていて。

オフェーリアはベッドにすわると、にっこりほほえんで、小塔《しょうとう》の天井《てんじょう》を見あげた。

「幸運の部屋を選んだのね」

「選んだのはママだけど」

オフェーリアは、いかにも自分のほうが知ってるって感じの目であたしを見た。

「ポリーが心配してることはわかってる。あなたのまわりの超自然《ちょうしぜん》の領域《りょういき》で、たくさんの渦《うず》が巻《ま》いてるから。ものごとをまっすぐ見るのは、難《むずか》しいかもしれない。なにをすべきか、どう考えるべきか、どう行動すべきか」

「水晶玉《すいしょうだま》にぜんぶ映《うつ》ってたの？」あたしはきいた。

「いいえ。あなたの中に見えるの」オフェーリアはあたしの腕《うで》をぎゅっとつかんだ。「あなたにメッセージがあるのよ」

「ほんとに？」ベッドから勢《いきお》いよく起きあがった。

オフェーリアは満面に笑みを浮《う》かべた。「ポリーには信じる力がある。でしょ？」

「信じる力？」

オフェーリアはベッドカバーのしわをのばしながら、つづけた。「あたしの言うことを聞きたがらない人もいる。バカバカしいと思ってるんでしょうね。科学の領域外《りょういきがい》でなにかが起こるなんて考えたくないのよ」そして、太鼓《たいこ》みたいにベッドを指でたたきながら、オフェーリアはこちらを見て、自分のひざに両手をおいた。「でも、ポリー、あなたみたいな人は、本能的《ほんのうてき》に、世界は科学の領域外《りょういきがい》にも広がっているとわかっている」

ふいにおばけコオロギがもどってきて、黒いオウムみたいにオフェーリアの肩《かた》に止まった。

「レスターにはもう会ったみたいね」オフェーリアが言った。

「あたしは、おばけって呼《よ》んでた。おばけコオロギって」それから、ちょっと恥《は》ずかしくなって付け加えた。「本人の目の前では言ったことなかったけど」

おばけコオロギ、じゃなくて、レスターは足をこすり合わせた。オフェーリアは笑った。

「『かまわない』って。あなたのことが好きみたいよ」

「ほんとに？」

オフェーリアは笑みを浮《う》かべた。レスターは肩《かた》からぴょんと飛《と》びおりると、今度はオフェーリアのひざにのった。

「レスターはなんとか力を貸《か》そうとしている。ほかの虫たちもそう」オフェーリアは口元に笑みを浮《う》かべた。「スパークは年がら年中はこられない。湖のそばにいなきゃいけないからね。でも、農園の今の状態《じょうたい》に心を痛《いた》めてる」そして、目を閉《と》じた。「ええ、手を貸《か》してくれる者たちはたくさんいる。中でも、特にあなたを助けようとしてくれた存在《そんざい》がいるんじゃない？」オフェーリアはそう言うと、厳《きび》しい目でまっすぐあたしを見つめた。

「あなたの親友のことよ」

「親友」という言葉をきいて、はっとして顔をあげた。オフェーリアはあたしを見つめ返し、答えを待った。

頭の中でカチ、カチ、カチという音が鳴りはじめた。ジェットコースターがじりじりと坂をあがっていくときの音みたいに。

「バスフォードのこと？」本当はだれのことであってほしいか、口に出すのが怖《こわ》くて、あたしはきいた。

「ちがうわ」オフェーリアはほほえんで片手《かたて》をのばすと、そっとあたしのひじにふれた。「本人いわく、ハリーっていう名前だって」

バカみたいだってわかってた。でも、その名前を聞いたとたん、あたしはわっと泣き出した。

「ハリー？　ハリーは生きてるの？」オフェーリアに飛びついた。「ハリーはなんて？　あたしはどうすればいいの？　ごめんなさいって伝えて」オフェーリアの濃《こ》いブルーの目を見て、これじゃあ、不作法すぎるってことに気づいた。「あたしが心から後悔《こうかい》してるって、伝えてもらえる？　お願い」

「それはもうわかってるって言ってる。ハリーからひとつ、特別やってほしいことがあるそうよ」

「それをやれば、ハリーはもどってくる？」

「わからないわ」

「あたし、なんだってする」

オフェーリアは自分の両手をじっと見た。「ポリーの指輪を探《さが》してほしいんだって。それが見つかったら、あとは友だちが――」そう言って、オフェーリアはレスターのほうをさし示《しめ》した。「助けてくれる」

オフェーリアはそこまで言うと、目を閉《と》じた。そして、また開いて、ふふっと笑った。「でも、今回はナメクジを避《よ》けるようにね。あのとき、ポリーはナメクジたちの誕生日《たんじょうび》パーティをじゃましちゃったのよ」

あたしは曲がった指を見つめた。指輪をなくしたのは四年前だ。湖じゅうを泳いで探《さが》したけど、見つからなかった。今となっては、見つけるなんてむりだ。

オフェーリアは立ちあがった。「ビアトリスの食事の用意を手伝いにいかなきゃ。ニンジンのまちがった側を切り落とさないようにしないとね。じゃないと、ほら、ニンジンにひどく痛《いた》い思いをさせることになっちゃうでしょ」

オフェーリアはあたしの髪《かみ》をなでた。

「あたし、どうすればいいかわからない」あたしは小声で言った。

オフェーリアはうなずいて、そっとかがむと、あたしのおでこにキスをした。「自分を信じるのよ。信じる力を持ってるんだから」

9月17日（水） 新鮮《しんせん》な空気

自然は、自分の力で抑《おさ》えられないものを、王国に残していくことは許《ゆる》さない。

ここまで読んで、エマソンさんに、指輪を見つけられないなら、王国にとどまる権利《けんり》はないと言われてるような気がした（あたしの場合の王国は農園）。今のあたしには、権利《けんり》はない。農園のすみずみまで探《さが》した。〈泣き桜《ざくら》〉の下も泳いで探《さが》したし、畑も、〈城《しろ》〉も、パパたちの〈キューブ〉も、パパの散らかり放題の研究室も探《さが》した。でも、見つけられなかった。

研究室を探《さが》したのは、まちがいだった。パパの机《つくえ》の上の書類をぱらぱらとめくっているときに、エディスおばさんの弁護士《べんごし》からきた手紙を見てしまったから。アレッサンドラ・ディ・ファルチアーナは、もとの値段《ねだん》にさらに五百万ドル上乗せしていた。「ここで『農園』と表記されている敷地《しきち》の不安定な状況《じょうきょう》をかんがみるに、法外に寛大《かんだい》な値段《ねだん》です」

みんなが、前むきに考えようとしていた。フレディだって。でも、フレディは日曜の夜からずっと微熱《びねつ》がつづいている。パパは病院でもっと検査《けんさ》を受けさせたがっていたけど、フレディは一も二もなく断《ことわ》った。「三十八度の熱で病院なんてぜったいにいかない！」サッカーの禁断《きんだん》症状《しょうじょう》だと思う。みんなが自分のことを心配するのにうんざりしてるのも、わかっていた。特にあたしが、雨が降《ふ》らなくなってから、フレディの具合が悪くなったなんて言ったから。**ポリー、何度言えばわかるんだ。おれと雨のあいだにはなんの関係もない。ゼロ、なし、皆無《かいむ》だ。くだらないことを言うのはやめてくれ！**

もう言う必要もないと思うけど、今週の月曜も雨は降《ふ》らなかった。

そして、また新たな問題が持ちあがった。二十三日間、ほとんど水がなく、太陽の陽射《ひざ》しが降《お》りそそいだ結果、ふつうのルバーブはエーカー【注：面積を表す単位。一エーカーは、約四〇四七平方メートル】単位で枯《か》れていった。ジュース会社はもちろん、それを快《こころよ》く思わなかった。毎日のように電話してきて、パパは毎日のようにそれを無視《むし》している。みんなで懸命《けんめい》に水をやったけど、たいして役に立たなかった。なんとか悪くない状態《じょうたい》を保《たも》っているのは、ジャイアント・ルバーブくらい。ほかのルバーブより大きいからだろう。〈ダークハウス〉の納屋《なや》には、促進栽培《そくしんさいばい》用のスプリンクラーが設置《せっち》してある。でも、それも水源《すいげん》は〈湖〉だ。〈湖〉の状況《じょうきょう》もよくなかった。毎日のように霧《きり》が薄《うす》く、遠くへ広がっていって、毎日のように水位が下がっていく。そして毎日のように、みんなの不安は増《ま》していった。

昨日、ジョンギーはあたしにつきまとった。金曜日の遠足で農園にいくのが待ち遠しいって、言いたくて言いたくてたまらないのだ。ママはなにがあってもキャンセルはしないと言った。農園がどんなにみじめな状態《じょうたい》でも、それはそれで「学習にはいい機会」だって言う。学習ってなんの？　ジョンギーが、あたしをバカにするための学習とか？　でも、ママに説明しようとしてもむだ。どうせ、ここはあなたの農園で、あなたの家なんだから、お客さんのジョンギーを立ててあげなさいって言うだけだから。

「でも、農園はだめになりかけてるんだよ」あたしは言ってみた。

「だとしても――ちなみにママはそうは思ってないけどね――あなたのほうが有利な立場にいるのよ、ポリー。ジョンギーのやることにいちいちイライラするのはやめなさい」

イライラ？　ジョンギーはあたしっていう存在《そんざい》すべてを消し去ろうとしてるのに？　自慢《じまん》じゃないけど、今のあたしは、ジョンギーがくるのを感じるだけで逃《に》げ出《だ》す。それどころか、ジョンギーの時間割《じかんわり》まで覚えていて、それに合わせて教室の移動《いどう》を調整してるくらい。今日もそう。ジョンギーはオーウェンを嫌《きら》ってるから、科学の授業《じゅぎょう》には開始一分前までこない。あたしは、科学の前は自習時間だから、少なくとも始まる十分前に科学教室へいくようにしている。ジョンギーからかくれるためだけに。

「やあ、ポリー」オーウェンがリンゴとプリントの山を持って、教室に入ってきた。

「こんにちは」小声で答える。

「なにしてるんだい？」

「考えてるんです」

「いいことだ」オーウェンは教卓《きょうたく》へいって、先端《せんたん》に白いプラスティックの塊《かたまり》がくっついている鍵《かぎ》のようなものを取り出した。「手伝ってくれるかな？」

「はい。ええと、なにをですか？」

オーウェンは閉《と》じている屋根を指さしてから、鍵《かぎ》をふってみせた。

「それは？」

「見たことないのかい？　屋根の鍵《かぎ》だよ。開閉式《かいへいしき》屋根でも最新のものらしい。少なくとも、説明した業者の人はそう言っていた。やってみるかい？」

オーウェンは鍵《かぎ》をさしだした。先についている塊《かたまり》は、多面体になっている。壁《かべ》のパネルは名刺《めいし》サイズで、真ん中に穴《あな》が空いており、多面体を差しこむと、ぴったりとはまった。

「そうしたら、右に一回転させて……」

ウィーンという音がして、屋根がガタガタと動きはじめた。あたしは頭をかたむけて、屋根が開くにつれ、空が現《あらわ》れるようすを見ていた。

オーウェンは目を閉《と》じて、のびをした。「新鮮《しんせん》な空気だ。これにかなうものはないね。そう思わないか、ポリー？」

「思います」

「問題はない？」

「はい、ぜんぶうまくいってます」

「なにか話があったんじゃなかったのかい？」

「いいえ、ただ早くくるのが好きなだけです。つまり、新鮮《しんせん》な空気があるから」あたしは空を指さした。

「そうか」オーウェンは教卓《きょうたく》にすわると、読書用のメガネをかけ、机《つくえ》の上の大きな教科書のページをめくった。「で、農園はだいじょうぶかい？」あいかわらずこちらは見ずにたずねる。

「ええ、もちろん。だいじょうぶです」

「それはよかった」

オーウェンはさらにページをめくった。

「いえ、実はあまりだいじょうぶじゃありません」あたしは言った。「どっちかっていうと、悪いです」

オーウェンは、そのページをじっくり読んでいるように見えた。なぜかあたしの口は動きつづけ、次々《つぎつぎ》言葉がこぼれ落ちた。

「父が使おうとしてる灌漑《かんがい》システムは、うまくいってないんです。ルバーブは枯《か》れてきてます。ひどい状態《じょうたい》。めちゃめちゃなんです。それに、指輪が見つからないんです。それに、親友を殺してしまったんです」

オーウェンがぱっと目をあげた。そして、教科書を閉《と》じた。

「ルバーブなんです」あたしはかまわず話した。「根が一本だけ残ってるんです。ずっと水をやってるんですけど、なにも変わりません。生えてこないんです。それに、気味の悪い霧《きり》も出て、エディスおばさんはいなくなって、フレディは病気だし……」

あたしは目をしばたたかせて、涙《なみだ》をこらえた。そして、頭を上にむけると、空を見あげた。

今すぐ泣き止んで、ポリー!

オーウェンは立ちあがって、あたしのところまでくると、あぐらをかいてすわった。

「わたしになにかできることはあるかい?」

すぐさま首を横にふった。「いいえ」

あればいいのに。でも、オーウェンは科学の先生だ。農園のことはわからない。

オーウェンはあたしを見た。眉毛《まゆげ》がくいっとあがって、ママが心配してるときみたいに、おでこの真ん中でくっついた。

「あたしのこと、ヘンだと思ってますよね?」目を閉《と》じる。「そうなんです。あたし、おかしいんです。あんなところに住んでるんだから! あたしたちは、変わってて、みじめで、ヘンなんです」

「ヘンだなんて思ってない。ヘンっていうのは、ウィリアム・ブレイクみたいな人間のことだよ。たぶんね。でも、きみはちがう。それとはちがう」

「ウィリアム・ブレイクって?」

「詩人だ。作家でもある。天才だよ。とっくのむかしに亡《な》くなったがね」

「わかってないから、そんなふうにおっしゃるんです」

「そんなことはない。わたしはめったにまちがえないんだぞ。いや、そうとも言えないか。しょっちゅうまちがいは犯《おか》すがね。でも、そういうときはちゃんと認《みと》める。まちがってなくても、まちがってたって言うときもあるくらいだ。すごいだろ？」

「あたしは本当にヘンなんです。これとか」あたしはオーウェンのほうを見あげて、曲がった指を見せた。「ジョンギーがあたしを嫌《きら》うのは、このせいなんです。でも、あたしにどうこうできることじゃない。うちの一族には、この指をした女性《じょせい》が何人かいるんです。エディスおばさんとか。祖母《そぼ》とか」

「ポリー、それはただの指だ。そして、曲がってる。だからなんだい？」オーウェンは笑った。

「おかげで、ほかの人とはちがうんだ」

「まだあります。あたし、虫としゃべるんです」

仰天《ぎょうてん》すると思った。でも、オーウェンはにっこりしただけだった。

「虫たちはいいやつかい？」

「ええ、ほとんどは。コオロギはちょっとうっとうしいけど」

「じゃあ、なにが問題なんだい？」

「えっと、虫たちは、あたしがこわくてたまらないところへいけって言うんです」

「どうして？」

「それは――わかりません」

「実際《じっさい》にある場所？」

「もちろん、実際《じっさい》にある場所です。別にアリスのふしぎの国に住んでるわけじゃないもの。ぶきみで、呪《のろ》われてて、本当はどうしてもいきたくなかったけど、やってみたんです。いこうとしたんです。スパークがいけって言うから。でも、そうしたら〈ナメクジ地獄《じごく》〉に落ちちゃって」

オーウェンはだまって聞いていた。あたしは止められなくなっていた――さらに、しゃべりつづける。「きっと、頭がおかしいって思ってますよね。うちのパパもそう。いつだってなんだって科学だって」

「実を言うと、ナメクジ地獄《じごく》っていうのに興味津々《きょうみしんしん》なんだ。それは、名前通りのものなのかい?」

「もっとひどいわ」

「うへっ」オーウェンは腕時計《うでどけい》を見た。「いいかい、ポリー。この世界には大きな網《あみ》がある。すべてをとらえることのできる大きい網《あみ》がね。科学も雨もしゃべる虫も――」

「しゃべるんじゃなくて、字を描《えが》くんです」

「そうか、じゃあ、字を描《えが》く虫も、宗教《しゅうきょう》も、アルティメット【注:バスケットボールとアメリカンフットボールを合わせたような競技《きょうぎ》。フリスビーを使う】も、文学も、なにもかもすべてをひっくるめて考えることができるような」

オーウェンは立ちあがった。「たしかにわたしは科学が好きだ。でも、不可解《ふかかい》なことも大好きなんだよ。きみが抱《かか》えこんでいることは、まさにこの不可解《ふかかい》なことじゃないか。不可解《ふかかい》。たしかに農園はたいへんな状況《じょうきょう》で、フレディは病気で、虫や植物がしゃべっている。で、しゃべってる相手は？　きみだろ、ポリー」

あたしは唇《くちびる》をかんだ。「虫の話を聞くのなんて、あたしだけだから」

「そうじゃない。きみはきみの家族を助けたいと思ってる。そうだろ、ピーボディ家のお嬢《じょう》さん。まず、今、話してくれたことについて、自分がどう思っているのか、もう一度ゆっくり考え直してみるんだ。自分はヘンかもしれないとか、そういうことは忘《わす》れるんだ。目の前に、解《と》かなきゃならないパズルがあるんだから。手がかりをあわせてみるんだ。頭を使って」オーウェンはにっこりした。「進め、エルキュール・ポワロってことだ」

「エルキュール・ポワロ？」

「いや、ひとりごとさ」

立ちあがったひょうしに、首にかけている鍵《かぎ》がお腹《なか》にあたった。鍵《かぎ》に彫《ほ》られた文字のことを思い出した。

「あ、そうだ。あともうひとつ」ネックレスを外して鍵《かぎ》をさしだし、プラスとマイナスのしるしのところを指さした。「これってどういう意味ですか？」

「どうとでもとれるな」オーウェンは鍵《かぎ》を見たあと、返しながら言った。「はっきりとはわからない。もちろん、数学的なことだろうな。わたしは水とはあまり縁《えん》がないんでね。もしかしたら分極性《ぶんきょくせい》のことかもしれない」

「え、なんですか？」

「分極性《ぶんきょくせい》だ。正電荷と負電荷。反対物はひかれあうって聞いたことがないかい？　ここで物理の講義《こうぎ》をはじめようとは思わないが、基本的《きほんてき》に正電荷は――」オーウェンは右の人さし指を出した。「――こっちの負電荷と――」今度は左手の人さし指を出す。「――ひかれあっている。磁石《じしゃく》みたいにね。この現象《げんしょう》は、あらゆる化合物において起こるんだ。水の場合もね」

オーウェンは肩《かた》をすくめた。「だが、いわゆる『誤差《ごさ》の範囲《はんい》』って意味かもしれない。もしくは、単なる足し算と引き算か」そして、にっこり笑った。「ラテン語ならわかるぞ、そっちでよければ」

「ラテン語のほうは、もうわかったんです。バスフォードのおかげだけど」

ちょうどそのとき、みんなが教室に入ってきはじめた。

「大使くんはラテン語を読めるわけか。頼《たの》もしいな」オーウェンはまたにっこり笑った。やさしい笑顔だった。「少し気を楽にしろ、ポリー。先のことはわからない。その指だって、幸運のお守りかもしれないだろ？」

オーウェンは本当に少しおかしいのかもって、初めて思った。

「そうですね。そうかもしれない」

9月19日（金）　遠足

昨日の夜、また暗い考えが舞《ま》いもどってきた。ほとんど毎晩《まいばん》、同じことのくりかえし。夜になると、解決《かいけつ》方法なんてないように思えてしまう。あたしたちは――あたしはすでに負けてるんだって。でも、夜が明けると、また変わる。朝になると、希望があるような気がしてくる。方法を見つけさえすればいいんだって――それがなにかは、わからないけど。今日は、こう思うことにした。ちょうど遠足の日にハリーが芽を出すかもって。ハリーのいるチョコレート・ルバーブ畑にいこうと階段《かいだん》を駆《か》けおり、外へ飛び出そうとしたとき、パパが椅子《いす》にすわってぼんやり外を見ているのが見えた。催眠術《さいみんじゅつ》かなにかにかかったみたい。あたしは急停止して、パパのところまでもどった。「パパ？」

ひざに新聞がのっている。

「パパ？」もう一度呼《よ》んだ。パパは、すわったままからだを動かした。返事をしようとしたんだと思うけど、そのとき新聞の見出しが目に入った。

売却《ばいきゃく》か？

ルパートのルバーブ農園
数千万ドルで売却《ばいきゃく》
デビィ・ジョングによるスクープ

今日。よりにもよって今日、ジョンギーは母親に記事を書かせたんだ。遠足の日に。

「おはよう、カボチャっ娘《こ》ちゃん」パパはほとんど機械的に言った。

夜に浮《う》かぶ暗い考えをぜんぶ合わせたよりも、ひどいことが起こった。それも、こっちは現《げん》実《じつ》。おそろしい現実《げんじつ》。パパは目に見えてがっくりしている。皮膚《ひふ》に直接《ちょくせつ》、失望を刻《きざ》みこまれたみたいに。

「パパに言わなきゃいけなかったのに」罪悪感《ざいあくかん》があふれ出す。「パパにだめだって言われたのに、ジョンギーに話しちゃったの。本当にごめんなさい」

「どちらにしろ、こうなる運命だったんだ」パパは表情《ひょうじょう》ひとつ動かさなかった。

ママがコーヒーカップをふたつ持って入ってきた。そして、見たこともないほど悲しい顔であたしを見た。

ママはパパの肩《かた》に手をおくと、ひざから新聞を取って、あたしにわたした。

匿名《とくめい》の読者からの情報《じょうほう》によると、チョコレート・ルバーブと〈空中ブランコ〉で世界的に有名な〈ルパートのルバーブ農園〉が、この不景気の時代にしては法外な値段《ねだん》で買い取られたもようだ。ピーボディ家に確認《かくにん》しようとしたが、エディス・ピーボディを含《ふく》め、だれとも連絡《れんらく》は取れていない。しかし、ピーボディ家の次女と親しくしている友人によれば、通常《つうじょう》では考えられない金額《きんがく》による売却話《ばいきゃくばなし》が進行中なのはまちがいない……

ママとパパは一生あたしを許《ゆる》してくれないだろう。許《ゆる》しちゃだめだ。あたしはぜったいに自分を許《ゆる》さない。

「ごめんなさい」もう一度言う。声がかすれる。

「ポリー」ママの首の血管が浮《う》き出《で》ている。「部屋にいって、おとなしくしていなさい」

「でも――」

「あとで迎《むか》えにいくから。パパと話し合いたいだけなの」

なにか言《い》い訳《わけ》したい。でも、そんなものはない。だから、おとなしく自分の部屋にいった。

二時間後、ママが部屋にきた。「ジェニファーに話してしまったことを、どうしてママたちに言わなかったの?」そして、大またで机《つくえ》のそばの窓《まど》までいくと、カーテンをつかんで勢《いきお》いよく開けた。

「電話がどれだけかかってきたと思う? メールもよ? 今回のニュースは大手の報道機関《ほうどうきかん》すべてに出回ってる。今朝なんて、アイスランドから電話がきたのよ。アイスランドよ」ママはあたしの机《つくえ》をバンとたたき、見せかけだけでも保《たも》とうとしていた冷静さをぶちこわした。「あなたの学校の子たちは今日、くるのよ。今日！　そしてわたしは、この記事のことなんてちっとも気にしてないふりをしなきゃならない。うそをついているみたいな気がするわ」

ママは深く息を吸《す》いこむと、ベッドにすわっているあたしの前まできた。

「ごめんなさい」あたしはせいいっぱい謝《あやま》った。「ジョンギーに言ったことをなしにできるなら、する。本当に、かならず、ぜったいに、する」

しばらくしてから、ママが口を開いた。「バスフォードから、ジョンギーがあなたにどういうことをしているか聞いたわ」

「あたしがぺらぺらしゃべったりしなければ、知られなかったのに」あたしはママを見た。「ごめんなさい、本当に後悔《こうかい》してるの」

ママは小さくうなずいた。「わかってる。さあ、もう着がえなさい。あと三十分でみんながくるから」

ママが出ていくと、今度はあたしが、机《つくえ》をバンとたたいた。こんなことをしたのは初めて。手がひりひりした。それから深く息を吸《す》いこみ、ジョンギーへの怒《いか》りを抑《おさ》えようとする。そして自分への怒《いか》りを。目に留《と》まった『自己信頼《じこしんらい》』を手に取る。ぱっとひらいて、出たページを読んだ。

純粋《じゅんすい》な行動なら、なぜそういう行動を取ったのか、いずれ理由はわかるものである。またそ

れは、別の純粋《じゅんすい》な行動の理由も明らかにする。

純粋《じゅんすい》な行動。あたしにとっての純粋《じゅんすい》な行動は、農園を救う方法を突《つ》き止《と》めることだ。ジェニファー・ジョングのことで頭をいっぱいにするんじゃなくて。

そのとき、バスが〈城《しろ》〉の前に入ってくる音がした。深呼吸《しんこきゅう》する。外に出る前に鏡を見た。気にしてないふり。あたしにだってできる。

でも、外に出ようとしたら、ビアトリスがきて、新聞であたしの腕《うで》をぴしゃりとたたいた。黒い目は今にも怒《いか》りで飛び出しそう。そして、お得意の説教をはじめた。今回はフル・バージョン。

「いったいどういうこと?」

「わかってる」

「もっとちゃんとした子に育てたつもりでしたけどね！　よりにもよってあの子に話すなんて！」

「わかってる」

「それに、この記事。事実が合ってるかってことは、問題にしないのかね?!　事実はどこへいったんだい、事実は！　数千万ドルだって?　発行者の顔が見たいよ！　真実を重んじる人間はいないのかね?」ビアトリスはまたあたしをペシッとたたいたけど、そろそろお説教も終わりに近づいているのがわかった。

「言ったことを取り消せればって思う」

ビアトリスは悲しそうにあたしを見た。まるでいっしょうけんめい世話を焼いたのに、わざと育たなかったルバーブを見るみたいに。

「はっきりと言っときますよ。神さまが証人《しょうにん》さ。もしあの娘《むすめ》っこがなまいきな目であたしのことを見ようもんなら――」

「ルバーブの毒を盛《も》る？」

「なんだって？　まさか」ビアトリスはまたあたしをたたいた。「バカなことを。今日はこれから、農園の代表として見たことがないくらい礼儀《れいぎ》正しくするんですよ。わかりましたね？」

「うん」

「じゃあ、おいき」

「わかった」あたしは階段《かいだん》のほうへ歩き出した。

「お待ち！」ビアトリスがどなった。そして、ブラシをもってあたしのところまできた。「それじゃ、妖怪《ようかい》バンシーですよ。もう少しまともにしなさいな」

ビアトリスは髪《かみ》にブラシをあて、もつれやからみをぐいぐいととかした。おそろしく痛《いた》かった。「これでよし！」髪《かみ》をとかし終わると、ビアトリスはかみつくように言った。「少なくともこれで、人間に見えますよ。さあ、いっといで」

外に出ると、クラスのみんなが黄色いスクールバスから降《お》りてくるところだった。クリストファーとチャールズが、〈城《しろ》〉を見あげてる。前に農園見学にきたことがあったとしても、〈城《しろ》〉のこんな近くまでは入れたのは初めてのはずだ。

ブロンドの髪《かみ》のマーガレットがあたしを見つけた。「ポリー！」

「おはよう」あたしはちょっと緊張《きんちょう》して答えた。みんな、新聞は読んでいるだろうか。ところが、たちまちマーガレットの顔がほころび、見るからにうれしそうな笑みが浮《う》かんだ。「本当にすごいね」

ピンクの短パンに、おそろいのパーカーを着たドーンが走ってきた。「前にむかしの城《しろ》についてのレポートを書いたの。ドイツのルードビッヒ王のノイ・シュバン・シュタイン城《じょう》とか、ほかの城《しろ》とか」そして、前に出ると、しげしげと石壁《いしかべ》を見つめた。「でも、このお城《しろ》はイタリアのミラマーレ城《じょう》に近いわね。イタリアの貴族《きぞく》だったから」

「たぶん。建てたのは、イタリアの貴族だったから」

「ほんとに？」

「ポリーのひいひいおじいさんのレオナルドだよ」ビリー・ミルズが言った。話を聞いてたなんて、思わなかった。

「どうして知ってるの？」あたしはきいた。

「子どものころから、母さんに何度か連れてきてもらってるんだ。資料保管室《しりょうほかんしつ》で読んだんだよ」

自分のクラスメートがピーボディ家の歴史に興味《きょうみ》を持ってるなんて、これっぽっちも、そう、夢《ゆめ》にさえ、思ったことがなかった。

「植《う》え替《か》えできるの、超《ちょう》楽しみなんだ」チャールズがこっちへきて言った。ほかの男子たちもいっしょだ。「きっとすごいぜ。今まできたことがなかったなんて、信じられないよ」

あたしはさっと農園をながめて、クラスメートたちを見た。ルバーブは、少なくともこの距《きょ》離《り》からはそこまでひどくは見えない。真っ青な空のおかげで、農園は破滅寸前《はめつすんぜん》なんかじゃないのかもって気がしてくる。みんな、本気でいいと思ってくれているみたい。肩《かた》の力が抜《ぬ》けていくのがわかる。

そのとき、チャールズのうしろから声がした。「植《う》え替《か》えはないわよ」

ジョンギーだ。

「本当よ。残念だけど、まちがいないわ」

「植《う》え替《か》えはやるわよ」あたしはぐっと歯を食いしばった。

ジョンギーはさっと畑を見まわした。「枯《か》れたルバーブを植えるわけ？　ところでポリー、今日の記事はどうだった？」

みんな、しんとなった。

「ママはちょっと大げさに書いてたかも。悪かったわね」ジョンギーは意地の悪い笑みを浮《う》かべた。

「じゃあ、帰れよ」ささやき声よりほんの少し大きい声で、だれかが言った。

みんな、いっせいにそちらをふりむいた。あたしはあっけにとられた。声の主がバスフォードだったから。濡《ぬ》れた髪《かみ》がおでこにはりつき、ガーデニング用の軍手が入った袋《ふくろ》を抱《かか》えてる。ジョンギーはバスフォードをにらみつけたけど、完全にふいをつかれたようだった。でも、それを言うなら、あたしもだ。今の今まで、バスフォードはいつもわきから見ているタイプだと思ってたから。

「なにを言いたいわけ、ガリガリのくせして」ジョンギーはかみつくように言った。

バスフォードはまた目をしばたたかせた。「きみが人をいじめていばってるってことだ」落ち着いた低い声だった。みんな、じっとバスフォードを見ている。あたしだけじゃない。今までオーウェン以外、ジョンギーに面とむかって異《い》を唱えた者はだれもいなかったのだ。

「文句《もんく》を言うなら、なんできたんだよ？　帰れ」

「あんたの言うことなんてきかないし」ジョンギーはすかさずバカにしたように笑ってみせた。

そのときだった。自分でも信じられないけど、クスッと笑ってしまったのだ。ジョンギーが校内スペリング大会のときに、同じ言葉で先生をなじったことを思い出したせい。あっと思ってすぐ引っこめたけど、その笑いが引き金になって、クラスのみんなのなにかがプツン、と切れたようだった。みんなは、笑いをこらえていたみたいに、どっと笑い出した。

「なに笑ってんのよ？」ジョンギーはすっかりとまどっている。

「録音装置《そうち》を持ち歩いて、自分の言ってることを聞いてみりゃいいよ」バスフォードが言った。

「衝撃を受けると思うよ、自分の意地の悪さに。こんな人間になりたいやつがいるのかってくらい」

ジョンギーは口を開いたけど、言葉は出てこなかった。心の中で戦っているのがわかる。でも、やることも言うことも思いつかない。

バスフォードのほうを見てお礼を言おうとしたけど、すでに軍手の入っている袋《ふくろ》を開いていた。「ええと、ピーボディさんに、みんなにこれを配るように言われたんだ……」

ちょうどそのとき、ママが出てきて、木箱の上に立った。

「みなさん、ようこそ！」本当はめちゃくちゃ怒《おこ》ってるなんて想像《そうぞう》もつかないような、明るい声だった。「みなさんに、うちの大切な作物の世話を手伝っていただけることを、心からうれしく思っています」

あたしはバスフォードと目を合わせた。バスフォードがうなずく。あたしは口だけ動かして〈ありがとう〉と言った。バスフォードはちらっとほほえむと、また軍手を配りはじめた。

シャベルをつかもうとしたとき、ビアトリスがこっそりうしろから近づいてきた。「フレディを起こしてきてくださいな。もう十一時半ですからね」

〈城《しろ》〉へフレディを探《さが》しにいった。子ども部屋にはいない。階段《かいだん》を駆《か》けあがって、フレディを呼《よ》ぶ。もう起きたのかもしれないと思ってキッチンをのぞき、それから、さらにらせん階段《かいだん》をのぼってフレディの部屋にいった。

ドアをノックしたけど、やっぱりなにも聞こえない。そっとドアを押《お》し開《あ》けた。

「ねえ、みんな待ってるよ」いつものとおり、部屋はひどい散らかりようだったけど、なぜか窓《まど》は閉《し》まっていた。空気がよどんでる。「フレディ?」もう一度部屋を見まわした。あたしはなにかにせかされるような気持ちで中に入っていった。一歩進むごとに呼吸《こきゅう》が速くなる。(やめて、ポリー。バカなこと考えないで)自分にむかって言う。

そのとき、外からだれかのさけび声が聞こえた。

「フレディ!」バスフォードの声だ。バスフォードが声のかぎりにさけんでる。走っていって、吊《つ》り橋《ばし》に出るドアをバタンと開けた。

フレディが橋の上で、ロープの手すりにつかまっている。顔は幽霊《ゆうれい》みたいに血の気がなく、ひざがガクガクしてる。

下で、みんなが悲鳴をあげはじめた。吊《つ》り橋《ばし》はかなりの高さがある。こわがらないほうがむりだ。

だけど、なぜかあたしは落ち着いていた。「お兄ちゃん」

フレディは笑おうとした。「おれは……」

あたしは慎重《しんちょう》な足取りでフレディのほうへ歩きはじめた。赤《あか》ん坊《ぼう》に話しかけるようにしゃべりつづける。

「ねえ、中に入らないと」下で、だれかがみんなをだまらせた。そっちは見ないようにする。フレディだけに集中する。フレディの目はくもり、まぶたがピクピクしてる。

「新鮮《しんせん》な空気がほしかったんでしょ」あたしはさらに言う。「わかる。外の空気のほうがいいもんね。お兄ちゃんの部屋、におうし。窓《まど》開けたほうがいいよ」

「ポリー」フレディの声は弱々《よわよわ》しかったけど、さっきより近づいたのでよく聞こえた。「自分がくだらないことぺちゃくちゃしゃべってるってわかってるか？」

「わかってる」橋がゆらりとゆれ、フレディは右手で頭の上のロープをつかみ、左手で左側のロープを握《にぎ》りしめた。左足がすべって、ロープのあいだから突《つ》き出《だ》す。いくら下にあるのが、だれも――なにもおぼれない〈湖〉だとしても、けがをすることはある。岩があったらどうする？

「お兄ちゃん、つかまってて」あたしは言う。なるべくおだやかに、やさしい声で。フレディのところまであと二歩だ。「つかまっててよ」

フレディはロープ越《ご》しに下のみんなを見た。もう一度ほほえもうとするけど、ぜんぜん力が入らない。「みんなの声が聞こえたんだ。でも、頭痛《ずつう》のやつがひどくて」目が泳ぐ。「けど、言いたくなかった。すぐに治ると思ってたんだ」

あたしは手をぐいと突《つ》き出《だ》した。フレディの目が閉《と》じた。

「お兄ちゃん！」

フレディが目を開けた。あたしをじっと見たまま、ゆっくりと片方《かたほう》の手をロープから離《はな》し、あたしのほうへのばす。その手を取り、力いっぱい握《にぎ》りしめた。下にいるみんなから、ほっとした声が漏《も》れた。

「だいじょうぶ、もうつかまえたから」

フレディはなんとか力ない笑みを浮《う》かべたけど、ふいにとまどったような恐怖《きょうふ》が目をよぎった。あたしがはっとして下を見たのと同時に、フレディの足が橋からすべり落ちる。次の瞬間《しゅんかん》、ぐっと引っぱられ、あたしはフレディもろとも〈湖〉に落ち、さらに下へ、下へと沈《しず》んでいった。

同じ日（9月19日・金）　だいじょうぶな人なんていない

〈湖〉があたしたちを受け止めた。あとから聞いたところによると、水面が、ぱっくりと開き、落ちてきたあたしたちを抱《だ》きとめたのだ。水音すらしなかったらしい。落ちたときのことはまったく覚えていない。覚えてるのは、水の中で悪い夢《ゆめ》を見たあとみたいにいきなり意識《いしき》がもどると、気を失っているフレディが見えたこと。あわててフレディの首に腕《うで》を回し、小さく弱い足で、せいいっぱい水を蹴《け》った。頭がはっきりしていれば、フレディがおぼれるはずはないことを思い出したと思う。でも、そのときはとにかく水から出たかった。

水面から顔を出して最初に目に入ったのは、オーウェンの姿《すがた》だった。オーウェンは大きなオレンジ色のボールにロープがついたものを抱《かか》えて、こちらに泳いでくるところだった。ママとビアトリスとみんなが、岸まで引っぱってくれた。

そのあとのことはよく覚えていない。歯がガチガチ鳴るのが止まらなくて、ビアトリスに毛布《もうふ》でくるんでもらったような気がする。救急車が、フレディとママとチコを病院へ運んでいった。あたしは医者にだいじょうぶだと言われたので、ビアトリスが部屋のベッドまで連れていってくれた。ホーヴァット校長はみんなをスクールバスに乗せ、聖《せい》ザビエルへもどっていった。

目を覚ますと、枕元《まくらもと》にパトリシアとバスフォードがいた。

「お兄ちゃんはだいじょうぶ?」あたしはきいた。

「安定してる」パトリシアが答える。あたしは目をしばたたかせた。

「え、なに、それ、どうしたの?」

パトリシアは左目に黒い眼帯《がんたい》をつけていた。

「転んだ」

「いつ?」

「あんたたちのほうへ走っていったときよ、〈湖〉へ。つまずいて、じょうろの上に倒《たお》れちゃったの。十五針《はり》よ」パトリシアは眼帯《がんたい》を取った。ひどい。黄色くなって、腫《は》れあがってる。黒い縫《ぬ》い目《め》が目立ってた。

「うわ」

「どうも。あんただって、なかなかの姿《すがた》よ」パトリシアは立ちあがった。「ママに電話して、あんたはだいじょうぶだって言わなきゃ。すぐもどるから」

パトリシアが出ていくと、あたしはバスフォードのほうを見た。バスフォードは心配そうにこっちを見ていたけど、立ちあがって、顔にかかった髪《かみ》をかきあげた。

「さっきちゃんとお礼言わなかったね。ジョンギーに言い返してくれたとき」

バスフォードはなにも言わずにあたしを見つめた。

それからやっと、「こんな気持ちになるのがすごく嫌《いや》なんだ」と言った。

「え?」

「ポリーのこと。フレディのこと。農園のこと。みんな傷《きず》ついてるのに、ぼくにはなにもできない」バスフォードはぎゅっと腕《うで》を組んだ。

「なにが問題なのか、わからないせいよ。それさえわかれば、バスフォードにも手伝ってもらえる」

「そう、って?」

バスフォードは首を横にふった。「ポリーはどうしていつもそうなんだ?」

「いつでも問題を解決《かいけつ》できるとはかぎらないんだ。世の中は、そんなふうにはなってないんだよ。助けられないときもある。どうにもならないこともあるんだ」

あたしのことを言ってるんじゃないって、わかった。フレディのことでもなければ、農園のことでもない。バスフォードはお母さんのことを考えているんだ。

「かならず解決《かいけつ》できるなんて、言ってない。だけど、そうなるよう、努力しなきゃ」

「努力したせいで、ますますつらい思いをすることもあるんだ」バスフォードはさらに一秒くらいあたしを見つめてから、背中《せなか》をむけて、部屋を出ていった。

それからすぐに、パトリシアがもどってきた。「ポリーが目を覚まして元気そうだって、ママに言っといた」それから、もう一度聞いた。「本当に元気？」

「たぶん」

「つま先を動かしてみて」

あたしはつま先を動かした。

「いいわ。だいじょうぶね。前にテレビで見たの。つま先を動かせれば、麻痺《まひ》してないんだって。脳《のう》が膨張《ぼうちょう》したりしてないってこと。してないよね？」

「たぶん。してないなんて、どうやったらわかるの？」

パトリシアはしげしげとあたしを見た。「してたら、わかるものなんじゃない？」

そして、椅子《いす》によりかかった。あたしも頭を枕《まくら》に預《あず》け、ふたりともしばらくだまっていた。

「フレディのことで、ママはほかになにも言ってなかった？」

「安定してるって。ぐっすり眠《ねむ》ってるらしい。でも、ママたちもどういうことなのか、わかってないみたいだった」

「パパはどこ?」

「病院」パトリシアは言葉をとぎらせた。「あんたに言わなきゃいけないことがあるの。いい、責任《せきにん》を感じる必要はないからね」

あたしはからだを起こした。

「ダンバー製薬《せいやく》が資金《しきん》を引っこめたの。どっちにしろ、そうなったのよ。記事は関係ない。その前に、決定は下されてたの。パパが、かならずポリーにそう言っとけって」

あたしたちはまただまりこくった。それから、パトリシアはふりかえって、壁《かべ》にかかっている小さな鏡をのぞきこんだ。「サムはきっと、バカみたいって思うわね」

「お姉ちゃんのことを?」

パトリシアは眼帯《がんたい》をつけた顔でこっちを見た。「だってバカみたいだもの」

あたしは首を横にふった。「ううん。そんなふうに見えないよ。むしろ似合《にあ》うくらい」それから、ふっと頭に浮《う》かんだことを言った。「お姉ちゃんはいつも魔法《まほう》なんて信じないっていってるけど、それって魔法《まほう》だよ。つまりお姉ちゃんはシュレッダーにかけられてズタズタになっても、きっときれいだよ」パトリシアはへんな顔であたしを見た。「お世辞じゃないよ。本当のことを言ってるだけ。どうしてお姉ちゃんはいつもきれいなのか、きっと科学的な理論《りろん》を導《みちび》き出《だ》せるよ」

パトリシアはほんのかすかに、笑みを浮《う》かべた。

あたしはつづけた。「仮説《かせつ》。パトリシアはいつもきれい。調査《ちょうさ》・分析《ぶんせき》。じょうろにつまずかせる。結果。やっぱりきれい。以上、仮説《かせつ》は証明《しょうめい》された」

パトリシアはまた椅子《いす》にすわった。「まったく。ま、ジェニファー・ジョングに農園を売る話をしたなんて、いまだに信じられないけどね」

でも、パトリシアは笑っていた。あたしも、笑っていた。

9月20日（土）　おばあちゃん

ビアトリスにフレディはだいじょうぶだから、と言いきかされ、あたしは眠《ねむ》った。こんなにあっという間に眠《ねむ》りに落ちたのは、久《ひさ》しぶりだった。夢《ゆめ》を見たような気がする。ダイヤモンドがいきなり現《あらわ》れたり、サイケデリックなもようのじょうろが出てきたり。でも、よく覚えてない。わかってるのは、午前二時にぱっちりと目が覚めたってこと。なぜ二時だとわかったかと言えば、時計を見たからだ。時計には日にちも表示《ひょうじ》されている。九月二十日。

おばあちゃんが死んだ日。

気味悪い、とあたしは思った。一日でもいちばんおかしな時間に、ひらめきが訪《おとず》れるなんて。スパークは「サイロ」って描《えが》いた。サイロのすぐ横には、ベンチがある。そしてふいにわかったのだ、あたしがいくべきなのは、あのベンチだって。

わたしにききたいことがあるときは、このベンチにすわるんだよ。

ジーンズとシャツを着て、靴下《くつした》をはく。机《つくえ》の引き出しをあけて、懐中《かいちゅう》電灯を取り出す。

そろそろと部屋のドアを開け、ドアノブが回るときに音を立てないよう、しっかりと握《にぎ》りしめる。それから、そっとノブを離《はな》したけど、蝶番《ちょうつがい》がギィと大きな音を立ててしまった。凍《こお》りつ

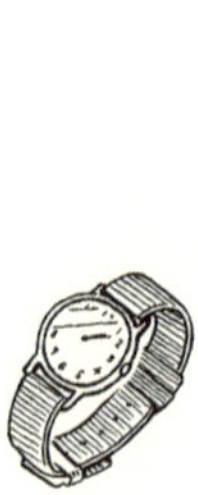

いて、だれかが廊下《ろうか》に出てくるのを覚悟《かくご》する。でも、パトリシアとバスフォードは何時間も前にぐっすり眠《ねむ》っていたし、ママとパパはフレディと病院に泊《と》まっている。ビアトリスとチコは自分たちの部屋にいる。だから、きっとだいじょうぶ。

できるだけ足音を立てないように階段《かいだん》をおりて、リビングへいった。壁際《かべぎわ》にならべてある作業靴《ぐつ》にそっと足をいれ、ドアを押《お》し開《あ》ける。

外はどこまでも真っ暗だった。懐中《かいちゅう》電灯の放つ細い光がかろうじてあたりを照らしだす。ガッ、ガッ、ガッ。茶色い土の上を踏《ふ》み、せまい舗装《ほそう》道路を歩いて、死にかけているルバーブの横を進んでいく。

見えないなにかに導《みちび》かれているような感覚がある。もしくは、だれかに――。おばあちゃんだと思いたい。でも、わからない。なにかがあたしの脚《あし》を奥《おく》へ奥《おく》へ、〈ダークハウス〉のほうへと運んでいく。ナメクジのほうへ、ベンチのほうへ。

青銅《せいどう》の橋をわたったところで、足を止めた。百メートルほど先に、〈ダークハウス〉の黒々《くろぐろ》とした輪郭《りんかく》が浮《う》かびあがっている。曲がった指がジンジンしはじめた。にぶい痛《いた》みとほぼ同時に、吊《つ》り橋《ばし》の上にいるフレディの姿《すがた》がふっと頭に浮《う》かぶ。ふだんのお兄ちゃんと似《に》ても似《に》つかない血の気のひいた顔が。

これはフレディのため。フレディのため。

足の下にぐにゃっていうやわらかい感触《かんしょく》があり、飛びのいた。ナメクジではない。ただ、土がやわらかくなっているだけ。でも、近くにナメクジがいるのはわかってる。気をつけなきゃ。
ガッ、ガッ、ガッ。

ベンチまであと五十メートルくらい。うっすら輪郭《りんかく》が見えてくる。ベンチの背《せ》の渦巻《うずま》きもよう、タイル貼《ば》りの座面《ざめん》。となりで、エディスおばさんのジャイアント・ルバーブのテディが風にゆれている。ほかのルバーブに比《くら》べ、とびぬけて高い。

指の痛《いた》みが増《ま》す。電気ショックが腕《うで》を駆《か》けあがるような感じだ。トンボたちの霧《きり》に手を入れたときと同じ。あんまり痛《いた》いので懐中《かいちゅう》電灯を左手に持ちかえ、右手はポケットに入れてぎゅっと握《にぎ》りしめた。足元に気がいってなかったので、またやわらかいものを踏《ふ》みつけてしまった。

懐中《かいちゅう》電灯を地面にむける。ナメクジを二匹《ひき》、踏《ふ》みつぶしていた。**ごめんね、ビアトリス。**

深く息を吸《す》いこんで、頭を持ちあげ、月のない夜空を見あげる。星がいくつかまたたいているけど、あとは〈ダークハウス〉のように真っ暗だ。ふいに恐怖《きょうふ》がこみあげ、息ができなくなる。

ベンチの近くでなにかが動いた。目をしばたたかせる。黒い塊《かたまり》のようにしか見えないけど、まちがいなくなにかいる。

臆病《おくびょう》なポリーが舞《ま》いもどってきた。臆病《おくびょう》なポリーは悲鳴をあげ、くるりと背中《せなか》をむけて、城《しろ》に駆《か》けもどり、頭まで毛布《もうふ》をかぶって、ぎゅっと目をつぶる。朝がくるまで。

でも、あたしは臆病《おくびょう》なポリーじゃない。一歩前へ踏《ふ》み出《だ》す。またなにかが動いた。

近くまでいくと、姿《すがた》が見えてきた。人間だ。だれかがベンチにすわってる。足を速め、懐中《かいちゅう》電灯をそちらへむける。光が照らし出したのと同時に、静けさに声がひびく。

「ポリー」エディスおばさんが言った。「よくきてくれたわね」

同じ日（9月20日・土）　あなたのため

「エディスおばさん？」手がふるえ、よろめいたひょうしに右足を〈ナメクジ地獄《じごく》〉に突《つ》っこみかける。「エディスおばさんなの？　なにしてるの？　どうしてあたしがくるってわかったの？」

「金曜日だから。まあ、もう土曜日だけどね。ずっとここにすわってたのよ」

懐中《かいちゅう》電灯をおばさんにむけた。エディスおばさんはどこまでも暗いこの夜空の下でも、輝《かがや》いていた。「ここにずっとすわってれば、ポリーがくるような気がしたの」エディスおばさんは手をのばした。「すわって」

とっさに断《ことわ》ろうとした。ジョンギーならそうする。エディスおばさんがジョンギーの家を売ろうとしたら、ジョンギーはおばさんのことを完全に切《き》り捨《す》てるだろう。後悔《こうかい》もしないし、考え直すこともない。ジョンギーの頭の中では、そういうのはすべて『消極的なこと』だから。

エマソンさんが言っているのは、そういうことかもしれない。どんな状況《じょうきょう》だろうと、**「おろかにひとつのことをやりつづけるのは、頭の悪い小鬼《ホブゴブリン》みたいなもの」**ってこと。

　でも、あたしはそういう人間ではない。自分のことはわかってる。あたしは、人の話を聞いて、いろんな立場から考えるタイプの人間なのだ。あたしはエディスおばさんが大好きだ。少なくとも、前は大好きだった。たぶん、今も好きだと思う。なにもわからないし、頭の中はぐちゃぐちゃだけど、エディスおばさんを見たとたん、ひとつだけわかった。あたしはおばさんに会いたくてしょうがなかったってこと。

　テディは高く、そう、びっくりするほど高くそびえ、たっぷり水をもらっているルバーブのように空へむかって葉を茂《しげ》らせていた。そうすることで、雨が降《ふ》らないことに反抗《はんこう》してるのかもしれない。きっとエディスおばさんの発する力に反応《はんのう》してるんだ。だから、テディには活力があるんだ。ほかのルバーブはもうまっすぐ立てないのだから。

　エディスおばさんのとなりにすわる。曲がった指はまだポケットに入れたままだけど、火がついたみたいにヒリヒリしてる。

「フレディはどう?」おばさんはきいた。

「フレディのこと、知ってるの?」

「ポリー。知ってるに決まってるじゃない」

「検査《けんさ》を受けてる」あたしは言った。「安定してるって」

エディスおばさんは長い指を組んだ。「そのことは本当に心配しているの。ポリーも長いあいだ外にいちゃだめよ、ちゃんと睡眠《すいみん》を取らないと。今日は、あんなところから落ちたんだから」

「どうして――?」

「うわさはすぐ広まるものよ。あの橋は危険《きけん》なの。あなたのお父さんに、あんなものは作るなって言ったんだけど」エディスおばさんはいったん言葉をとぎらせ、さっと湖のほうへ目をむけた。「でも、聞いてくれなかった」

エディスおばさんらしくなかった。あたしが、パトリシアが無視《むし》するってぶつぶつ言ってるときみたいな、ぐちっぽい口調だったから。

「パパは、橋の形を気に入ってるんだよ」

「わたしにもそう言ってたわ」エディスおばさんは吐《は》き捨《す》てるように言った。

「ごめんなさい。新聞の記事のこと」

「どちらにしろ、ああなったわよ。たいしたことじゃないわ」おばさんはふりむいて、握《にぎ》りしめたこぶしをひざに押《お》しつけた。「大切なのは、ポリー、あなたがどう思ってるかよ。理由を知りたくない?」エディスおばさんはあたしのことを真剣《しんけん》なまなざしでじっと見つめた。

「理由ってなんの?」

「わたしが農園を売りたい理由」

すぐには答えられなかった。両ひざを胸《むね》に引きよせ、足をベンチにのせる。そして、懐中電《かいちゅう》灯を持っている左手でひざのまわりをぐるりとなぞった。

「おばさんがいなくなってから、いくつかのことを学んだの。アレッサンドラ・ディ・ファルチアーナのことや、ほかのことも」

エディスおばさんは、ぱっと本物の笑みを浮《う》かべてあたしを見た。「もちろんポリーならそうね。むかしから学ぶのが好きだったもの。ほんの小さいころからね」こんな外の闇《やみ》の中でも、エディスおばさんの顔全体が明るくなったように見えた。「わたしの息子たちはふたりとも、学ぶことの大切さを心から理解《りかい》していなかった。フレディとパトリシアもそう。いきいきした子たちだけど、でも、本当の意味での興味《きょうみ》は持っていない。なにかを求めようっていう純粋《じゅんすい》な思いは」

おばさんのエメラルドの指輪がきらりと光った。「でも、ポリーはちがう。ポリーはあらゆるものに深い興味《きょうみ》を持っている。いくら質問《しつもん》しても、し足りないほど」

「だれにでも質問《しつもん》するわけじゃないよ。エディスおばさんにだけ」

エディスおばさんはうなずいた。「で、アレッサンドラについては、どんなことを学んだの？」

「いろいろ」あたしは答えた。「その人は、この農園にとって大切なものをすべて根こそぎにしようとしてる。そして、保護区《ほごく》を作ろうとしてる。それがなんだか、よくわからないけど」

「ずいぶん学んだわね」

エディスおばさんが喜んでいるのがわかって、あたしはかっとなった。ずっとどこにいたのよ？　農園がどんなにひどい状態《じょうたい》か知ってるの？　ルバーブが枯《か》れかかってて、湖が干上《ひあ》がりそうなのを、知ってる？

フレディと雨が関係してることも、知ってるの？　あたしはエディスおばさんとむき合うと、懐中《かいちゅう》電灯でおばさんの顔を照らした。おばさんは驚《おどろ》いて、手で目をかばった。

「そうよ。おばさんがどうして農園を売りたがっているか、知りたかったから」あたしは静かに言った。

エディスおばさんはあたしの目をしっかりととらえ、じっと見つめ返した。「いいわ」そう言って、おばさんはベンチにすわりなおすと、さらにぐっと背《せ》をのばした。「理由は三つ。一つ目は、いちばん退屈《たいくつ》な理由」

そしてまた湖のほうへ顔をむけた。

「お金が必要なの」

「でも、おばさんはお金持ちでしょ」あたしはすかさず言った。

エディスおばさんはこわばった笑みを浮《う》かべた。「前はね。今はちがう。少なくとも、前ほどじゃない」

「でも――」

「大人になれば、経済理論《けいざいりろん》や小難《こむずか》しい会計用語についてはいろいろあるってことがわかるわ。でも、このふたつのルールだけは覚えておきなさい。稼《かせ》いでいる額《がく》より多く使えば、面倒《めんどう》なことになる。そして、他人が自分のお金の心配をしてくれると思ったら大まちがい」

「どういうこと？」

「わたしはいくつか、まちがった判断《はんだん》を下し、その結果、資金《しきん》が必要なの。農園を売れば、すべて元通りになる」エディスおばさんの笑みが消えた。「それに、あなたの家族も一生暮《く》らしていけるだけのお金を手に入れることになるわ。たいていの人は喜ぶわね」

おばさんの口調はぶっきらぼうで、怒《おこ》ってるようにさえ聞こえた。エディスおばさんがお金に困《こま》ってるなんて信じられない。でも、たぶん本当だろう。エディスおばさんは作り話をする人じゃないし、ましてや自分が失敗したなんて話をするわけがない。

「ふたつ目の理由は？」

おばさんの顔がぱっと若返《わかがえ》り、希望にあふれた笑みが広がった。「元の仕事にもどりたいの」おばさんは小声で言った。「わたしはものを書く人間なの。農園を経営《けいえい》するんじゃなくて。わたしは一度だってここにもどりたいと思ったことはない。農園のことはせいいっぱいやったわ。今の形にまで造《つく》りあげた。ポリーのパパとママがなんて言うかは知らないけどね。でも、わたしは自分を犠牲《ぎせい》にしてきた」

エディスおばさんは深く息を吸《す》いこんだ。「わたしは何年もかけて、自分のキャリアを築《きず》いてきたのよ、ポリー。ほかの女の人がまだ、あることすらわかっていなかった障害《しょうがい》を押《お》し倒《たお》して進んできた。わたしの外見やふるまいは、関係ない。だれと結婚《けっこん》したとか、付き合ってるっていう理由でもない。いっしょうけんめい働いたからよ。わたしの意見と知性《ちせい》の結果なの」エディスおばさんはあたしのひざをつかんだ。「ポリー、わたしには、それこそ天国で星をみがきながら働いているような気持ちになれる時代があったの。わたしが言わなければならないと思うことに、世界も関心を持ってくれた。わたしがすることにも、そしてそれよりなにより、わたしの考えていることにも」

エディスおばさんはあたしのひざに載《の》せていた手をそっと持ちあげると、自分のひざにおいた。「それから、ここへきた。ここにいるあいだずっと、だいじょうぶ、わたしの家族には――あなたの家族には、すべてを捨《す》ててももどってくるだけの価値《かち》があるって、考えるようにしていた。これまでやってきたことよりも、こっちのほうがずっと大切なんだって。仕事よりもずっと。でもちがった」おばさんはいらいらしたように頭をふった。「そうじゃなかった。ニューヨークへもどるつもり。わたしにとって意味のある人生へもどるの。わたしが一度あきらめた人生へ」

エディスおばさんはベンチによりかかった。そして、こちらをむいたとき、その目は涙《なみだ》で光っていた。「『**人は、仕事に打ちこみ、ひたむきに努力すると、安堵《あんど》し明るくなる。だが、それと反対のことをしたり言ったりすると、心は安まらない**』」

「エマソンさんね」あの本からの引用だった。

エディスおばさんはほほえんだ。「大切なことだからよく聞いて、ポリー」ふりむいて、顔をあげると、おばさんと目が合った。「自分だけの力でなにかをやり遂《と》げると、お金や愛の力で手に入れたときよりも、大きな満足感と安らぎを得られる。男だろうと女だろうと、それは同じ。そのとき、あなたはまわりを見まわして、『やり遂《と》げたわ』って言える――だれにもそれを取りあげることはできない。わざわざ自慢《じまん》したり、誉《ほ》められようとしたりする必要もない。なぜなら、自分の力でやり遂《と》げたことこそが、あなた自身だから。自分に与えられた能力をちゃんと活かしたということなのだから」

それから、エディスおばさんは顔をそむけ、〈ダークハウス〉のほうを見た。「すべてをあきらめて、放り投げないかぎりね」おばさんの表情《ひょうじょう》が変わり、けわしいしわが刻《きざ》まれ、眉毛《まゆげ》にぐっと力がこもった。そして、きっぱりと言った。「この農園は、わたし自身ではないの」

あたしはおばさんを見た。「理由は三つって言ってたわ。まだふたつよ」

「ええ、最後のは、簡単《かんたん》なことよ」おばさんはあたしのほうを見て、やさしくほほえんだ。「あなたのため」

「あたしの？」あたしは首をふった。わからない。「あたしはここを愛してるのに？」

「わかってるわ。もちろん、そうでしょうね。まだ子どもだもの。でも、あなたはここにいるには頭がよすぎる。あなたは世界に貢献《こうけん》することができる。ここにいては惜《お》しいの」おばさんの顔に笑みが浮《う》かぶ。「わたしの母が言ったことを、言おうとしてるんでしょ。『必要なものはすべてここで見つかるよ、このルバーブ畑でね！』」エディスおばさんは、おばあちゃんの高い声を真似《まね》た。

エディスおばさんは首をふりふり、元の声でつづけた。「あの人はまちがってたのよ、ポリー。完全にまちがっていた。あなたみたいな人なら、わたしという導《みちび》き役がいれば、なんだってできる。ポリー！　あなたならできるのよ！」エディスおばさんは勢《いきお》いこんでベンチから立ちあがると、あたしの前に立ちはだかった。「でも、ここではむりなの」

「もしあたしがこれから先も、大人になっても、ここにいたいと思ってるとしたら？」

「わたしの知っている女の子は、大人になれば、世界に出ていかなきゃならないってことがわかるようになる。ここにいるのは、平凡《へいぼん》に屈《くっ》するのと同じ。才能《さいのう》があるのに、かくしたままでいるなんて、臆病者《おくびょうもの》のすることよ。自分のために戦わないなんて許《ゆる》されない」エディスおばさんはあたしの目をまっすぐ見つめた。「許《ゆる》されない。これからだって一生」

あたしは言えなかった。自分がこれからなにをするかなんてわからないけど、それを農園で成《な》し遂《と》げることだって可能《かのう》だと思っているって。

「パパが売らなかったら、どうするの？」

「売ることになるわ」

「そんなことない。今回みたいにかたくななパパは初めてだもの」

「ダンバーは資金《しきん》を引きあげたのよ。さあ、あなたのパパはどうするかしらね」

「どうして知ってるの？　つい昨日のことなのに」

エディスおばさんは答えなかった。ふいにおそろしい考えが浮《う》かんだ。銀のハサミでカーテンを切《き》り裂《さ》いたら、これまで知らなかったおそろしい部屋がまざまざと現《あらわ》れたように。

うそよ。ありえない。

「おばさんがやったの？」

エディスおばさんは顔をそむけ〈ダークハウス〉のほうを見た。うそよ。

「エディスおばさん、おばさんがダンバーに資金《しきん》を出すなって言ったの？」

エディスおばさんはもう一度あたしのほうを見た。「ポリー、農園は死にかけてるのよ。あれこれ言う必要もなかったわ」

「だけど――」

エディスおばさんはさえぎった。「あなたのパパは信じられないくらい、いい条件《じょうけん》を断《ことわ》った。なんだろうと好きな研究ができるだけのお金が手に入るはずだったのに」

「だけど、パパはおばさんの弟なのに――」

「あなたのパパは、わたしにノーと言ったのよ」おばさんが肩《かた》をうしろへ引くと、いきなり身長が五メートルになったように見えた。「ノーなんて、受け入れることはできない。わたしはたくさんのことをあきらめて、四年ものあいだ手を貸《か》してきたのに、その原因《げんいん》を作った張本人《ちょうほんにん》からノーと言われるなんて。わたしがいなければ、なにひとつなかったってこと、みんなわかってる？　研究も、私立《しりつ》学校も、本も」エディスおばさんの息が荒《あら》くなっていく。「ほしいものが手に入らないなら、この農園をつぶすわ」

「え？」信じられない。今、おばさんは本当にそう言ったの？

「聞こえたでしょ、ポリー」

エディスおばさんは自分がなにを言ってるか、わかってるの？

「だけど、お兄ちゃんはどうなるの？」

「フレディ？」

「お兄ちゃんは、農園が死にかけているから病気なのよ。だから、雨が降《ふ》らないのよ！」

「ああ、ポリー」エディスおばさんは悲しそうな目であたしを見た。病気なのはあたしだっていうように。「フレディが病気なのは、雨が降《ふ》らないこととは関係ない」

「ううん、あるわ」あたしはがんとして言《い》い張《は》った。「雨が降《ふ》らなかったことは、ほかに一度だけある。フレディが生まれたときよ。そして、今は――今ももう四週間近く雨が降《ふ》ってなくて、フレディの具合はどんどん悪くなって……」声がだんだんと小さくなっていった。声に出して言いたくなかったのだ。フレディが死ぬかもしれないなんて。

「ちがう、ちがうの、ポリー。あなたはまちがってる。フレディが病気なのは、ええと、フレディが病気だからよ。わたしを見て」

言われたとおりにした。エディスおばさんの強い意志《いし》を宿したきらきら光る目をまっすぐ見つめる。

「フレディが最高の医療《いりょう》を受けるためなら、わたしはなんだってする。最高の専門医《せんもんい》をつけて、最高の治療《ちりょう》を受けさせる」エディスおばさんは手をのばして、あたしの肩《かた》においた。「でも、フレディと雨のあいだにはなんの関係もない。それはまちがいない」

「おばさんが農園をつぶしたら、フレディはますます悪くなる」

なにも考えずに口走ったけど、言いながら、それが本当だとわかった。

エディスおばさんはごくりとつばを飲みこんで、あたしの肩《かた》においた手を離《はな》した。それから、真剣《しんけん》な面持ちであたしのほうにむき直った。

「わたしは、ポリーのことも、フレディとパトリシアも、あなたの家族のことも、持てるかぎりの愛情《あいじょう》をもって愛している」エディスおばさんの苦しげな表情《ひょうじょう》を見て、心臓《しんぞう》が引《ひ》き裂《さ》かれるような気がした。またひとつ、心臓《しんぞう》のかけらがひらひらと地面に落ちていく。

「ポリーには、この問題を解決《かいけつ》することはできない。ポリーができると思ってるのは、わかってる。でもむりなの」エディスおばさんは心を落ち着けようとするように、深く息を吸《す》いこんだ。「あなたのパパに、アレッサンドラの申し出を断《ことわ》りつづけるなら、事態《じたい》はますます悪くなると伝えなさい」

「そんなこと、伝えない」

エディスおばさんは〈湖〉のほうを見やり、あたしはベンチによりかかった。「あなたのことを、自分の子どものように愛してるの。でも、あなたは自分の両親を選ぶでしょうね。きっとそれは正しいことね」エディスおばさんの声は少しかすれていた。そして、ふりかえった。

「そのことを後悔《こうかい》することがないよう、祈《いの》ってる」

エディスおばさんの顔に決然とした表情《ひょうじょう》が浮《う》かんだのを見て、ドアが閉《と》じられつつあるのをさとった。ううん、ぴしゃっと閉《し》められてしまうのを。

あたしは勢《いきお》いよく立ちあがった。「エディスおばさん、やめて――おばさんがやろうとしてることをするのをやめて。お願い」

エディスおばさんはかがんで、あたしを抱《だ》きしめた。これで会うのは最後とでもいうように。

「さようなら、ポリー」

「でも――」

「『エディスおばさん、さようなら』と言いなさい」おばさんはきっぱりと言った。

「だって――」目の端《はし》に涙《なみだ》がわきあがった。

エディスおばさんは笑みを浮《う》かべた。やさしいかすかな笑みを。「言いなさい」おばさんのほおにも涙《なみだ》が流れていた。

「さようなら、エディスおばさん」自分が言うのが聞こえた。小さい、悲しい声で。「さようなら」

同じ日（9月20日・土）　緑のナメクジ

エディスおばさんが帰ってからしばらくのあいだ、あたしはベンチにすわっていた。懐中電《かいちゅう》灯の明かりも月の光もない、真っ暗な闇《やみ》の中でひとり、〈湖〉を見つめていた。

農園と同じで、乾《かわ》ききった気持ちだった。〈湖〉の水が干上《ひあ》がっていくように、からだの血が枯《か》れて空っぽになったみたい。

エディスおばさんのことは大好き。でも、農園を売ろうとしたなんて、ひどい。やりたいことをやっちゃだめだって言われたくらいで、あんなに怒《おこ》るなんて、ひどい。それに、ダンバー製薬《せいやく》に農園のことを話して、パパが資金《しきん》を受けられなくするなんて、本当に、本当に、ひどい。

それだけじゃない。エディスおばさんはまちがってる。

おばさんは、あたしには問題を解決《かいけつ》することはできないって言ったけど、あたしは解決《かいけつ》してみせる。あたしはフレディを救って、農園を元通りにする。フレディの病気をよくする方法を、ぜったいに見つけてみせる。

たしかにあたしは世界一の臆病者《おくびょうもの》かもしれない。ときどき、信じられないくらいおそろしい考えが浮《う》かんできて、心を切《き》り刻《きざ》む。でも、だとしたって、あたしはいいことが起こるって希望を捨《す》てない。捨《す》てちゃいけないから。どんなときでもいいことが起こるって、信じなきゃいけないから。

つまり、魔法《まほう》を信じなきゃいけないから。

ポケットから手を出す。どうして指がこんなに痛《いた》むんだろう？　正直、オーウェンって変わってる。この曲がった指が幸運のお守りだなんて。痛《いた》みをふりはらうように手の指を曲げたりのばしたりしたひょうしに、懐中電灯《かいちゅう》を放りだしてしまった。懐中電灯《かいちゅう》は、足元に転がった。〈ナメクジ地獄《じごく》〉に。

拾うなんて、無理。あそこにまた手を突《つ》っこむなんて。またナメクジにさわるなんて。

でも、懐中電灯《かいちゅう》がないとなにも見えない。今夜初めて、うしろにある〈ダークハウス〉の存《そん》在《ざい》を感じて、あたしはブルッとふるえた。〈城《しろ》〉にもどらなきゃならないけど、こんな暗くちゃ歩けない。

泥《どろ》の中を見つめる。ナメクジが動くたびに、懐中電灯《かいちゅう》が動いて、細い光の中にナメクジたちの姿《すがた》が浮《う》かびあがる。大きいナメクジ、小さいナメクジ、黄色いナメクジ、金色のナメクジ、紫《むらさき》のナメクジ、緑のナメクジ……。

緑？　緑のナメクジなんて、今まで見たことがない。

さらに顔を近づける。懐中電灯《かいちゅう》がまたくるりと回って、なにか硬《かた》そうなものを照らし出した。きらきら光ってる。それに、**動いていいいいない**。

ぱっと立ちあがる。曲がった指は火がついたようにジンジンしているので、反対の左手を〈ナメクジ地獄《じごく》〉に突《つ》っこみ、光っているものをつかんで、泥《どろ》の中から救い出す。手のひらを開く。気持ちの悪い黒いナメクジが手のひらを半分、占領《せんりょう》している。ぱっと手をふって、ナメクジをはらい落とす。

そしたら、あった。あたしのエメラルドの指輪が。

右手を電気のような痛《いた》みが駆《か》け抜《ぬ》ける。緑の石、金の輪、そして輪に刻《きざ》まれた文字。

かしこい孫のポリーへ。愛をこめて、祖母《そぼ》より。

目を閉《と》じる。指輪を落としたのは、四年前、おばあちゃんが死んだときだった。そして、きっかり四年後の今日、指輪はもどってきたのだ。懐中電灯《かいちゅう》がまたひっくり返り、さらにたくさんのナメクジを照らし出す。あたしは深く息を吸《す》いこんで、今では耐《た》えきれないほどずきずきしている右手を泥《どろ》の中に突《つ》っこんだ。懐中電灯《かいちゅう》の黒い柄《え》をつかむと、まるで火がついたような痛《いた》みが走った。ぬるぬるしたナメクジの泥《どろ》が手首まできて、吐《は》き気《け》がこみあげる。思いきり引っぱったけど、懐中電灯《かいちゅう》は泥《どろ》にはまりこんで抜《ぬ》けない。さらに引っぱる。まるでナメクジたちも必死になって懐中電灯《かいちゅう》にからみつき、わたすまいとしているみたいだ。

しゃがんで、手がすっぽり泥《どろ》につかってしまうのもかまわず力をこめて懐中電灯《かいちゅう》を握《にぎ》りなおす。そして、いざ引っぱろうとして、ふっと手を止めた。説明のつかないものが目に入ったから。

燃《も》えるようにヒリヒリしている手の上に、白い煙《けむり》が細く立ちのぼっていた。目を見開いて、泥《どろ》の中を見つめる。ナメクジたちは熱で焼かれ、泥《どろ》が熱くなっている。そう、熱くなっているのだ。思いきり懐中電灯《かいちゅう》を引っぱって、やっと泥《どろ》から引《ひ》き抜《ぬ》くと、〈ナメクジ地獄《じごく》〉を照らしてみた。蒸気《じょうき》はたちまち消えた。指はあいかわらず燃《も》えるようにヒリヒリしている。

今のはなに？　どういうこと？

「ポリー・ピーボディ！」そのとき、鋭《するど》い声が空気を切《き》り裂《さ》いた。「ポリー・ピーボディ、そこにいるのは、ポリーなの？」

同じ日（9月20日・土）　三年生

ビアトリスだった。ビアトリスはわめくべきか、抱《だ》きしめればいいのか、わからないといった顔であたしを見つめた。

「いったいここでなにやってるんです？　手を泥《どろ》に突《つ》っこんだりして？」

なんて言えばいいかわからなくて、だまって懐中電灯《かいちゅう》にくっついているナメクジを二匹《ひき》、引きはがすと、思いきり遠くへはじき飛ばした。とたんにビアトリスは顔をしかめて、苦しそうにベンチの背《せ》をつかんだ。

「やめて」

「なにを？」ビアトリスのほうへいって、肩《かた》に腕《うで》を回す。「だいじょうぶ？」

ビアトリスは信じられないといったようすで頭をふった。「虫を傷《きず》つけるなって言ってるじゃありませんか」

「傷《きず》つけてない。ただ――」

「放り投げて、地面にたたきつけただけ。石ころを放り投げるみたいに。いったいどういうことです？」

「あれはナメクジよ」

「虫です」ビアトリスはきっぱりと言った。「虫を放り投げないでください。あなたがそれをやると、頭からつま先まで稲妻《いなずま》に打たれたようになるんです」

あたしはあぜんとしてビアトリスを見つめた。どういう意味？

「この農園の虫が殺されると、あたしも傷《きず》つくんです。それどころか、虫が傷《きず》つくだけでも、痛《いた》みを感じるんです」

「どういうこと？」

「聞こえたでしょうが。あたしの秘密《ひみつ》をみんなに言ってまわったりしないでくださいよ。いいですね？　町じゅうにふれまわるようなことじゃありませんからね」

「じゃあ、あたしは虫を放り投げることもできないってこと？」舌《した》をもつれさせながらきく。

「そうです。そういうことです。殺したりしたら、もっとひどいことになる。口にふきんを突《つ》っこんで悲鳴をあげないようにすることもあるくらいなんですから」ビアトリスはベンチから手を離《はな》した。

「虫が死ぬたびに、痛《いた》みを感じるわけ？　ほんとにほんと？」

「本当ですよ」

「どうして？」

ビアトリスは肩《かた》をすくめた。「わかりませんよ。あたしの両親もそうだったんです。サトウキビ畑で暮《く》らしていたんですけどね。外にばっかりいたから、いつの間にか畑があたしたちの一部になっちまったんだ、って言ってましたよ」

これでひとつ謎《なぞ》が明らかになったわけだ。存在《そんざい》することさえ知らなかった謎《なぞ》だけど。「だから、あの夜、きてくれたんだ――あたしが〈ナメクジ地獄《じごく》〉に落ちたとき。そうなのね？」

ビアトリスはうなずいた。「百万本の針《はり》で同時に刺《さ》されたような痛《いた》みでしたよ」

「ほかにだれか知ってるの？」

「いいえ。ああ、あなたのおばあさまはご存《ぞん》じでしたよ。でも、ほかはだれも知りません。それが秘密《ひみつ》ってもんでしょう。世の中に漏《も》れちゃ、秘密《ひみつ》じゃないじゃありませんか。だれにも知られないようにしないと」

懐中電灯《かいちゅう》にまだ一匹《ぴき》、ナメクジがついていた。あたしはそれを取って、ビアトリスをじっと見つめたまま、そっと地面においた。ビアトリスの顔に小さな笑みがちらりと浮《う》かんで消えた。

「それでいいわ。ありがとう」ビアトリスはやさしく言った。そして、腰《こし》に両手を当てた。

「さあ、いったいどうしてこんな時間に外へ出てきたのか、教えてもらいましょうかね？」

あたしはどう言えば正しい答えになるか考えようとした。そして、ようやくこう言った。「えぇと、理由はおばあちゃんよ。だけど、先にほかの人がきてたの」

ビアトリスはうなずいた。「エディスですね？」

「どうしてわかるの？」

「あたしだって、あなたのおばあさまが亡《な》くなった日はよく覚えてるんですよ。で、なんだったんです？」

あたしはジャイアント・ルバーブのテディのほうをちらっと見た。今では、枯《か》れた緑の木みたいに倒《たお》れている。エディスおばさんの力が関係してるのかもっていう予想は、当たってたんだ。本当におばさんの力がテディを支《ささ》えてたんだ。

あたしを支《ささ》えてくれてたみたいに。胸《むね》のまわりにぐっと腕《うで》を巻《ま》きつける。「さようなら、って言ってた」あたしは消え入るような声で言った。その言葉が外に出たとたん、胸《むね》が張《は》り裂《さ》けそうになった。

外が暗くてよかった。真っ暗な夜は、エディスおばさんに対する今の気持ちにぴったりだから。ぐしゃぐしゃで、ひとりぼっちで、悲しくて。

「かわいそうに」ビアトリスは一言、ぽつりと言った。

「おばさんが、ダンバーに農園がだめになりかけてるって言ったんだって。だから、ダンバーはパパにお金を出すのをやめたの」

ビアトリスはうなずいた。わかっていたみたいだった。

「それから、パパが気を変えないなら、農園をつぶすって」ビアトリスのほうに一歩、近づいた。「三年生の子どもがやることみたい」

ビアトリスはほほえんだ。「大人っていうのは、四六時中三年生みたいなことをしてるんですよ」そして〈湖〉のほうを見やると、またあたしを見た。

「ひとつ、お話をしますね。むかしクリスマスに、エディスはお母さまに金のネックレスを買ったんです。街の立派《りっぱ》な宝石屋《ほうせきや》さんでね。ポリーくらいの年齢《ねんれい》のときでしたよ。高価《こうか》な物を買うためにいっしょうけんめいお金を貯めてね。でも、あなたのおばあさまは、気に入らなかった。おばあさまが身につけていた宝石《ほうせき》は、あのエメラルドの指輪だけでしたから。それも、自分のお母さまからもらったものだから、つけていただけなんですよ。おばあさまは、手作りのものか、農園を手伝ってもらうほうがうれしかったんです。だから、エディスにそう言った。まさかのときのために貯金しておくか、農園のことを勉強してくれたほうがずっとよかったとね」

ビアトリスは首をふった。「エディスはそれは怒《おこ》ってね。だけど、本当は深く深く傷《きず》ついていた。ぜったいに認《みと》めませんでしたけどね。ネックレスをお店に返して、お金を取りもどし、自分に金の飾《かざ》りのついた高価《こうか》なペンを買ったんですよ。学校の宿題はぜんぶそれでやった。それから、エディスは物を書くようになったんだと思いますよ」

ビアトリスはベンチの背《せ》によりかかった。「あたしはね、あなたのおばあさまのことを心から愛してましたよ。でもね、おばあさまもまちがいは犯《おか》した。エディスを自分そっくりに育てようとするのを、やめることだってできたのに。エディスの、ほかにはない特別なところを認《みと》めてあげることだってできたんですよ。でも、そうはしなかった。だから、エディスが出ていったときも、だれも驚《おどろ》かなかった。

でもね、親だって人間なんです。背《せ》の高い三年生なんですよ。自分のことと自分の子どものことのバランスを取るのは難《むずか》しいんですよ。それに、子どもたちがどんどん大きくなっていくのをただ見守って、まったく自分とは別の人格《じんかく》なんだってことを受け入れなきゃならないんですから。それは、なかなかたいへんなことなんですよ」ビアトリスはにっこりした。「メロンを植えたのに、ブロッコリーが生えてくるんですからね」

「あたしは一生、ぜったいにおばさんを許《ゆる》さない」がんとして言う。

「ぜったいって言葉を使うのは、ぜったいにおやめなさい。思いもよらないときにおしりを噛《か》まれるはめになりますよ」

ビアトリスは立ちあがろうとして、ベンチの端《はし》までからだをずらした。「さあ、もう寝《ね》なさい」

「いやよ」とっさにそう答えてしまった。〈ナメクジ地獄《じごく》〉の泥《どろ》に手を突《つ》っこんだときに、へんな蒸気《じょうき》が立ちのぼったことを思い出したのだ。「ここにいたいの」

ビアトリスはいつもの有無を言わせない目であたしを見すえた。「だめです」

「だけど――」

「なにを探《さが》してるにしろ、どこかへ消えたりしませんから」

「探《さが》してるんじゃない。もう見つけたの」

ビアトリスは立ちあがった。「なにを？」

「これ」あたしはエメラルドの指輪を見せびらかした。

「どこで見つけたんです？」

「そこ。泥《どろ》の中」

ビアトリスはほほえんだ。「むかしね、あなたのおばあさまも一度、指輪をなくしたんですよ。ほんの子どものころにね。湖に泳ぎにいって、落としてしまったんです。どこかで聞いたことがあるような話でしょう？」

「どうして今まで教えてくれなかったの？」

ビアトリスはそれには答えずにつづけた。「そうしたら、やっぱりこのあたりで見つけたんですよ。十年後、十八歳《さい》になったときにね。そのあと、おばあさまは、エメラルドは泥《どろ》と湖をたっぷり吸《す》いあげておく必要があったんだっておっしゃってましたよ。自分の起源《きげん》にもどらなきゃならなかったんだろうって」

「起源《きげん》って？」

「エメラルドは石ですからね。鉱物《こうぶつ》が土の中で押《お》しつぶされてできたんです。あのご立派《りっぱ》な学校ではそんなことも教えてないんですかね？」

頭の中でいろんなことがぐるぐる回りはじめる。「でも、どうして？」

ビアトリスは太い腕《うで》をあたしの腰《こし》に回した。

「答えはわかってるはずですよ」ビアトリスはそのままあたしを土の道のほうへ押《お》していった。そして、あたしの頭を指さした。「答えはすべてこの中にあるんですから」それから胸《むね》を。「あと、ここにもね。まず考えて、それからその意味を理解《りかい》しなきゃならないんです。そうすれば、どうすればいいかわかりますよ」

「でも、もうわかったと思うの――」あたしは口をつぐんだ。ビアトリスにどう言えばいい？泥《どろ》から蒸気《じょうき》が立ちのぼるのを見たから、とか？

「今夜はもう終わり。お母さまが病院にいるあいだ、あなたの面倒《めんどう》を見るって約束したんです。橋から落ちたり、エディスに会ったり、一瞬《いっしゅん》で謎《なぞ》が解《と》けると思ったりしちゃいけないんですよ。そんなふうにはいかないものなんです」

それからあとは、ふたりともだまって歩いた。ちらりと指輪を見る。そして、初めてそれが完全な円形でないことに気づいた。八角形になっていて、八つの面が緑色の光を放っている。やっぱり泥《どろ》の中からなにかの力を吸《す》いあげたんだろうか？　どうしておばあちゃんは指輪の話をしてくれなかったんだろう？　パトリシアも指輪を湖で落とすことになるの？

ベンチから離《はな》れるにつれ、指の痛《いた》みが和《やわ》らいできた。歩きながら、ビアトリスの顔をこっそり見あげる。唇《くちびる》はきゅっと閉《と》じられているけど、笑っていた。

「なんなの？」あたしはきいた。

「秘密《ひみつ》のことを考えていただけですよ。わかってますね？」

「だれにも言わない」

「あなたは、おばあさまにいろいろなところが似《に》てますよ」

あたしは手をのばして、ビアトリスの肘《ひじ》の上のやわらかいところにふれた。「あたしがこの農園を救う」ビアトリスの目をのぞきこむ。泣き言じゃないし、強がりでもない。事実を言っただけ。初代大統領《だいとうりょう》はジョージ・ワシントンです、って言うのと同じ。それはむりだって言われるかもしれないと思った。まだ子どもだとか、怖《こわ》がりのくせにとか。

でも、ビアトリスはそんなことは言わなかった。「そう願ってますよ。本当に、心からね」

同じ日（9月20日・土）　遺伝《いでん》

パトリシアにいきなりタオルケットをはぎ取られ、遅刻《ちこく》よ！と言われたとき、一瞬《いっしゅん》、自分がどこにいるのかわからなかった。

「遅刻《ちこく》？」

「フレディのお見舞《みま》いにいくんでしょ。早く！」

まだ朝の八時だ。たぶん三時間くらいしか眠《ねむ》ってない。それでも、ベッドから跳《は》ね起《お》きて、服をつかんだ。そのあと、車に乗りこんだときに、パトリシアは指輪に気づいた。

「それ！　どこで見つけたの？」

「湖の近く」

「見つかると思ってたわ」ママが前の座席《ざせき》からうれしそうに言った。「きっとなにかが起こるしるしよ。今度こそ、いいことが」

病院につくと、ママはフレディの主治医の先生と会う約束があったので、先にいくようにと病室の場所を教えてくれた。パトリシアとあたしは、フレディに会いたくてたまらないのに、会うのがこわくて、のろのろと廊下《ろうか》を歩いていった。

「ここね」病室の前までくると、パトリシアが言った。「先にサムに電話する。そのあと、いくから」

「サムは、お姉ちゃんのことバカみたいだって？」眼帯《がんたい》をつけていても、パトリシアはヘンに見えない。ますますきれいなくらい。

「海賊《かいぞく》みたいだって」パトリシアは赤くなった。「セクシーな女海賊《おんなかいぞく》」

パトリシアが赤くなったのを見たのは、生まれて初めてかも。

あたしが笑っているのを見て、パトリシアは顔をしかめたけど、それを見てあたしはますますにやにやした。「ほら、これ」パトリシアはカバンからブラシを取り出した。

髪《かみ》をとかしながら、あたしはまだ笑っていた。ブラシを返すと、パトリシアはもう電話をかけていて、見もせずにブラシをカバンにもどした。

でも、病室のほうを見たとたん、あたしの笑みは消えた。昨日、救急車に乗せられたのが、フレディを見た最後だ。あたしはドアを押《お》し開《あ》けた。

フレディは、スチール製《せい》の病院のベッドで眠《ねむ》っていた。シーツは真っ白で、毛布《もうふ》が首までかけられている。今日は暖《あたた》かいのに、フレディはふるえていた。でも、それは、たいした問題ではなかった。なぜなら、頭の毛が片側《かたがわ》だけぜんぶ剃《そ》られ、顔には酸素《さんそ》マスクがつけられていたから。

「お兄ちゃん」声をかけた。目は閉《と》じたままだ。あっという間にこんなになるなんて。

パパがノートを読みながら、もう片方《かたほう》の手に持っているぶ厚《あつ》い資料《しりょう》でなにか調べていた。髪《かみ》が、右側に引っぱってそのままにしたみたいな、おかしな角度で立ってる。そのとなりに男の人が立っていた。

「パパ、おはよう」

パパは顔をあげて、ほほえもうとした。「おはよう、ポリー。こちらはエモリー・ジャクソン先生。フレディの担当《たんとう》の先生だよ」

ジャクソン先生はすごくハンサムだった。ふだんはそういうことにうといあたしでも、先生が背《せ》が高くて、黒いウェーブのかかった髪《かみ》にとびきりすてきな笑顔をしていることに気づかずにはいられなかった。

「こんにちは」先生が言った。

「こんにちは。兄はどうですか？」

「そうだね、お兄さんは……」

「ポリー」フレディがささやくような声で言った。

フレディのほうを見ると、ほんの一瞬《いっしゅん》、二週間前のフレディがかいま見えた。雨はぜったいに降《ふ》るって言ってくれたときの。

起きてたなんて気づかなかった。目はやっと開いているくらい。あたしは見ていられなくて、ベッドの横の大きな窓《まど》のほうに視線《しせん》を移《うつ》した。巨大《きょだい》なスズカケノキの木立が見える。

「おはよう」あたしはまだ窓《まど》のほうを見たまま、答えた。

「こわがってる？」フレディはささやいた。

「ううん」すぐ答える。

フレディが笑うのが聞こえた。ふだんより弱々《よわよわ》しい笑い声に、あたしはふりかえった。「頭を剃《そ》った病人みたいに見える？」

あたしは科学的な目でフレディを見ようとした。「うん、そのもの。それに、ねずみ色してる」

フレディはまた、水で薄《うす》めたみたいな弱々《よわよわ》しい笑い声を立てた。「パパみたいに？」

「ううん、髪《かみ》じゃなくて、顔のこと。顔色が悪いから」

「鏡を見せてくれないんだよ」

「じゃあ、あたしが本当のことを言ってあげる」

フレディは今にも消え入りそうな笑みを浮《う》かべると、まぶたをピクピクさせて閉《と》じた。あたしが息をのむと、フレディはまたすぐに目を開けた。「落ち着けよ、ポリー。そこまでひどくないって。疲《つか》れてるだけだよ」

「うん。疲《つか》れたら、ふつう、そうやって管をたくさんつけたり酸素《さんそ》マスクをつけるもんね」

パパのほうをふりかえると、あいかわらず資料《しりょう》に集中している。「どうして髪《かみ》を剃《そ》ったの？」

「脳《のう》に問題があるらしいよ」フレディはいかにもそっけなく言ったけど、目を見れば冗談《じょうだん》じゃないことはわかった。「これからまだ検査《けんさ》をするんだってさ」

「どういうことかは、わかってないの？　どうしてこんなにあっという間に？　早すぎるよ」

「まだわからないんだ。父さんにはビタミンEをわたされてるよ。それでどうにかなるってみたいに」

「どうせなら、お兄ちゃんの脳《のう》に直接《ちょくせつ》入れちゃえばいいのに」

「やれるなら、父さんは今ごろやってるよ」

フレディの目はいつもと同じで、あざやかなブルーに輝《かがや》いている。だから、ねずみ色の肌《はだ》や、色を失った唇《くちびる》や、ひくひくとうごめくこめかみの青い血管を見ないようにした。

ジャクソン先生が出ていくと、パパはベッドまできた。

「ポリー、だいじょうぶかい？」パパはあたしをおかしな目で見た。

「だいじょうぶだよ」

パパはあたしの両肩《りょうかた》に手をおいて、腕《うで》をのばして少し離《はな》すと、あたしの全身をくまなくじろじろと見た。「本当か？」

「うん。どうして？　あたし、具合が悪そうに見える？」不安になってくる。

「髪《かみ》のせいだよ」フレディがささやいた。

「そうだ！」パパがにやりとした。「髪《かみ》をとかしたのか！」

「それ、ちっとも面白くない」むっとして言い返す。

ちょうどそのとき、ママが入ってきた。まっすぐフレディのところへいって、キスをする。

フレディの顔色はねずみ色でもないし、長い石板みたいに横になってもいないってふうに。赤ちゃんのときの写真みたいにまるまる太った幸せそうな男の子だって感じで。

「まだ寒い?」ママはフレディにきいた。

「だいじょうぶだよ。疲《つか》れてるだけ」

「ポリーがおしゃべりしつづけた?」ママはあたしのほうを見た。

「ちがうよ。おれがめちゃめちゃカッコよく見えるって話をしてたんだ」

ママは手をのばして、シーツの下でフレディの手をつかんだ。

「元気そうよ」ママは、まるで管なんてないみたいにフレディの手を握《にぎ》りしめた。母親とごくふつうの十七歳《さい》の少年が手を握《にぎ》り合《あ》ってるだけって感じで。

あたしたちは、フレディが眠《ねむ》るまでじっと見ていた。

エディスおばさんには、ちがうとはっきり言われたけど、頭にこびりついて離《はな》れない質問《しつもん》をせずにはいられなかった。ベッドに身をのりだして、フレディが眠《ねむ》っているのをたしかめてから言う。

「フレディが具合が悪くなったのって、雨が降《ふ》らないからだと思う?」

パパの顔に悲しげな笑みがゆっくりと広がった。「ああ、ポリー。どうしておまえがそう思うのかはわかるよ。だが、ちがう。やりきれない偶然《ぐうぜん》さ。フレディの病気は、ずっと前からフレディのからだに潜《ひそ》んでいたんだと思う」

「ずっと前から?」

「前からおそれていたことなんだ。ただの貧血《ひんけつ》に思えたときもね」パパはいったん言葉をとぎらせた。「遺伝的《いでんてき》なものだと思う」

「遺伝的《いでんてき》」

「パパの父親も、遺伝子《いでんし》の突然変異《とつぜんへんい》を抱《かか》えてた。神経《しんけい》システムの不具合を引きおこす可能性《かのうせい》があってね、典型的な症状《しょうじょう》が貧血《ひんけつ》なんだ」

「おじいちゃんは馬から落ちたんでしょ」

「ああ、そうだ。だが、落ちたのは、神経《しんけい》システムがだめになりかけていたからなんだ」

「それっていい話ってことだよね!」おじいちゃんは年を取るまで元気だったんだから。

「いいや、ちがう」パパは重い口ぶりで言った。「そうじゃないんだ。フレディがおじいちゃんの病気を受《う》け継《つ》いでいるとしたら、治療法《ちりょうほう》はまだ発見されていないんだ。そして、若《わか》いうちに発症《はっしょう》したということは……問題なんだ」

「あたしが言いたかったのは、フレディの病気が雨と関係ないなら、いいことだってこと。だったら治るってことだから」

あたしはママとパパにむかってほほえんだけど、ふたりともますます悲しそうな顔をしただけだった。

「なに? うそだよね。まさかフレディが治らないって言ってるんじゃないよね?」ふいにおそろしい考えが頭の中で燃《も》えあがり、消せなくなる。「フレディは死ぬの？」

パパは指を唇《くちびる》にあてた。

「一日一日着実にやっているから」ママが諭《さと》すように言った。「それ以上でも、それ以下でも――」

ママはそれ以上言えなかった。

「おれは死なない」フレディはいつの間にか目を覚ましていた。

やっとのことで聞き取れるような、小さな声だった。

「だけど――」

「十七歳《さい》で死ぬやつはいない」フレディはささやくように言った。ママが手をのばして、パパの手を取った。みんな、同じことを考えているのがわかった。

十七歳《さい》だって死ぬ。雨が降《ふ》ろうと降《ふ》るまいと、死ぬときは死ぬのだ。

同じ日（9月20日・土）　熱

あたしの木が泣いている。美しいレースのような〈泣き桜《ざくら》〉が、あたしの前ですすり泣いていた。枝《えだ》の下にいるあたしのところまで、ピンク色の花びらからハラハラと涙《なみだ》が落ちてくる。木の下にはもう霧《きり》はなかった。でも、そのせいで泣いているとは思わない。

木が泣いているのは、農園が死にかけているからだ。そうじゃないふりなんて、もうできない。霧《きり》は今や湖全体に広がっている。四年前と同じ。湖はあいかわらず澄《す》んだブルーで、あいかわらず輝《かがや》いていたけど、水位は元の半分くらいに見えた。

トンボたちも〈泣き桜《ざくら》〉のもとを離《はな》れ、霧《きり》とともに湖のほうへいってしまっていた。あいかわらず緑の霧《きり》を紡《つむ》いでいる。

エメラルドの指輪は左手にはめていた。ここへきたとたん、また右手が痛《いた》み出したから。ママはあたしたちを農園まで送ると、今度はバスフォードとビアトリスを連れてまたすぐに病院へもどった。あたしは帰ってきてすぐにここへきた。テストしたい仮説《かせつ》があるから。帰りの車に乗ってからずっと考えていたのだ。

帰るあいだずっと、あたしは曲がった指を見つめていた。ママは話しつづけていた。フレディが退院《たいいん》してきたら楽しくなるわね、とか、帰ってきたとき、まだ〈湖〉で泳げるくらい暖《あたた》かいといいけど、とか。それをきいて、バスフォードとパトリシアと泳ぎにいったときのことを思い出したのだ。パトリシアが、あたしのまわりの水が温かいから、おしっこしたんじゃないかって言ったときのことを。

そしたら、今度は科学の授業《じゅぎょう》のときに持っていたペットボトルの水が沸騰《ふっとう》しかけたことを思い出した。

さらに、昨日の夜のことが浮《う》かんできた。〈ナメクジ地獄《じごく》〉から懐中《かいちゅう》電灯を引っぱりあげたとき、泥水《どろみず》から蒸気《じょうき》が立ちのぼったことを。

だから、今、日の沈《しず》みかけた時間に、あたしはここにきている。科学的研究をするために。

研究課題

仮説《かせつ》：あたしの曲がった指は、水蒸気《すいじょうき》を作ることができる。

調査《ちょうさ》・分析《ぶんせき》：水の中に指を入れ、水が温まって水蒸気《すいじょうき》ができるか、観察する。

結果：？

あたしは迷うことなくひざまずき、右手を水につけた。曲がった指のほうの手を。鋭《するど》い痛《いた》みが指をつらぬき、胸《むね》がしめつけられ、目が見開かれた。痛《いた》みが腕《うで》を駆《か》けあがり、たちまち肩《かた》へ達する。〈湖〉の水に集中しようとする。あたしの手のまわりで、小さい円を描《えが》くように渦《うず》を巻《ま》きはじめてる。水面が泡立《あわだ》ち、かすかに盛《も》りあがる。また別の痛《いた》みが腕《うで》を駆《か》け抜《ぬ》ける。それでも、湖が腕《うで》を飲みこむのに任《まか》せる。水がどんどん温まり、ついに猛烈《もうれつ》な熱さになる。するど、昨日の夜と同じように、摩訶不思議《まかふしぎ》なことが起こる。電気ショックが腕《うで》を上へ下へと駆《か》け巡《めぐ》る。

少しずつ、本当に少しずつ、渦巻《うずま》く水から蒸気《じょうき》が立ちのぼりはじめる。目の前をすうっとあがっていって、〈泣き桜《ざくら》〉のしなだれた枝《えだ》の先の花びらまで届《とど》く。小さな水滴《すいてき》が空気と混《ま》ざりあい、ぼんやりとした水蒸気《すいじょうき》の柱ができるのが、はっきりと見える。科学の授業《じゅぎょう》で習ったように、水蒸気《すいじょうき》は上へ、上へとあがり、目の前をとおりすぎ、頭も越《こ》え、頭をそらさないと見えないくらい高く、木の枝《えだ》のあいだを抜《ぬ》けて上昇《じょうしょう》していく。

水蒸気《すいじょうき》は幽霊《ゆうれい》に似《に》ているような気がした。白っぽくて、薄《うす》くて、顔のないやせた幽霊《ゆうれい》みたい。指の痛《いた》みも忘《わす》れて、水蒸気《すいじょうき》がのぼっていくのをじっとながめる。

それから、はっとした。

水が温まって、水蒸気《すいじょうき》ができる。水蒸気《すいじょうき》はのぼっていくにつれ、冷えて凝縮《ぎょうしゅく》し、氷の結晶《けっしょう》になる。そして、氷の結晶《けっしょう》は……ありうる？

そう、氷の結晶《けっしょう》は雲になる。それは科学的事実だ。氷の結晶《けっしょう》は雲になる。そして、雲から……雨が降《ふ》る。

勝利がもたらす温かい感覚がじわりと骨《ほね》までしみ通っていく。でも、喜びの声をあげようとしたとき、またあのぴかぴかのハサミが出てきて、別のカーテンを切って落とし、おそろしくいまわしい真実が姿《すがた》を現《あらわ》した。

エディスおばさんも曲がった指を持っている。つまり、エディスおばさんもこれができるのだ。エディスおばさんはこうやって雲を作っていたのだ。だけど、わざとやめたのだ、パパがノーって言ったから。

エディスおばさんは、あたしにもこれができると知っていて、言わなかった。

エディスおばさんは農園に死んでほしいのだ。

ぱっと〈湖〉から手を出し、あおむけにひっくり返った。全身がブルブルふるえてる。

エディスおばさん。あたしのエディスおばさん。

こらえきれずに、あたしは泣きはじめた。〈泣き桜《ざくら》〉のレースのようなピンクの花びらもいっしょになってまた泣きはじめる。あたしは泣きじゃくり、木も泣きじゃくり、一生それ以外のことはできないんじゃないかと思う。

けれど、指がずきずきしはじめ、心の痛《いた》みを忘《わす》れさせた。あたしの指。湖のほうを見やると、細い水蒸気《すいじょうき》の先がくねくねと空へのぼっていくのが見えた。雲を作るには細すぎる。まだなにかが欠けているのだ。

まぶたをぎゅっと閉《と》じ、エディスおばさんのことを考える。最後の答えを教えてくれるように願う。農園に雨を降《ふ》らせるにはどうすればいいかを教えて。もう一度だけ、あたしの救い主になって。

でも、それから、自分自身の力がみなぎってくるのを感じる。まるで、昨日の力が――おばあちゃんの命日にあたしをベンチへいかせたあの力が、エディスおばさんから、あたしに乗《の》り移《うつ》ったみたいに。

おばあちゃんの力？　エマソンさん？　母なる自然？　それとも神の力？
わからない。わかるのは、あのメッセージだけ。
自分を信じよ。あなたが奏《かな》でる力強い調べは、万人の心をふるわせるはずだ。
そしてあたしはもとの科学調査《ちょうさ》にもどる。すっかり本物の科学者のような気持ちになって。

研究課題1
仮説《かせつ》：あたしの曲がった指は、水蒸気《すいじょうき》を作ることができる。
調査《ちょうさ》・分析《ぶんせき》：水の中に指を入れ、水が温まって水蒸気《すいじょうき》ができるか、観察する。
結果：水蒸気《すいじょうき》があがった。それなりには。

新たな問題点
水蒸気《すいじょうき》は少なすぎて、雲になるにはぜんぜん足りない。どうすれば、もっと大量に蒸《じょう》発《はっ》させられるようになるのか？

研究課題2
新たな仮説《かせつ》を立てる必要あり。

9月22日（月）　突然変異《とつぜんへんい》

おとといの夜、〈湖〉からもどったあと、バスフォードに水蒸気《すいじょうき》を作ったことを話しそうになった。バスフォードは子ども部屋でじっと壁《かべ》を見つめていた。あたしが入っていくと、ぱっと歴史の教科書を開いて、勉強していたふりをしたけど。あたしが明るいようすなのを見て、びっくりしたみたい。元気な理由を説明しようと口を開いたとき、バスフォードが先に言った。

「ビアトリスから悪魔《あくま》の針《はり》の話、聞いたことある？」

「悪魔《あくま》の針《はり》？　ううん。なにそれ？」

「バミューダでは、トンボのことを悪魔《あくま》の針《はり》って呼《よ》ぶんだ。だから、最初の日、玄関《げんかん》でトンボがきたとき、目が離《はな》せなくなっちゃったんだよ。トンボは悪霊《あくりょう》を見つけて、つきまとい、破滅《はめつ》させるって言う人もいるんだ」

「ありえない。おばあちゃんはトンボが大好きだった。つまり、トンボはいいものってことよ」

「トンボは悪い運を運んでくるんだ」バスフォードは言《い》い張《は》った。

「どうしたの？」

バスフォードは悲しみにあふれた顔であたしを見た。バスフォードが見ているものが見えな

いのはあたしだけって感じで。

「いろんなことが起こってるのに、わかってないの？　こんなに悪いことばかり起こってるのに？」

「トンボのせいじゃない」エディスおばさんのことを考えながら、答えた。「ある人物のせいなの」

「そのとおりさ」バスフォードは言ったけど、奇妙《きみょう》な目であたしを見た。「ぼくもそう思ってた。トンボは悪いことが起こる前兆のひとつにすぎないって」

「ちがうってば。悪いことを引き起こすのは人間なの」バスフォードもエディスおばさんがなにをしたか知ってるのかと思ったけど、きく前に、疲《つか》れたと言って寝《ね》にいってしまった。

それ以来、バスフォードは話しかけてこない。今朝も学校へいくまで、唇《くちびる》をぐっと閉《と》じたまま、窓《まど》の外を見ていた。車から降《お》りると、みんながフレディのようすをききに集まってきたけど、バスフォードはぷいと姿《すがた》を消してしまった。だから、科学の授業《じゅぎょう》のときにどうしたのかきこうと思ってたのに、席にすわったとたん、オーウェンが教室に入ってきた。

「やあやあやあ、宿題をやってこなかったとは言うなよ、イブ」

「わたしはピアです」

「もちろんピアだ」

いつの間にかまた、水蒸気《すいじょうき》のことを考えていた。もっと大量の水蒸気《すいじょうき》を作る方法さえわかれば。もっと熱を発生させるか、もしくは、もっとたくさんの水を熱する方法があるのかもしれない。椅子《いす》によりかかったとたん、オーウェンと目が合った。あたしは集中していたふりをした。

「……われわれの細胞《さいぼう》ひとつに、二十三組の染色体《せんしょくたい》がある」オーウェンが話している。「半分はお母さんから、半分はお父さんからのものだ。ありがたいことに、そこには選択《せんたく》の余地《よち》はない。お母さんの大きなブラウンの瞳《ひとみ》がほしかった？　甘《あま》い！　一族のだれかがグリーンの目だったせいで、きみはグリーンの瞳《ひとみ》になったってわけだ。しかし、現代《げんだい》は、いろいろなことが変わりはじめている。遺伝子学《いでんしがく》は最先端《さいせんたん》分野だ！　個々《ここ》の特質《とくしつ》の中には変えられるものもある。さあ、考えてみよう」

え？　これって、昨日、パパがしていた話だ。フレディのこと。

あたしは手もあげずにきいた。「変えられるんですか？　遺伝子《いでんし》を？」

「『変えられる』か？　例えば、コンタクトレンズを使わずにブルーの目をブラウンに変えられるかという話なら、そういうことじゃない。遺伝子《いでんし》を操作《そうさ》するやり方を突《つ》き止《と》めつつある科学者もいるがね。それに、遺伝子《いでんし》自体がわざと自分たちを変えることもある」

「どうやって？」

オーウェンはあたしの不安げな口調に気づいても、よくあるふつうの質問《しつもん》だというふりをして、みんなのほうをむいた。

「お聞きのみなさん、いいかな？　それは突然変異《ミューテーション》と言うんだ」

「ミューテーション？　どういう意味ですか？」マーガレットがきいた。

「考えるんだ、マーシャ！　突然変異体《ミュータント》が出てくる映画《えいが》はわんさかあるだろ？　観たことあるんじゃないか？」

「突然変異体《ミュータント》って、なにか異常《いじょう》があるってことですよね。染色体《せんしょくたい》の中に。そうですよね？」チャールズが言った。

「というより、標準的《ひょうじゅんてき》ではないものがあるということだな。必ずしも異常《いじょう》というわけではない。とびきりすばらしいことが起こることもある」オーウェンは言った。

「例えば？」と、チャールズ。

「スーパーヒーローみたいなことさ。Ｘ－ＭＥＮとかね。わたしはスーパーヒーローが大好きなんだ」

「そんなの、架空《かくう》の話じゃない」ジョンギーがバカにしたように言った。

「だが、いい例だ。突然変異《とつぜんへんい》がすべて悪いわけではない。突然変異《とつぜんへんい》はかならず悪い結果や病気にむすびつくわけではないんだ。実際《じっさい》、非常《ひじょう》にすばらしい結果を生むこともある。考えてごらん。突然変異《とつぜんへんい》がなければ、進化はどうなると思う？」

　あたしはすわったまま背《せ》をのばした。「遺伝性《いでんせい》の病気っていうのは、そういうことなんですか？　突然変異《とつぜんへんい》なんですか？」

「病気によってそれぞれ、まったくちがう。だが、代表的な例を挙げてみよう。例えば、癌《がん》だ。

癌《がん》は遺伝《いでん》しない。たしかにある種の遺伝子《いでんし》によって決定される特別な種類の癌《がん》はあるが、正確《せいかく》には遺伝的形質《いでんてきけいしつ》とは言えない。おじいさんとどんな関係をもつかってことさ。たくさんのお金を遺《のこ》してくれるかもしれないし、くれないかもしれない。可能性《かのうせい》はあるが、決定的ではない」

「ほかの病気は？」

オーウェンは、あたしが質問《しつもん》している理由をわかっていた。「糖尿病《とうにょうびょう》とか？　これは遺伝的《いでんてき》要素《ようそ》もある。心臓《しんぞう》が弱い？　これも、遺伝的要素《いでんてきようそ》はあるな」オーウェンはエンピツのうしろを噛《か》んだ。「そうしたものには、対処《たいしょ》することもできるようになっている。突然変異《とつぜんへんい》を操作《そうさ》する方法が解明《かいめい》されているからな」

オーウェンの目に悲しそうな表情《ひょうじょう》が浮《う》かんだ。「だが、まだなにもわかっていない遺伝病《いでんびょう》もある。わかっているのは、突然変異《とつぜんへんい》というものが存在《そんざい》するということだけだ。これは、治療法《ちりょうほう》がなければ、なにをしようと、変えることはできない。ちゃんと食べて、きちんと運動をしても、突然変異《とつぜんへんい》は変えられないんだ。変更不可能《へんこうふかのう》なんだ」

「悪い遺伝子《いでんし》を突《つ》き止《と》めることはできるんですか？　すべてをだいなしにしている遺伝子《いでんし》を？」自分の声がヘンになっているのがわかる。おびえて、ふるえてるのがわかる。みんながあたしを見ている。バスフォードも。

オーウェンは椅子《いす》によりかかり、エンピツをゆっくりと机《つくえ》においた。「すまない、ポリー。できると言ってあげたい。だが、いつ解明《かいめい》できるか、はっきりした日付まで言うことはできないんだ。そうしたことを研究している科学者もいる。きみのお父さんみたいな人たちが、遺伝《いでん》子《し》配列を解明《かいめい》しようとしているんだ。もしくは、症状《しょうじょう》を和《やわ》らげるような治療法《ちりょうほう》を見つけようとしている。しかし、はっきりいつと言うことはできないんだ」

オーウェンは顔をあげて、みんなを見た。「未来の政治家《せいじか》や科学者であるきみたちに考えてほしいことができたな。この問題には、優先《ゆうせん》順位の問題や、資金《しきん》の問題や、一般《いっぱん》社会の関心程《てい》度《ど》といった問題もからんでいる。科学の話は一般的《いっぱんてき》に、例えばうわさ話と比《くら》べて、面白いものではない。たいていの人は、科学にはユーモアの余地《よち》などないと思っているし、近づきにくいし、魔法《まほう》などとは関係ないと思っている。そう思われてしまう責任《せきにん》はわれわれにもある。つまり、科学者の側にもな。自分たちのせまい世界でトップになることばかりにしのぎを削《けず》り、手《て》柄《がら》を取りあって、責任《せきにん》をなすりつけ合い、なにも分かち合おうとしない」オーウェンはいったんだまって、小さな笑みを浮《う》かべた。「わたしはもちろん、そうじゃない。きみたちの力になるつもりだ。それに、悪いことばかりじゃない。遺伝子《いでんし》のパズルを解《と》くために日々《ひび》、努力している人が大勢《おおぜい》いる。その人たちのおかげでこれまでも多くの進歩を達成してきたし、これからもそうでないと思う理由はない」

「すぐに？」きかずにはいられなかった。答えはわかっていたのに。

「それはだれにもわからない。ほかのことと同じで、一日一日着実にいくしかないんだ」

それじゃ、だめだ。フレディには時間がないんだから。

9月23日（火）　助けを求める

学校から帰ると、ビアトリスが今日は病院へいけないと言った。

「どうして?」パトリシアがきいた。

「お兄さんには睡眠《すいみん》が必要だからです。午前中ずっと検査《けんさ》だったんです。明日はいけますから」

「どうしてなんの治療《ちりょう》もしないの？　パパの薬はどうなったの？　効《き》くかもしれないんでしょ？」

あたしはビアトリスにきいた。

「あたしにはわかりませんよ。ご両親にそんなことを言うんじゃありませんよ」ビアトリスは言い聞かせるように言った。「そうじゃなくても、心配でどうかなりそうなんですから」そして、腕《うで》を大きく広げて、羊かなにかみたいにあたしたちを〈城《しろ》〉まで追い立てていった。「ポリー、宿題が終わったら、お母さまのところへいっておあげなさい。打ちひしがれているから」ビアトリスはあたしの肩《かた》に手をかけた。

それから、壁《かべ》によりかかっているバスフォードのほうを見た。「ストロベリールバーブのスープを作っておきましたからね。食べにいらっしゃい」

バスフォードの目がぐるりと部屋を見まわし、ビアトリスとあたしのところで一瞬《いっしゅん》、止まってる。

バスフォードを探《さが》すと、フレディの勉強部屋にいた。フレディのコンピューターの前にすわってた。

「わかってますよ。それぞれ自分でどうにかしなきゃならないんだと思いますよ」

「機嫌《きげん》が悪いみたい」あたしはビアトリスに言った。

た。バスフォードは首をふって、髪《かみ》を目の上に落とし、返事もせずに部屋を出ていった。

「なにしてるの？」

バスフォードはふりむいた。髪《かみ》が目にかかった。うしろのスクリーンには、サッカーの練習をしてるフレディのチームの画像《がぞう》が表示《ひょうじ》されている。

「フレディの練習の動画を観て、編集《へんしゅう》してたんだ。できあがったら、ディスクに焼こうと思って」バスフォードは聞き取るのがやっとの低い声で言った。

「なんのために？」

「そうすれば、練習でやったことを取りこぼさずにすむだろ」

バスフォードはまたパソコンのほうにむき直ると、画面に集中した。でも、片方《かたほう》の手をマウスにかけているけど、なにもしてないように見える。

「バスフォード」あたしは声をかけた。

バスフォードは無視《むし》して、マウスを何回かクリックした。

「バスフォード」

バスフォードの手がぴたっと動きを止めた。そして、ゆっくりと椅子《いす》を回して、あたしのほうをむいた。でも、前髪《まえがみ》にかくれて、顔は見えない。

あたしは手をのばして、バスフォードの髪《かみ》をかきあげた。目の縁《ふち》が赤い。バスフォードは泣いていた。

バスフォードが泣いている。

手を離《はな》すと、髪《かみ》はまた目の上にかかった。バスフォードは椅子《いす》を回した。

「それ、いいね」あたしはそっと言った。「フレディも喜ぶよ」

バスフォードの手がまた作業にもどろうとするように、マウスにおかれた。でも、肩《かた》がふるえている。

「ありがとう」バスフォードはくぐもった声で言った。

「うん」部屋を出ていこうとしたとき、壁《かべ》に大きなカバンがもたせかけてあるのが目に入った。中身はぱんぱんで、チャックが閉《し》まってる。深緑の布地《ぬのじ》にネームタグがぶらさがっていた。

フォン・トレメル
「これなに?」

バスフォードはふりかえらなかった。

「なんのこと?」

「このカバンのこと」

聴覚《ちょうかく》がオーバードライブしたような感覚に襲《おそ》われた。だから、バスフォードが「バミューダに帰るんだ」と言ったとき、あたしは耳をふさいだ。聞きたくない言葉の反響《はんきょう》を閉《し》めだすために。

バスフォードは椅子《いす》を押《お》して机《つくえ》から離《はな》れると、くるりと回した。「ぼくは、不幸を呼《よ》ぶんだ。ポリーが言ったとおりだよ、悪いことが起こった理由は、ぼくなんだ」バスフォードはまるでわかりきったことのように言った。「ぼくがここにきてから、農園はだめになりはじめた。ぼくが帰れば、農園は息を吹《ふ》き返《かえ》す」

あたしはフレディのベッドの枠《わく》をつかむと、くるっと回るようにしてベッドにすわった。

「そんなこと、言ってないよ」

「言ったよ。言ったじゃないか、悪いことを引き起こすのは人間だ、って」

ひどいかんちがい。「ちがうわ！　あたしが言ったのは――」

エディスおばさんのことをバスフォードに話す？　ううん、話せない。それは一族の秘密《ひみつ》だから。

頭の中のねじれた言葉をまっすぐにしようとする。「あれは、バスフォードのことじゃない。別の人のことよ。それに、その人だって不幸を呼《よ》ぶとかそういうんじゃない。農園のことをわざわざめちゃくちゃにしようとしてるだけ。だから、バスフォードのことじゃないの」

「じゃ、だれ？」

「言えない」

「言えないの？　それとも言いたくないの？」

「とにかくバスフォードのことじゃないんだってば」

バスフォードはあたしに背《せ》をむけると、窓《まど》のほうへ歩いていった。「だとしても、ぼくは帰ったほうがいいと思う。前に、いろいろ悪いことが起こってるのに気づいてるかどうかって、ぼくにきいたろ？　もちろん、気づいてたよ。玄関《げんかん》の前でトンボがぼくのまわりを飛びまわったときからね」

「あのトンボはあたしの友だちなのよ！」

バスフォードは顔をあげ、一瞬《いっしゅん》、興味《きょうみ》をひかれたようにあたしの目を見た。

「スパークっていう名前なの。それに、スパークはいいことが起こるしるしなんだよ。悪魔《あくま》の針《はり》とか、そういうんじゃないの」

「なら、トンボのせいじゃなくて、ぼくのせいってことだ」

「そんな考え、おかしいよ！」

「自分はおかしくないわけ？　ポリーだけが、どうすればいいかわかってるって、そう思うわけ？」

「あたしが？　わかってることなんて、ひとつもない。あたしは臆病者《おくびょうもの》だもの」

バスフォードの表情《ひょうじょう》がぱっと変わった。ほおは真っ赤で、目は怒《いか》りで燃《も》えていた。「ポリーは臆病《おくびょう》なんかじゃない！　そんなこと言うのはやめろ」

「だけど――」

「やめろ」バスフォードはさえぎり、真っ赤な顔でまくし立てた。「ちがう。ポリーは臆病《おくびょう》なふりをしてるだけだ。あのモーターに手を突《つ》っこんだじゃないか。ポリーは臆病《おくびょう》なんかじゃない。自分でそう言ってるだけだ。あきらめてしまいたいから」

「あきらめたりしない！」

「あきらめてるじゃないか！　ポリーは、自分を怒《おこ》らせたり困《こま》らせたりする相手とむきあわなきゃいけないとき、いつだってあきらめちゃうんだ。ジョンギーのことだってそうだろ。ジョンギーはひどいやつだ。脳《のう》みそのあるやつならだれだって、一キロ先からでも、わかるさ。なのに、ポリーはまるでジョンギーが女王かなにかみたいにふるまってる。まるでジョンギーの奴隷《どれい》みたいに。そうすれば、ジョンギーと関わらなくてすむからだ。それに、まるでほかの子までジョンギーみたいに意地悪だっていうふうな態度《たいど》を取ってる。そうじゃないのに。もっと付き合ってみればわかるのに、そうしようとしないんだ」

　バスフォードは顔をほてらせ、ハアハアと荒《あら》い息をついている。

「付き合ってみようとしたもん」

「してない。自分には友だちがいないってふりをしてるけど、いるじゃないか」

「わかってるわよ」あたしは小声で言った。

「そうだろ。マーガレットだってビリーだってクリストファーだって――」

「そうじゃない。バスフォードのこと。バスフォードは友だちだよ」あたしは窓《まど》のほうをむいて、死にかけた畑を見た。「バスフォードは友だちだよ。だから、いかないで。ぜったいいかせない」

バスフォードはベッドにすわって、涙《なみだ》をぬぐった。それからしばらくのあいだ、ふたりともだまっていた。やがて、バスフォードが壁《かべ》を見たままぼそりと言った。

「ポリーが言ってたのは、本当に別の人のことなの?」

「うん」あたしはバスフォードのとなりに腰《こし》をおろした。「あたしが自分のことを臆病《おくびょう》だって言うのは、そうすればいろんなことと関わらなくてすむからだって、本気で思ってる?」

「ああ」

あたしたちはうつむいたまま、じっとすわっていた。しばらくしてあたしは立ちあがり、ドアへむかった。

「いかないで。ぜったい帰らないって、約束して」

バスフォードはちらっと視線《しせん》を上にむけた。「わかった」

「約束よ」

「約束する」

「よかった。じゃないと、フレディがかんかんになるもん」

それから深く息を吸《す》いこむと、吊《つ》り橋《ばし》の部屋までいった。

吊《つ》り橋《ばし》へ出るドアを開けると、あたしは堂々《どうどう》と――少なくとも自分としては堂々《どうどう》と、橋をわたりはじめた。日はほとんど沈《しず》み、あたりは明るい紺色《こんいろ》に染《そ》まっている。ロープの手すりにつかまり、落ち着いた足取りで、着実に板を踏《ふ》んでいく。そして、一度も下を見ずに、最後までわたりきった。

パパたちの〈キューブ〉までたどりつくと、つやつやした黒いドアを開けて、中に飛びこんだ。白い壁《かべ》の廊下《ろうか》を走って、ママとパパの部屋にむかう。ノックもしなかった。そのまま部屋に駆《か》けこむ。

ママは窓辺《まどべ》の椅子《いす》にすわって、〈湖〉を見つめていた。

「ポリー？」悲しそうな低い声だった。「ここにすわって、あなたのことを考えてたの」

「あたしの？」

「ここのところ、ポリーにあまり会えてないから。パトリシアにも。ふたりの顔をあまり見られていないでしょ」ママは窓辺《まどべ》に丸まってひざを抱《かか》え、あごを埋《うず》めた。

「フレディはどう？」

「同じ。なにもわからないまま」ママはあたしのほうを見た。「先生たちは、フレディのからだの機能《きのう》がどんどん衰《おとろ》えていると考えてるの」

言いたい言葉はすべて、口の手前でほどけてばらばらになった。あたしはママの横に腰《こし》を下ろした。

「ママのために、ひとつお願いをきいてほしいの。エディスおばさんに連絡《れんらく》を取ってほしいの。それで、フレディを助けるためにできることはすべてやってほしいとたのんで。おばさんの電話番号は知ってるでしょ?」ママは消え入るような声で言った。

あたしはうなずいた。

「エディスの言うとおり、なんでもするからって。どんなことでも」ママは目をしばたたいた。その目は乾《かわ》いていた。

「でも――」

「きいて、ポリー。おばさんが、あなたたち三人のことを心から愛してるのはわかってる。それに、あなたたちのためならなんだってするってことも」ママは言葉をとぎらせた。ママの息づかいが聞こえる。「エディスの助けが必要なの。わたしたちみんな」

それからママは自分のひざ元に目をやった。あたしは細い腕《うで》を回して、ママをせいいっぱい強く抱《だ》きしめた。今回のことでママがどんな思いをしているか、今までちゃんと考えていなかった。けっきょくのところ、ママには曲がった指はない。ママにあるのは、重病の息子だけなのだ。

「今夜、エディスおばさんに電話してみる。約束する」

9月26日（金）　レスターへのキス

雲を作ることができない。何度も何度もやってみたけど、そのたびに、吹《ふ》けば飛ぶような細い蒸気《じょうき》が立ちのぼるだけで、あっという間に消えてしまった。〈城《しろ》〉を出て農園にむかうたびに、プレッシャーに押《お》しつぶされそうになる。雨が降《ふ》らない時間が一秒延《の》びるごとに、そのぶん太陽は畑を焼き、あたしの精霊《ジン》を――農園を殺してしまう。

もはや畑で、影響《えいきょう》を受けていない場所はなかった。〈平和の迷路《めいろ》〉はかろうじてP・A・C・Eが読めるだけだ。もうひとつのEは完全に枯《か》れて、倒《たお》れてしまっていた。ハリーのまわりのルバーブはほぼ枯《か》れてしまい、大きくて平たい葉はぬいぐるみのように生気を失ってしなだれている。あいかわらずハリーの生えていた場所に湖の水をやって、十字を切っていたけど、なんの変化もなかった。あたしの〈泣き桜《ざくら》〉は毎日泣いている。桜《さくら》が湖の上に枝《えだ》を垂《た》らして泣いているのを見ると、自分の涙《なみだ》で湖の水を再《ふたた》び満たそうとしているように思えるときもある。そう考えると、少しはなぐさめられた。

病院からもいい知らせはなかった。むしろ、悪い知らせばかりだ。なんの手がかりもなく、手のほどこしようもないまま、フレディの具合が悪くなっていくのを見ているしかなかった。

今夜、あたしはまず考えてみることにした。子ども部屋の暖炉《だんろ》の前のコーヒーテーブルに、今ある手がかりをすべてならべていく。ネックレス。エメラルドの指輪。そして、イーニッドの図書室の鍵《かぎ》をならべたとき、おばけコオロギのレスターがどこからともなく現《あらわ》れて、曲がった指のそばにぴょんとおりたった。

あたしは怒《おこ》りたかった。今週、レスターとスパークは一度も姿《すがた》を見せず、二匹《ひき》の名前を呼《よ》んで探《さが》しまわったのに、出てきてくれなかった。でも今のあたしは、怒《おこ》る余裕《よゆう》もないほど必死だった。だから、レスターの姿《すがた》を見ると、つい昨日会ったばかりみたいに話しかけた。

「元気？　今ね、問題を解《と》こうとしてるの」

レスターは暖炉《だんろ》の上の棚《たな》に飛びのった。あたしはエメラルドの指輪を手に取り、左手にはめた。

「ほら、見つけたのよ。ナメクジたちのところにあったの。だけど、たぶんあなたは知ってたのよね」

あたしはうしろのクッションに頭を預《あず》けて、目を閉《と》じた。あとなにが欠けているの？　目を開けると、真ん前にひいおばあちゃんのイーニッドの肖像画《しょうぞうが》があった。やっぱりエメラルドの指輪をはめている。

ちらっとレスターのほうを見る。レスターがあたしのほうを見ているのを見て、ふいに心臓《しんぞう》がドキドキしはじめた。

もう一度肖像画《しょうぞうが》を見る。イーニッドのエメラルドの指輪を。レスターは前脚《まえあし》を持ちあげて、肖像画《しょうぞうが》をさした。それから、今度はあたしをさす。肖像画《しょうぞうが》、あたし、肖像画《しょうぞうが》、あたし。

肖像画《しょうぞうが》のイーニッドはほほえんでいなかった。落ち着いたようすで、手をひざの上に重ねている。エメラルドの指輪は右手にはめられていた。曲がった指のほうの手に。

目を見開く。レスターを見る。レスターはうなずいて、肖像画《しょうぞうが》をさした。イーニッドの手を。イーニッドの右手を。

わかりきったことなのに。

エメラルドの指輪を左手から右手にはめ替《か》える。

たちまち肺《はい》が膨《ふく》らんで、ぐんぐん空気を取り入れはじめたような感覚に襲《おそ》われ、圧倒《あっとう》される。心臓《しんぞう》が激《はげ》しく打つ。脳《のう》が爆発《ばくはつ》しそうだ。

指輪を外す。

それからもう一度つけてみる。さっきと同じ、なにかが駆《か》け抜《ぬ》けるような感覚が襲《おそ》う。自分より大きな力に駆《か》り立《た》てられるような気持ち。指輪を外す。すべてがスピードダウンして、ふだんの状態《じょうたい》にもどる。

パパが言っていたことを思い出す。**宝石《ほうせき》はみんな、根本的には鉱物《こうぶつ》だからな。**パトリシアがおばあちゃんのダイヤモンドのことを「地中で自然にできる」と言ったのを思い出す。それから、ビアトリスがあきれたのも思い出す。あたしが、エメラルドは「鉱物《こうぶつ》が土の中で押《お》しつぶされてできた」ものだって知らなかったから。

指輪をじっと見つめる。**自然のなすことにむだはない**。

レスターがいきなりジャンプして、コーヒーテーブルにおりたった。そして、二本の脚《あし》をこすり合わせた。

「脚《あし》をこすりあわせるのがどういう意味だか、わからないの。なにかの言葉なの？」

レスターはなにもせず、ただあたしをじっと見つめた。あたしは時計を見た。もう遅《おそ》い。十時すぎている。すると、レスターはあたしのあごに飛びうつった。

「うわっ」はたこうとしたけど、レスターのほうが早かった。またコーヒーテーブルの上にもどっている。

「外に出ろってことね？」

レスターは頭を上下させた。

今ではすっかり、家を抜《ぬ》け出《だ》すプロになっていた。懐中《かいちゅう》電灯をジーンズのポケットに入れ、ほんの数分で外に出る。レスターを待って、懐中《かいちゅう》電灯をつけた。〈泣き桜《ざくら》〉の下のいつもの場所までいくと、スパークの仲間たちがあいかわらず霧《きり》を紡《つむ》いでいる。真っ暗な闇《やみ》の中だと、トンボたちが飛んだあとがきらきら光っているのが見える。湖面でも、針《はり》で刺《さ》したようなごく小さい光の粒《つぶ》が色とりどりの輝《かがや》きを放って踊《おど》っていた。

枝《えだ》をかき分け、湖のほとりまでいく。レスターは、スパークが蚊《か》を食べていたのと同じ岩の上に飛びのった。

「いい？　今度はあたしの番ね」

指輪をはめようとすると、トンボが肩《かた》をかすめて飛んでいった。

スパークだ。

「いいタイミングじゃない！　今までどこにいたのよ？」

スパークは上下に飛んでから、ヒュッと空へ舞《ま》いあがり、答えを描《えが》いた。

H……O……M……E。

「家《ホーム》？」

スパークは〈泣き桜《ざくら》〉のてっぺんまで飛んでいって、またもどってきた。そして、湖の上にふわりと浮《う》かんだ。そして、あたしが見ているのを確認《かくにん》してから、今では一メートルほど水位が下がっている湖の中に飛びこんだ。

今夜は、あたしのひらめきの日なのだ。

虫たちと話すようになってから、虫たちも人間と同じようにさまざまなコミュニケーションの手段《しゅだん》を持っていることがわかってきた。言葉によるものだけではない。スパークが何度も湖の中に飛びこんでいるのを見ているうちに、水がトンボの家なのだと、おばあちゃんが言っていたことを思い出した。

うに。

それだ。本当に簡単《かんたん》なことだったのだ。湖はトンボの家なのだ。農園があたしの家であるように。

トンボたちはたっぷりと水をふくんだ網《あみ》を作っていたのだ。〈湖〉の水を守るために。エディスおばさんの企《たくら》みを知っていたから、前もって〈泣き桜《ざくら》〉の下に濡《ぬ》らしたコットンみたいな霧《きり》を紡《つむ》いでおいて、編《あ》み目《め》を徐々《じょじょ》に広げ、湖全体をおおっていったのだ。水の蒸発《じょうはつ》を防ぐために。

あまりにも暑かったから、霧《きり》は、湖を満たすほどの水分を発散することはできなかったけど。

「やっとわかった」スパークにむかってささやく。「あたしと同じね。自分の家を救いたかったのね」

スパークはあたしのところにきて、上下に飛んだ。(そう)

「わかった。じゃあさっそく」そう言って、あたしはスパークに見えるよう、エメラルドの指輪をかかげた。「いくわよ」

あたしは改まったしぐさで指輪をはめた。またもや衝撃《しょうげき》がからだを駆《か》け抜《ぬ》ける。頭のてっぺんから足の先や手の指先にまで力がみなぎる。特に曲がった指に。そして、あたしは手を水に入れた。

すぐに、今までとちがうとわかった。指がドクドクしはじめ、新しいエネルギーがからだをドオッと流れていく。自分がふるえているように感じる。

おばあちゃん、これでいいの？　こういうふうに感じるので、合ってる？

レスターのほうをふりかえる。「お願いだからしゃべれるようになってよ。そうすれば、もっと早く教えてもらえたじゃない」

レスターはあたしの肩《かた》から飛《と》びおりた。レスターといっしょに、指のまわりで水が渦《うず》を巻《ま》き、どんどん大きくなっていくのを見つめる。痛《いた》みが腕《うで》を駆《か》け抜《ぬ》け、指先からほとばしり出る。エメラルドがこの新しい反応《はんのう》の原動力なのだ。

これまでと、まったくちがった。立ちのぼる蒸気《じょうき》を懐中《かいちゅう》電灯で照らすと、上昇《じょうしょう》するにしたがって、太くて白い柱が濃《こ》くなっていくのが見える。水から手を出すと、岸にすわって、痛《いた》む手を丸め、左の手のひらで包みこんだ。頭をのけぞらせ、夜空を見あげる。蒸気《じょうき》はぐんぐん上昇《じょうしょう》していって、やがて消えた。夜空をピンで刺《さ》したように、星が光っている。でも、水蒸気《すいじょうき》はもう見えなかった。

「雲になると思う?」レスターにきく。

レスターが脚《あし》をまっすぐあげ、矢印のように頭上へのばした。あたしはもう一度、空へ目をやった。

そして、見た。はるか頭上の、真っ暗な夜空に白くやわらかいものがたなびくように集まっているのを。雲ができはじめているのを。

思わずレスターにキスした。少なくともキスしたと、あたしは思った。キスにしてはぬるぬるしてて、ふしぎな感じだったけど。どっちにしろ、レスターは跳《と》んで逃《に》げた。怒《おこ》っちゃったみたい。

「ごめん」あたしは呼《よ》びかけた。「興奮《こうふん》しちゃったの」

スパークのほうを見あげた。「あなたにもキスしてあげたいけど、ちょっと小さすぎるわね」

指はまだ痛《いた》かったけど、それさえ気にならなかった。まさにこの瞬間《しゅんかん》、あたしたちの農園の上に、雲が、小さな雲ができたのだ。ポリー・ピーボディの手によって。

あたしはやったのだ。

9月27日（土） 雲は動く

窓《まど》の外を見る前から、それどころか歯すらみがかずに、あたしは廊下《ろうか》を走っていって、パトリシアの部屋のドアをたたいた。

「むこうへいって」パトリシアはどなった。でも、あたしはかまわずドアを開けて、パトリシアのベッドに駆《か》けよった。「お願い、ぜったい時間のむだにはならないから」よほど真剣《しんけん》な顔をしていたにちがいない。パトリシアは両足をぐるりと回して床《ゆか》におろすと、サンダルをはいた。

「なんなのよ？」パトリシアのけがは治りはじめていたけど、ほお骨《ぼね》のいちばん高いところにある赤くて細い線はずっと残るような気がした。

「すぐわかるから」

「ちょっと！」パトリシアは文句《もんく》を言った。「あんた、歯みがいてないでしょ」

「あとでみがくから。早く！」

パトリシアはあたしのあとについて階段《かいだん》をおりてきた。家は静まりかえっている。まだ六時前だ。あたしは興奮《こうふん》のあまり、空に舞《ま》いあがりそうだった。今日、すべてが変わる。あたしにはわかっている。

パトリシアはあたしがニヤニヤしているのを見た。そして、こわい目でにらみつけた。「いいことだといいけどね。今日はろくに眠《ねむ》れてないんだから」

「だいじょうぶ」バスフォードも起こせばよかったかもしれない。雲を見たら喜ぶのに。もちろん、まだ問題は残っている。例えば、いつ雲が雨を降《ふ》らせるのかわからない。雲が重くなりすぎたときだと思うけど。でも、たとえ雨が降《ふ》らなくても、雲が出ただけですべてが変わるはず。

ダンバー製薬《せいやく》も。

ジュース会社も。

フレディも。

通用口のドアを押《お》しひらく。パトリシアの顔にもかすかな笑みが浮《う》かんでいる。あたしのはしゃぎっぷりがうつったみたい。ドアを勢《いきお》いよく開けて、走りだす。

「見て！」あたしはさけぶ。「ほら！」

からだをそらせて、朝の空を見あげる。パトリシアも空を見た。

でも、真っ青な空が広がっているだけだった。雲はない。なにもない。

「なにを探《さが》せばいいの？」パトリシアはまだ空を見つめている。

「雲」消え入るような声で言う。

パトリシアは頭をそらせ、空に目を走らせた。「見たの？」

あたしは目をしばたたかせた。パトリシアに本当のことを言う？　あたしが作ったんだって。ふいに頭の中にエディスおばさんの声がひびいた。

わざわざ自慢《じまん》したり、誉《ほ》められようとしたりする必要もない。なぜなら、自分の力でやり遂《と》げたことこそが、あなた自身だから。自分に与えられた能力をちゃんと活かしたということなのだから。

パトリシアがじっとあたしを見つめていた。「ポリー？　雲は見えないけど？」

「いつ？」

「あったの」あたしは言《い》い張《は》った。「見たのよ」

あたしはまた返事に詰《つ》まった。「今朝」どこにいっちゃったの？　たった四時間前なのに。

「雲って動くの？」あたしはきいた。

パトリシアは肩《かた》をすくめた。「そりゃそうよ。風とか大気圧《たいきあつ》とかで」

みじめだった。「あたしの雲、どこかへいっちゃったんだ」

パトリシアになじられると思った。なにもないのに起こしたりして、って。でも、そうじゃなかった。パトリシアはあたしの肩《かた》にそっと手をおいた。「だいじょうぶ。あたしも、想像《そうぞう》で雲が見られたらなって思う」

「そうじゃないの――」

パトリシアはしゃべりつづけた。「あたしはなにも想像《そうぞう》できないから。これっぽっちもね。

農園が破産《はさん》するとか、フレディが死んじゃうとか、そういうことしか想像《そうぞう》できない」パトリシアはまた空を見あげた。「ポリーがうらやましいよ」

「うらやましい？」

「空がひらいて、金だかダイヤモンドが降《ふ》ってくるって思いつづけてるでしょ。ちゃんとした魔法《まほう》の薬さえ見つければ、フレディがそれを飲んでよくなるって思ってる。ルバーブをちゃんと世話してやれば、話しかけてくるって思ってる」

「本当に話しかけてくるの」あたしは言って、枯《か》れかけて地面に倒《たお》れているルバーブを見やった。「前は、ってことだけど」

パトリシアは〈城《しろ》〉のほうへ歩き出した。「あんたは雲の上に住んでるのよ、ポリー。だから、雲を見たと思ったんだわ。雲がすべての問題を解決《かいけつ》してくれるみたいに」パトリシアはため息をついた。

「雲はすべての問題を解決《かいけつ》してくれるわ」あたしは言《い》い張《は》った。

「もう一度寝《ね》るね。雨が降《ふ》ったら起こして」それから、付け加えた。「歯、みがきなさいよ」

パトリシアが部屋にもどると、あたしはもう一度、あたしの雲を探《さが》した。そしてやっと見つけた。たぶん。はるか遠く、農園からずっと離《はな》れたところに。雲を集めておく方法を見つけなければならない。うちの農園の上にとどめておく方法を。

朝食のとき、もっとひどいことが起こった。最後に席につくと、みんなはだまって食べていた。でも、スクランブルエッグやグレープフルーツをフォークやスプーンでつつくだけで、実《じっ》際《さい》にはほとんど食べていない。

「徹底的《てっていてき》に調べた」パパがパトリシアに言っている。「問題ない」

パトリシアは喜んでいるふりをした。「服を買ってね」

バスフォードは、見たことがないほど気の毒そうな顔でパパを見ただけだった。ママは背中《せなか》をむけた。

あたしのとなりはチコだった。チコはフンとうなった。パパのほうを見ると、片手《かたて》に野球帽《やきゅうぼう》を持ち、もう片方《かたほう》の手でマグカップの持ち手を握《にぎ》っていた。

「なんの話？」あたしはきいた。

「あまり大げさに騒《さわ》がないでくれよ」パパは言ってから、食卓《しょくたく》を見まわして、身を乗り出した。

パトリシアのほうを見ると、ニンジンを切って、視線《しせん》を合わせないようにしている。「騒《さわ》ぐってなにに？」

「つまりだな」パパは力なくほほえんだ。「おれたちは金持ちになるんだ」そこで言葉をとぎらせ、手をのばしてあたしの手を握《にぎ》った。「エディスおばさんの申し出を受けることにした」

あたしはぱっと手を引っこめた。パパの顔に影《かげ》が落ち、目がくもった。

「うそ！　うそよ！」

「ポリー、ほかに方法はないんだ――」

勢《いきお》いよく立ちあがったので、椅子《いす》がうしろにひっくりかえった。ママが肩《かた》に手をおいた。

「だめよ。もう少しあたしに時間をちょうだい」

「おまえに？」

「えっと、あたしたちにってこと。とにかく、まだあきらめるのは早いよ。ジャイアント・ルバーブはだいじょうぶでしょ。それでお金を稼《かせ》げばいい。それに、パパの薬は？　別の人がほしいって言うかもしれないじゃない！」

だれも答えなかった。みんな、悲しそうに目を伏《ふ》せている。

「どうしてあきらめるの？」

「いい」ママは両手であたしの肩《かた》をつかみ、自分のほうにむかせた。「フレディの具合が悪くなってるからよ」そして、あたしの目をのぞきこんだ。

「どのくらい？」

ママは首をふった。「朝ごはんのあと、みんなで病院へいくから。髪《かみ》をとかしてきなさい」

「でも――」

「これ以上なにも言わないで」

パパが特別に病院にかけあったにちがいない。病院はいっぺんにあたしたち全員を入れてくれた。一般病棟《いっぱんびょうとう》のほうへいこうとすると、ビアトリスに別の廊下《ろうか》のほうに連れていかれた。

「フレディは集中治療室《ちりょうしつ》にいるのよ」パトリシアがささやいた。

軒先《のきさき》のつららがいっせいに割《わ》れて、黒い歩道に落ちるかのように、からだの中のものがすべてガラガラとくずれ落ちた。集中治療室《ちりょうしつ》センターの大きなドアまでいくと、パパが黒いパネルにカードを押《お》しつけた。ドアがシュッと開き、あたしたちはパパのあとについて病棟《びょうとう》に入っていった。そこいらじゅうからビーという器械の音や、ポタポタと水がしたたる音や、ささやき声が聞こえる。

みんなはフレディのベッドを取り囲んだ。前よりもたくさん管をつけられ、接続《せつぞく》されている小さなモニターには赤と青の線と数字が表示《ひょうじ》されている。フレディは眠《ねむ》っていた。

パパはちらりと数字を見た。あたしは、みんなから少し離《はな》れたところに立った。「ぐっすり眠《ねむ》っています」灰色《はいいろ》のカルテをもって、部屋のすみに立っていたジャクソン先生が言った。

フレディが最高の医療《いりょう》を受けるためなら、わたしはなんだってする。最高の専門医《せんもんい》をつけて、最高の治療《ちりょう》を受けさせる。

エディスおばさんはまだ、電話をかけ直してこない。

「落ち着いてますか?」ママがふるえる声できいた。

「今は」ジャクソン先生が答えた。

ママとパパはこれから一日病院にいるけど、あたしたちは十五分くらいしかいられない。だから、バスフォードとパトリシアがうしろに下がると、あたしはベッドに近づいた。フレディの手は透《す》けるように白くなっている。そばかすが、白い紙にオレンジの絵の具をはじき飛ばしたみたいに見えた。

「農園はひどい状態《じょうたい》なの」あたしは声をひそめて言った。あたしがだまると、器械のピッピッという音だけが聞こえた。下唇《したくちびる》をぎゅっと噛《か》み、声がふるえないようにしてつづける。「はやくお兄ちゃんがこの状態《じょうたい》から抜《ぬ》け出《だ》せればいいのに。もう治るよ。あたしはもう臆病《おくびょう》じゃないから」

フレディがちゃんと呼吸《こきゅう》しているか、たしかめようと思って身を乗り出す。「だいじょうぶって言ってたじゃん」目をしばたたかせる。「だから、だいじょうぶになって。治って！」

答えはない。

「お願い」

フレディのおでこにキスをして、十字を切った。

絶望《ぜつぼう》ってこういうことなんだ。今、エディスおばさんを見たら、虫みたいに踏《ふ》んづけてやる。悲鳴をあげて、わめき散らして、雲を作る方法を聞き出してやる。どうすれば、雲が農園の上にとどまるのか、どうすれば同じ時間に雲を呼《よ》んで雨を降《ふ》らせ、農園を元気にできるのか、どうすれば**フレディを元気にできるのか**、突《つ》き止《と》めてやるのに。

なにが足りないの？

どうしておばさんはあたしたちをこんな目に遭《あ》わせるの？

どうしておばさんはあたしをこんな目に遭《あ》わせるの？

同じ日（9月27日・土）絶望《ぜつぼう》

家についたころには、夕方になっていた。病院を出ると、ビアトリスが帰る前にいくつか用事をすませるって言《い》い張《は》ったから。フレディのことを忘《わす》れさせようって思っているのは見え見えだったけど、だれも文句《もんく》は言わなかった。靴下《くつした》を買いにいって、公園にいき、屋台のホットドッグを食べた。それから、ビアトリスはあたしたちを教会へ連れていった。ミサはやってないけど、ビアトリスがいこうって言いだして、あたしたちも賛成《さんせい》したから。教会にいるあいだじゅう、あたしはなにかしるしをくださいって祈《いの》りつづけた。あたしたちの問題に答えをくださいって。一心に祈《いの》っていたので、ビアトリスに帰りましょうと肩《かた》をたたかれたのも気づかないほどだった。

ようやく家にもどると、ビアトリスはなにを食べたいかたずねた。焼きたてのストロベリールバーブ・パイか、チョコレート・ルバーブ・クッキーでもいいですよ、って。みんな、悲しみでいっぱいで、ほかのものが入るすきまはないのは一目でわかるのに。けっきょく、みんなそれぞれの部屋にもどって、ドアを閉《し》めた。でもあたしは、懐中《かいちゅう》電灯を持つと、またすぐに部屋を出た。教会を出るまぎわに、どこへいけばいいかひらめいたのだ。

イーニッドの塔《とう》。

階段《かいだん》を全速力で駆《か》けあがる。イーニッドの部屋に一歩入るとすぐに、虫たちかツタが動きはじめるのを待った。でも、しんと静まりかえっている。なにひとつ動かない。ツタはそこいらじゅうにからみついたままだし、コオロギも一匹《ぴき》もいない。レスターすらいない。

でも、ここにいるはずだ。あたしにはわかる。あたしがちゃんとできるかどうか、みんな見てるんだ。あたしは窓《まど》の前に立っていた。エディスおばさんがカーテンレールを落としてしまったところだ。床《ゆか》をおおっているツタを見た。動かない。葉一枚《まい》、ぴくりともしない。

助けが現《あらわ》れるのを待つ。虫が出てきて、すべてを解決《かいけつ》する答えを宙《ちゅう》に描《えが》いてくれるのを。

外では日が沈《しず》みかけ、塔《とう》の中は暗くなりつつあった。ツタにふれたり本を踏《ふ》んづけたりしないよう注意しながら、部屋を歩きまわる。ぐるぐる、ぐるぐる、歩きまわって探《さが》す。なにかが見つかるのを、だれかが現《あらわ》れるのを。

「ねえ？　だれか？　だれでもいいから。助けて！」必死の思いでさけぶ。

泣きたかった。でも、泣かなかった。そんな段階《だんかい》はとっくに超《こ》えていたから。ズタズタだった。

エディスおばさんの勝ちだ。農園は死ぬ。フレディも死ぬ。

窓《まど》の外を見やった。雲ひとつない空が広がり、白く輝《かがや》く三日月の光でうっすら紫色《むらさきいろ》に染《そ》まっている。月は農園にゆがんだ光を投げかけ、ジャイアント・ルバーブや、霧《きり》におおわれた〈湖〉や、〈ダークハウス〉に、切《き》り込《こ》みのような影《かげ》を作っていた。納屋《なや》の屋根にも月光があたり、跳《は》ね返《かえ》って、こうこうとサイロを照らしている。

これらをすべて失うのだ。家もなくなる。あたしたち家族は、ひいひいおじいちゃんの代から所有してきた農園を失うのだ。

サイロがあたしをにらみつけているような気がした。銀色の月光を浴びながら、あたしの考えなんてお見通しだというように。あたしはまた、臆病者《おくびょうもの》になっている。

窓《まど》からおばあちゃんのベンチが見える。となりに、エディスおばさんのジャイアント・ルバーブのテディが立っているのも見える。エディスおばさんがいた夜みたいに。

はっと息をのむ。テディがまっすぐ立ってる？　目を細め、窓《まど》から身を乗り出す。テディの茎《くき》はぴんとのびている。葉はサイロのほうをむいている。

サイロ。

そうだ、けっきょく、サイロへはいっていない。ナメクジのところまではいった。〈ナメクジ地獄《じごく》〉にもいった。おばあちゃんのベンチにもいった。

でも、サイロまではいっていない。

窓《まど》からふつうのルバーブ畑を見下ろす。あれっと思う。ルバーブはもちろん、くたっとしているけど、なんだかようすがおかしい。葉がすべて、片側《かたがわ》に引っぱられている。おじぎをしているか、なにかをさしているみたいに。

全身が凍《こお》りつくような感覚が襲《おそ》う。

サイロだ。ルバーブたちはサイロをさしているのだ。

すべてがつながりはじめたのと同時に、虫たちが部屋にあふれかえった。レスターがぴょんと跳《と》びだし、仲間のコオロギたちも姿《すがた》を現《あらわ》した。ツタがぐんぐんと上にのびてからみあい、アーチを作る。カメムシも出てきた。ホタルや蚊《か》やマルハナバチも。クロスズメバチすら一、二匹《ひき》、部屋をブンブン跳《と》びまわって、あたしの頭をかすめた。

虫が大嫌《だいきら》いなポリー・ピーボディは、友だちに囲まれていた。

あたしは新しい科学理論《りろん》を導《みちび》き出した。

仮説《かせつ》：農園の上空に雲をとどめる方法は、サイロで見つかる。
調査《ちょうさ》・分析《ぶんせき》：サイロへいく。
結果：雨。

「最後の謎《なぞ》ね」あたしがつぶやくと、ツタがくねくねと動きはじめた。あたしはツタのアーチをくぐって、ドアまでいざなわれていった。虫たちも行列を作ってあとにつづく。部屋を出る前、あたしはふりかえった。

「あたしにできるよね？」声がふるえた。

スパークが上下に飛んだ。レスターが大きな黒い頭でうなずいた。ほかの虫たちも、羽をパタパタさせたり、ブーンと跳《と》びまわったり、ふわふわと浮《う》かんだりした。みんな同じことを言ってるんだ。

「ありがとう」そしてあたしは部屋をあとにした。

同じ日（9月27日・土）　自分を信じよ

自分を信じよ。あなたが奏《かな》でる力強い調べは、万人の心をふるわせるはずだ。

音を立てないように、イーニッドの小塔《しょうとう》のドアを開く。こぶしを握《にぎ》りしめ、足音をひそめて階段《かいだん》をおりていく。もうすぐで下までおりるというとき、なにか音がした。そっとささやくような声。つま先だってさらに数段《すうだん》おり、壁《かべ》のむこうをのぞいた。

ビアトリスがリビングに立っていた。両手で頭を抱《かか》えている。チコがソファーにすわったまま、まっすぐ前を見ている。首の皮膚《ひふ》のたるんだ年寄《としよ》り犬みたいに。

「出てらっしゃい、ポリー。いるのはわかってますよ」ビアトリスが言った。

最後の二段《だん》をおりて、部屋に入っていくと、ビアトリスは腰《こし》に両手をあててじっと待っていた。怒《おこ》ってるようには見えない。あたしを待ってたみたいだ。

「あたしにばれずに毎晩《まいばん》外にいけると思ってるんですか？」

あたしはまじまじとビアトリスを見た。本当のことを言って、ビアトリスがどう思うかなんてあまり考えていなかった。「ごめんなさい」

ビアトリスの顔に笑みが浮《う》かんだ。でも、あたしの視線《しせん》を避《さ》けるようにさっとむこうをむいた。チコはじっとしている。

「ビアトリス？　だいじょうぶ？」

ビアトリスはゆっくりと顔をあげた。近くから見ると、ほおに涙《なみだ》のあとがついていた。

「どうしたの？」

「寝《ね》なきゃだめですよ。十一歳《さい》っていうのは、夜は寝《ね》ているものなんです」

「どうしたの？」あたしはもう一度きいた。

「すわって」ビアトリスは言った。言われたとおりにすると、ビアトリスもとなりに腰《こし》を下ろした。そして、目をぎゅっと閉《と》じ、手を組んだ。まるで話せなくなってしまったみたいに。そうじゃないと、なにかがくずれてしまうとでもいうように。

「どう話せばいいのかわからなくて」

「なにを？」

「フレディよ」ビアトリスの声がかすれた。もう一度チコのほうを見ると、大きな手で頭を抱《かか》えて、うつむいていた。

「お兄ちゃんがどうしたの？」手の鋭《するど》い痛《いた》みも、ひざがガクガクするのも無視《むし》して、たずねる。

ビアトリスはまっすぐあたしのほうを見た。「たった今、お母さまから電話があったんです」ビアトリスは目を閉《と》じる。「フレディが危篤《きとく》だって」ビアトリスの目で涙《なみだ》が光る。「理由はわからないって。あとは祈《いの》るだけだって」

ビアトリスはあたしに腕《うで》を回すと、自分のほうに引きよせた。ごくんとつばを飲みこむ。今きいた、おそろしい言葉を飲みこもうとするように。あたしたちの空間から消してしまおうとするように。

ビアトリスはあたしの肩《かた》をさすってくれた。でも、ほとんど感じなかった。手遅《てお》くれなの？

「お兄ちゃんは――」自分がなにをきこうとしているのかも、よくわからなかった。フレディは死ぬの？　今、この瞬間《しゅんかん》に死んでしまうの？

「それ以外のことはなにもわからないんですよ」ビアトリスは言った。「少しでも眠《ねむ》れそうなら眠《ねむ》ってきなさい」まるであたしが小さな子どもみたいに言う。

でも、あたしは小さい子どもなんかじゃない。

ビアトリスの腕《うで》から逃《のが》れると、ビアトリスはびっくりした顔であたしを見た。あたしは自分をふるい立《た》たせるようにソファーを離《はな》れ、ビアトリスの前にすっくと立った。

「どうしたんです――」

「やらなきゃいけないことがあるの。とても大切なこと」

「ポリー、今夜は……」

「すぐにもどってくるから」ビアトリスを安心させるためにせいいっぱい笑みを浮《う》かべる。

「それに、ビアトリスも、やってほしいと思うようなことだから。本当だよ」そしてくりかえす。

「本当にそうだから」

チコが立ちあがった。「ヴォイ　コンティゴ」

「ううん」チコに答える。「あたし一人《いっしょに》でいく《いく》」


チコは、ビアトリスの意見を求めるようにそちらを見た。ビアトリスはチコを見て、あたしを見て、それからまたチコを見た。そしてチコにすわるよう、合図した。

「そんな気がしてたんですよ」ビアトリスは言って、あたしをじっと見た。

「ありがとう、ビアトリス」あたしはビアトリスのおでこにキスをした。「あたしもそんな気がしてたの」

同じ日（9月27日・土）　サイロ

外に出ると、深く息を吸《す》いこんで、夜空を見あげた。月は三日月で、星の光と月光が地面を照らしている。とはいえ、農園をぐるりと回っていく道がはっきり見えるほどではない。懐中《かいちゅう》電灯をつけると、枯《か》れたチョコレート・ルバーブ畑のほうへむけた。

するると、見えたのだ。すっかり水分を失い、枯《か》れかけたルバーブたちが葉を高々《たかだか》とかかげているのが。やっぱり合ってた。ルバーブたちは〈ダークハウス〉をさしてるんだ。

懐中《かいちゅう》電灯を高くかかげる。

どこを見ても同じだった。ルバーブたちは北側の葉をかかげ、南側の葉の上に重ねている。こんなに乾《かわ》ききって、弱ってるのに。でも、あたしに話しかけてるってことは、はっきりとわかった。あたしに〈ダークハウス〉へいけって言っているんだって。今すぐいけって。

ちらりと湖のほうを見る。霧《きり》がかすかに光ってるのが見えるけど、ティッシュペーパーみたいに薄《うす》い。トンボたちがあれだけがんばったけど、湖は縮《ちぢ》んでいた。精霊《ジン》は、雨が降《ふ》らなければ、生きられないのだ。

すると、別の声が聞こえた。「ダアアアアク！　ダアアアアク！」地面を照らすと、しゃべる双頭《そうとう》のクモたちも目を覚ましていた。チョコレート・ルバーブ畑から列をなしてぞろぞろ出てくる。しましまの胴体《どうたい》と真っ黒い八本の脚《あし》とふたつの頭を持つ何百というクモたちは、軍隊みたいにあたしのあとにつづいた。今夜はみんな、外に出ている。

懐中《かいちゅう》電灯を前にむける。顔がほころぶ。いつの間にか、レスターもきていた。スパークも。耳元でスパークの羽音がして、心強くなる。

「用意はいい?」

「ダアアアク!」クモたちが答える。

〈ダークハウス〉のほうへ一歩踏《ふ》み出《だ》す。歩くにつれ、枯《か》れかけたルバーブたちがサイロのほうをさしているさまが懐中電灯《かいちゅう》の光に浮《う》かびあがる。

フレディが病室で眠《ねむ》っている姿《すがた》が浮《う》かんできて、拍車《はくしゃ》をかけられたように足を速める。〈ダークハウス〉が近づいてくるにつれ、ついに小走りになる。地面の上を黒い影《かげ》が這《は》うように、虫たちもついてくる。

とうとう〈ダークハウス〉の納屋《なや》のドアがぬっと姿《すがた》を現《あらわ》した。

斜面《しゃめん》をかけあがり、ドアノブに右手をかける。が、つかんだとたん、手にこれまでにない鋭《するど》い痛《いた》みが走った。

思わずうしろに下がったけど、フレディのことを思い出して、もう一度手をのばし、ノブを回してドアを開けた。

すると、まさに〈ダークハウス〉にいるにちがいないって想像《そうぞう》していたようなミュータント蛾《が》が、ヒュッと頭をかすめた。思わず首を縮《ちぢ》める。農園じゅうの虫が集まって、通路をびっしりおおっている。ジャイアント・ルバーブのほうを見やると、ずらりと整列した兵士のようにすっくと立っている。あたしはうしろのクモたちのほうをふりかえった。

「ガアアアアン、バレエエエエ」クモたちはそう言って、ドアの前であたしを見送った。

クモたちに比《くら》べると巨大《きょだい》に見えるレスターも、そのそばに控《ひか》えている。スパークはヒュッと入ってきて、あたしの肩《かた》のあたりに浮《う》かんだ。あたしは足を一歩前に出した。

懐中電灯《かいちゅうでんとう》をむけると、サイロと納屋《なや》をくぎっている灰色《はいいろ》の壁《かべ》に、サイロへの入り口があるのが見えた。白く塗《ぬ》られ、光を放っているように見える。ドアの小さな釘《くぎ》に小さなプレートがかかっていた。

〈入室禁止《きんし》〉

ノブをひねってみたけど、鍵《かぎ》がかかっている。次の瞬間《しゅんかん》、首の毛が逆立《さかだ》った。ネックレスを外して、鍵《かぎ》を鍵穴《かぎあな》にさしこむ。

ぴったりだ。

鍵《かぎ》を回そうとしたとき、さらさらと音がした。ふりかえって、納屋《なや》のほうを照らす。葉が拍手《はくしゅ》をしていた。ジャイアント・ルバーブが茎《くき》をゆらし、あたしに拍手《はくしゅ》を送っていたのだ。葉をたたいて。

さらさら。バチン！　さらさら。バチン！

じわじわと笑みが広がる。こんなときに笑うなんて、おかしいけど。ハリーもどこかで、いっしょに拍手《はくしゅ》してくれてるかも、という甘《あま》い夢《ゆめ》に一瞬《いっしゅん》ひたる。でも、ふたたびドアのほうにむき直る。そしてゆっくりと鍵《かぎ》を回す。ドアは重くて、肩《かた》で思いきり押《お》さなければならない。頭を下げ、力いっぱい押《お》す。足がすべって、迷《まよ》いこんだナメクジを踏《ふ》んでしまう。

ごめん、ビアトリス。

ドアが床《ゆか》にこすれながら勢《いきお》いよく開く。息を深く吸《す》いこみ、幽霊《ゆうれい》やおそろしいものたちが取《と》り憑《つ》いているサイロのイメージを押《お》しやろうとする。あたしをここに導《みちび》いてくれたルバーブや、トンボや、コオロギや、これまで助けてくれたものたちのことを考える。

そしてなにより大切なことを。

フレディは危篤《きとく》だということを。

今やるしかないのだ。

同じ日（9月27日・土）夜空のダイヤモンド

おばあちゃんがいっしょにいる。姿《すがた》が見えるわけじゃないし、ハロウィーンの物語に出てくる幽霊《ゆうれい》みたいに目の前でちらちら光ってるわけでもない。姿《すがた》は見えない。においもしないし、ふれることもできない。でも、感じる。

入り口をくぐり、サイロの中へ入っていく。指の痛《いた》みが増《ま》し、爪《つめ》の先から手のひらまで燃《も》えあがるような痛《いた》みが走る。目をぎゅっと閉《と》じ、指を中に入れてこぶしを握《にぎ》る。力をこめ、心の

中で唱える。（フレディのため、フレディのため、フレディのため）

目を開け、何度かまばたきして、サイロの中を観察する。洞窟《どうくつ》のようにだだっ広く、天井《てんじょう》が高くて、ドーム型の屋根が宇宙《うちゅう》空間みたいに見える。懐中《かいちゅう》電灯のか細い光で壁《かべ》を照らし、照明のスイッチを探《さが》しあてる。手のひらをすりつけるようにしてスイッチを入れると、壁《かべ》の真ん中あたりに取りつけられた大きな丸い照明から、真っ白い光がどっと降《ふ》り注《そそ》いだ。

首をのばすようにしてうしろへのけぞり、屋根を見あげる。透明《とうめい》の板を支《ささ》えている枠《わく》は見えているけど、屋根自体はガラスか透明《とうめい》のプラスティックかなにかでできているにちがいない。なぜなら、星が見えるから。白い星から細い光が幾本《いくほん》も出ているのまで見える。壁《かべ》は白く塗《ぬ》ってあり、床《ゆか》は木で、きれいに掃除《そうじ》されている。だれかが定期的にきて、床《ゆか》を掃除《そうじ》し、清潔《せいけつ》に保《たも》っているのだ。ビアトリス？　エディスおばさん？　だれ？

それから、そうか、という思いがじわじわと広がっていく。秘密《ひみつ》。うちの一族にはたくさんの秘密《ひみつ》がある。うちの農園は、そう、あたしの精霊《ジン》はたくさんの秘密《ひみつ》を抱《かか》えているのだ。ずっとかくされてきた秘密《ひみつ》も、小さなアリのようにすみから漏《も》れ出《だ》してくる秘密《ひみつ》もある。今、この瞬間《しゅんかん》に突《つ》き止《と》めようとしている秘密《ひみつ》も。

そのとき、またおばあちゃんのエネルギーが押《お》しよせてくる。おばあちゃんは、あたしの目のうしろや頭の中にいて、おばあちゃんと同じ見方でサイロを見させようとする。おばあちゃんの前には、イーニッドがいた。おばあちゃんのあとには、エディスおばさんがいた。そして今度はあたしの番なのだ。この曲がった指がなによりの証拠《しょうこ》。なにが起こるにしろ、このサイロで起こるはずなのだ。でも、どこで？

もう一度頭をのけぞらせ、星を見つめる。ここはこわくない。それは本当。へんな感じはするけど、こわいのとはちがう。内側の壁《かべ》は真っ白だし、虫もいない。手で壁《かべ》をなぞりながら部屋を一周する。なにもない部屋をぐるぐる、ぐるぐる、歩きまわる。ここにあるはずだ。まちがいない。もっとちゃんと見なきゃいけないんだ。失敗はできない。もうできない。

自分を信じなさい。

おばあちゃん？　足を止める。すぐそばにさっきの照明のスイッチがある。ここに入ってきてから、指はずっと脈打っている。なにを見逃《みのが》してるの？　もう一度部屋に目を走らせる。「人工的」なものは、照明とスイッチだけだ。それ以外は、壁《かべ》と屋根と床《ゆか》しかない。壁《かべ》と屋根と床《ゆか》。壁《かべ》と……

そのとき、あるものが目に留《と》まった。目をぐっと細める。照明のスイッチはふつうの台所にあるようなものだけど、なにかがちがう。三つはふつうのスイッチだけど、もうひとつ別のものがついている。小さなひとつ穴《あな》のソケットだ。

呼吸《こきゅう》が速くなり、そちらへ歩いていく。穴《あな》の形がふつうとちがう。八角形で、深さはほんの五、六ミリ。

八角形。八面。エメラルドの指輪と同じ。指輪が鍵《かぎ》ってこと？　理科室の、開閉式《かいへいしき》屋根の鍵《かぎ》みたいに？

すぐにやってみる。考えてる時間なんてないから。

フレディ、フレディ、フレディ。

あたしの指輪――八角形のエメラルドの石を穴《あな》にさしこむ。たちまち、かすかだけど力強いウィーンという機械音がしはじめ、空気が漏《も》れるようなシュウウウという音とともになにかがカタカタカタと鳴った。頭上から聞こえる。そう、屋根から。科学の教室と同じだ。サイロの屋根が開いている。ガラガラという大音響《だいおんきょう》とともに。あたしがずっとこわがっていた、あの音だ！　ドーム型の屋根が片側《かたがわ》に折りたたまれ、頭上に夜空が広がった。暗い空で星が燃《も》えるように輝《かがや》いている。その瞬間《しゅんかん》、足の下からもゴロゴロという音がしはじめた。あたしは飛びのいて、指輪を穴《あな》から抜《ぬ》き取《と》り、壁《かべ》に背中《せなか》を押《お》しつけた。床《ゆか》も動きはじめていた。

床《ゆか》の真ん中の部分が横へスライドしはじめる。すると長方形の穴《あな》が現《あらわ》れ、その下に水が流れていた。青みがかった水が、ざあざあと流れている。

〈ダークハウス〉の下に、水があった。ナメクジに住みかをあたえ、トンボたちを育み、魔法《まほう》の〈湖〉の水源《すいげん》となっている水が。いつだってそうなのだ。いつだって、水なのだ。あたしとフレディを救ったのも、あたしの指輪を奪《うば》ったのも、ルバーブを生かしているのも、あたしたち家族を生かしているのも、水なのだ。そう、雨が降《ふ》らなくなるまでは、そうだったのだ。雲ができなくなるまで、水の循環《じゅんかん》が止まってしまうまでは。

開いた床《ゆか》のそばにひざをつき、手をぎゅっと握《にぎ》ったまま、ちらりと夜空を見あげる。深呼吸《しんこきゅう》をして、すべてを受け入れようとする。あたしはこれまでとはちがった意味で、一族の仲間入りを果たそうとしている。女性《じょせい》、曲がった指を持つ者、そして農園の命を守るよう遺伝子《いでんし》をプログラムされた者として。特殊《とくしゅ》で、でも自然に根ざした、**確《たし》かな成長への通過儀礼《つうかぎれい》**。種を植え、水をやり、日にあてれば、なにかが育つといった、本能的《ほんのうてき》な確信《かくしん》に似《に》ている。

そう、あたしは成長しているのだ。

水を見下ろす。水を感じる。ハリーも、農園も、おばあちゃんも、みんなが、一族の新しい雨降《レインメーカー》らしの座《ざ》にあたしがつくのを待っている。

水に手を突《つ》っこむ。シュウウウウウという音がして、肺《はい》が開き、指に電気が走り――あたしは目をぎゅっと閉《と》じる。

フレディは危篤状態《きとくじょうたい》なのだ。

耐《た》えられなくなるまで、目を閉《と》じている。それからぱっと開くと、まぶたがふるえ、がくんとひざを折り、そのまますわりこむ。見えたからだ、白い蒸気《じょうき》がもうもうと立ちのぼっていくのが。手のまわりで渦巻《うずま》いている水も、腕《うで》を駆《か》けのぼってくる容赦《ようしゃ》ない痛《いた》みも無視《むし》して、投光照明の光に照らされ、待ちかまえている空へむかって蒸気《じょうき》がのぼっていくのをひたすら見つめる。

あたしが、ポリー・ピーボディが、雲を作っている。

笑みが、不安や恐怖《きょうふ》を押《お》しのけて、顔に広がっていく。黒々《くろぐろ》とした空にうっすらと白い雲が姿《すがた》を現《あらわ》し、きらきらとまたたく星をおおいかくす。

ゆっくりと立ちあがり、手の水をふりはらいながら、なおも空をながめつづける。そのとき、あることが起こる。曲がった指の先がドクドクと脈打ち、金属的《きんぞくてき》としか表現《ひょうげん》できない激《はげ》しい感覚に襲《おそ》われる。手をふつうにさげているのが、そう、腰《こし》の高さに保《たも》っていることさえ、難《むずか》しくなる。目が見開かれ、腕《うで》がぐいと引きあげられて、指がまっすぐ空へむけられる。空とあたしの指に磁石《じしゃく》があって、引かれあうみたいに――

プラスとマイナス。**プラスかマイナス。**

分極。正電荷と負電荷。反対物はひかれあうって聞いたことがないかい……オーウェンの声が頭の中でひびく。

指を大きく広げ、それからぐっと閉《と》じてこぶしを作ろうとする。そして、曲がった人さし指だけをせいいっぱいのばし、空の蒸気《じょうき》を指さす。自分がなぜ息を止めているかも、なぜ人さし指をぐるぐる回しはじめたのかもわからない。でも、あたしは息を止め、指を回しつづける。その指の動きに合わせるように雲が動くのを見ても、あたしは驚《おどろ》かない。雲はぐるぐると渦《うず》を巻《ま》き、完璧《かんぺき》な円形に近づいていく。

漂《ただよ》っている蒸気《じょうき》の細い筋《すじ》をつかみ、ぐるぐる回して混《ま》ぜ合《あ》わせ、ドームくらいある大きな白いふわふわの雲を作りあげる。すると、次にすべきことがふっと浮《う》かんでくる。きらきら光るクリップで雲を空に留《と》めるところが。たぶん、これでいいんだ。星が雲を空に留《と》めておいてくれるんだ。明日の午後一時まで。そして、クリップが開いて雲が解《と》き放《はな》たれ、命をあたえる小さな雨粒《あまつぶ》になって地上に降《ふ》りまかれるんだ。

明日は、農園に雨が降《ふ》る。

あたしは空の下に、あたしの雲の下に、ずっと立ちつくしていた。

大人になるってこういうことかもしれない。跳《と》びまわったり、勝利のダンスを踊《おど》ったりする気分ではなかった。空に雲があることを喜んでいたし、その事実に畏《おそ》れおののいてもいたけど、同時に悲しみも感じていた。エディスおばさんは雨を降《ふ》らせるのをやめてしまった。おばさんはもう農園にいたくないのだ。いろいろ理由をあげていたけど、その事実は変わらない。エディスおばさんにとって、おばさんが求めている仕事はほかのなによりも大切だったのだ。農園より、家族より、あたしより。

エマソンさんだったら、エディスおばさんのことをどう思うだろう。エマソンさんは本の中でこう書いていた。**「自分の才能《さいのう》に呼《よ》ばれたときは、父も母も妻《つま》も兄弟も遠ざける」**って。きっと、エディスおばさんの才能《さいのう》は、おばさんにすばらしいものを書かせてくれるだろう。うちの家族や、うちのルバーブを気に入ってる人よりも、もっと大勢《おおぜい》の人の役に立つようなものを。ずっと農園にいるより、そっちのほうがいいに決まってる。

あたしはゆっくりと手を下ろした。ドクドクと脈打つ感覚はほとんど消えていた。曲がった指をながめる。すると、なぜか笑いがこみあげてきた。ジョンギーのことが浮《う》かんだ。あたしにむかって赤く塗《ぬ》った爪《つめ》をふりまわしながら「もっと自分を主張《しゅちょう》しろ」って言ってるところが。まるで人生で知るべきことはみんな知ってるみたいに。あたしの指の力を教えてやりたい！でも、もちろん、言ったりしない。そして気づいた。これがあたしの秘密《ひみつ》なのだ。次に生まれる曲がった指の子に伝えるまで、一生、手放さずに持ちつづける秘密《ひみつ》。

サイロを出る前、もう一度空を見あげた。あたしの雲のうしろから、さっきよりたくさんの星が輝《かがや》いていた。あたしには、ダイヤモンドに見えた。おばあちゃんが死んだとき、地面から出てきたダイヤモンドに。おばあちゃんはここにいる。これからもずっとあたしのところにいてくれる。それがわかってうれしかった。

腕時計《うでどけい》を見る。もうすぐ朝だ。

〈城《しろ》〉にもどって、階段《かいだん》をあがっていくとき、窓《まど》の外を見て、あたしの雲があるのをたしかめた。ここからだと小さく見えた。みすぼらしいって言ってもいいくらい。でも、そんなの関係ない。ちゃんとたっぷり水を含《ふく》み、命を含《ふく》んで、星からぶら下がってるんだから。

ふとんをかぶったあともまだ、雲が見えた。今度の雲は、小さなダイヤモンドの粒《つぶ》でできていて、きらきら輝《かがや》いていた。目を閉《と》じても、まだ見える。それどころか、夢《ゆめ》を見はじめても、ずっと見えていた。

9月28日（日）　雨

ベッドにもぐりこんだときは、眠《ねむ》れるなんて思わなかった。でも、たちまち眠《ねむ》りに落ち、午前中いっぱい眠《ねむ》りつづけ、目を覚ましたのは、午後の一時すぎだった。

目が覚めたのは、雨の音のせいだった。

同じ日（9月28日・日）　フレディ

正直に言うと、大雨とは言えなかった。たっぷりとした霧雨《きりさめ》、くらい。それに、薬用のルバーブ畑と、チョコレート・ルバーブ畑の一部に降《ふ》っただけで、ふつうのルバーブはまだからからに乾《かわ》いていた。

そのとき、ちょうどママとパパは着がえを取りにもどってきていた。最悪のことが起こったときのために、パトリシアとバスフォードとあたしのようすを見ておきたかったのかもしれない。

でも、実際《じっさい》は、最悪じゃなくて、最高のことが起こった。外に出て、雨粒《あまつぶ》に腕《うで》をたたかれても、パパもママもまだ信じられないようだった。この日の映像《えいぞう》を撮《と》っていたら、こんなふうだったと思う。パパは野球帽《やきゅうぼう》を脱《ぬ》いでママに腕《うで》を回し、ママはただただすすり泣いて、足元にできつつある水たまりに涙《なみだ》をそそぎ、バスフォードは、地面にひざをついて、やわらかくなった土をなでて、パトリシアは笑いながら空を見ては地面を見るのをくりかえして。（それからもちろん、携帯電話《けいたいでんわ》を取りだして、メールを打ちはじめた）。

パパとママはあたしを見ると両腕《りょううで》を広げた。あたしはその腕《うで》に飛びこんだ。

「すばらしいじゃないか？」パパはあたしを抱《だ》きしめた。

「信じられないわ」ママは何度も何度もそう言った。「本当に、うそみたい。神さまが、祈《いの》りを聞《き》き届《とど》けてくださったのね。そうよ、そうに決まってる」

あたしは、あまり驚《おどろ》いているように見えなかったんだと思う。なぜなら、パパがあたしを引きよせて、ささやいたから。「まさかわかってたとか？」

あたしはパパの目をじっと見た。「そんなわけないよ。あたしはただ魔法《まほう》を信じてるだけ」

「たぶんパパも信じてると思うよ」パパは言った。

そして、あたしをさらに引きよせて、抱《だ》きしめたので、パパの心臓《しんぞう》の鼓動《こどう》が感じられた。もしかしたら、あたしの心臓《しんぞう》だったかもしれない。パパの肩越《かたご》しに、ビアトリスがにこにこ笑って、チコの高い肩《かた》に手をかけているのが見えた。ビアトリスがウィンクしたので、あたしもウィンクし返した。

それから、パパがあたしを離《はな》そうとしたとき、スパークが現《あらわ》れ、みんなのまわりをヒュンヒュン飛びまわって、目に見えない喜びの網《あみ》を紡《つむ》いだ。あたしは湖のほうを見た。霧《きり》は消えていた。きれいさっぱり。

「わかってる?」パトリシアがメールを打ちながら言った。「またすぐに雨が降《ふ》らなくなることもあるのよ。あまり期待しないようにね」

「降《ふ》らなくなったりしないよ」あたしは言った。

「どうしてわかるのよ」

バスフォードが言った。「それは、ポリー・ピーボディだからさ」そして、にっこりわらったので、あたしも笑いかけた。

「なんだっていいわよ」と、パトリシア。「とにかく、そう祈《いの》るわ」

「フレディのところにいこう!」あたしは大声で言った。

あたしがフレディの名前を口にしたとたん、みんな、凍《こお》りついた。でも、ママがにっこりほほえみ、そうね、今からみんなで病院へいきましょう、と言った。

あたしたちはちょうどいいときに、農園を出た。出発するのと入れちがいに、新聞社やテレビ局の車がぞくぞくとやってきたのだ。ジョンギーのお母さんが、カバンを頭の上にかかげ、白いバンから降《お》りてくるのも見えた。ジョンギーのお母さんはママの車の前に出ようとしたけど、ママはクラクションを鳴らして、そのまま走り去った。

病院に着くと、もうひとつびっくりすることが待っていた。集中治療室《ちりょうしつ》の棟《とう》の前で、ジャクソン先生が待っていたのだ。

「お知らせがあります」

「なにかあったんですか」ママの声がのどにつかえ、あたしたちは緊張《きんちょう》して視線《しせん》を交わした。

「悪い知らせではありません。その反対ですよ」ジャクソン先生はほほえんだ。「援軍《えんぐん》を得られそうなんです」

「援軍《えんぐん》?」パトリシアがききかえした。

「今日、専門医《せんもんい》の先生がふたり、自家用ジェットでこちらにいらしたんです。息子さんの遺伝《いでん》子疾患《しっかん》の分野のすぐれた研究者なんですよ」

あたしはじわじわと唇《くちびる》の両端《りょうはし》があがるのを感じた。

「アレクサンダー・ノーブル医師《いし》とエラ・ローマン医師《いし》です。今、ちょうどフレディを診察《しんさつ》していましてね。彼《かれ》らなら、いろいろな治療法《ちりょうほう》を知っています」ジャクソン先生はパパを見た。「そのうちのひとつとして、お父さんの研究を使うことも考えています。ダンバー製薬《せいやく》が実験の記録をノーブル医師《いし》らに公開してくれたようですね。ノーブル医師《いし》とローマン医師《いし》は、薬に伴《ともな》う副作用のリスクがあるとしても、それより、突然変異遺伝子《とつぜんへんいいでんし》の成長を遅《おく》らせる可能性《かのうせい》が大きいと考えているようです」

パパは野球帽《やきゅうぼう》を取って、まじまじと見つめた。そしてまた頭にかぶると、うれしいのをかくすように言った。「ええ、先生たちが役に立つとお考えなら……」

バスフォードだけが、まだとまどったようすだった。「どういうこと？」

あたしは背《せ》のびして、ささやいた。「エディスおばさんよ」

バスフォードは驚《おどろ》いてふりかえった。

「ないしょにすることないわ。エディスならやってくれるって信じてたもの」ママがみんなにむかって言った。そして、赤くなった目をぬぐった。「子どもたちのためなら、世界を動かしてくれるって」

ジャクソン先生に連れられて病棟《びょうとう》に入ると、みんなはフレディの枕元《まくらもと》に駆《か》けよった。フレディがすっかり元気になってるのを期待してたのは、あたしだけじゃなかったと思う。霧雨《きりさめ》のおかげで危篤状態《きとくじょうたい》を抜《ぬ》け出《だ》してるはずだって。でも、そうじゃなかった。あいかわらずこんこんと眠《ねむ》り、器械のビーという音やポタポタという音が絶《た》え間《ま》なくつづいている。新しくきたお医者さんは部屋の奥《おく》にいて、パパとママにあいさつした。

あたしはバスフォードとパトリシアを押《お》しのけるようにして、フレディのほうに身をのり出した。「もう目を覚ます時間だよ」

正直言って、魔法《まほう》かどうかはわからない。お医者さんのおかげかもしれないし、フレディの頭の中で、なにかが突然変異遺伝子《とつぜんへんいいでんし》にもうやめろって言ったのかもしれない。でも、フレディのまぶたがピクピクと動いたのだ。目は開かなかったし、眠《ねむ》りから覚めたわけでもなかったけど、たしかにまぶたは動いたし、あとは時間の問題だって、あたしにはわかっていた。

同じ日（9月28日・日）秘密《ひみつ》の本

昨日眠《ねむ》るとき、もうこれからは、寝《ね》る前に暗い考えが押《お》しよせることもないって信じてた。実際《じっさい》、すばらしい夢《ゆめ》を見ていたのに、あたしはしぶしぶ目を覚ました。おばけコオロギが鼻の上にのっかったからだ。

「あんたがあたしのイライラの元よ」あたしはレスターを鼻からはらいおとした。レスターはぴょんと床《ゆか》に飛《と》びおりた。ぜったいあたしをこわがらせて面白がってる。あたしがのろのろと頭を持ちあげると、レスターは前脚《まえあし》でドアをさした。

あたしはベッドの上でくるっとまわって、両足を床《ゆか》におろした。「イーニッドの小塔《しょうとう》へいけって こと？」

レスターは高く飛びあがると、また元の場所に着地した。

「あたしったらなに言ってんだろ。そうに決まってるのに」

鍵《かぎ》と懐中《かいちゅう》電灯をつかむと、スリッパをはき、レスターのあとについて廊下《ろうか》に出た。足音を立てないように歩いていく。レスターがピョンピョンとらせん階段《かいだん》をのぼっていったので、あたしもいっしょに冷たい石の段《だん》をのぼっていって、ドアの鍵《かぎ》を開けた。

ドアを押《お》し開《ひら》くと、きらきら輝《かがや》くクリスマスのライトに迎《むか》えられた。ううん、そうじゃない。ライトじゃなくて、ホタルだった。無数のホタルが天井《てんじょう》にずらりとならび、まばゆい光を放って、部屋を照らし出している。すみっこでは、おばけコオロギたちが飛《と》び跳《は》ね、ツタが踊《おど》っているようにくるくるとつるをのばし、双頭《そうとう》の黒クモたちは本棚《ほんだな》の上を這《は》いまわっている。そしてなによりうれしかったのが、スパークが大勢《おおぜい》の仲間をひきつれて、きていたことだった。

中に入って、ドアを閉《し》めたとたん、思わずほおがほころんだ。

「これってパーティ？」

「ソウウウウウウウダアアア」本棚《ほんだな》のほうを見ると、クモたちがそれぞれふたつの頭でうなずいていた。カメムシも円舞《えんぶ》みたいに輪を作り、ぐるぐる、ぐるぐる踊《おど》りまわっている。スズメバチまで何匹《なんびき》か姿《すがた》を見せ、まっすぐあたしの頭にむかって飛んできては、最後の瞬間《しゅんかん》にぐっとそれ、あたしをからかった。

「みんな、本当にヘンなんだから」

ツタがくるくる巻《ま》いていたつるをのばして近づいてきた。ツタはあたしを取り囲み、そっと窓《まど》のほうへ連れていった。レスターがタイルのテーブルの上で待っていた。スパークは肩《かた》のあたりを飛びまわっている。

「なにをしようとしてるの?」小声でたずねる。

スパークは宙《ちゅう》に文字を書きはじめた。R……E……A……D（読んで）。

意味がわからなくて、スパークを見る。すると、ツタがあたしを引っぱった。見ると、レスターの下に本がある。茶色の表紙の四角い本で、ほこりだらけだった。

レスターはあたしを見あげて、大きな黒い頭をゆっくりと上下させた。

「ヨメエエエエ」本棚《ほんだな》からクモたちが言った。

レスターがぴょんと本から飛《と》びおりたので、あたしは手をのばして、本を取った。ずっしりと重みを感じる。表紙には金の文字でタイトルが刻《きざ》まれていた。

秘密《ひみつ》の書

タイトルの下に、ラテン語が刻《きざ》まれていた。

Sapere Aude!《サペレ　アウデー》

横に紙が貼《は》ってあり、子どものていねいな字でこう書かれている。

ホラティウス【注：古代ローマの叙情詩人《じょじょうしじん》。紀元前65～8年】から。意味は、「敢《あ》えて賢《かしこ》くあれ」。

ルクレティア・ディ・ファルチアーナ　十歳《さい》

二匹《ひき》のトンボがさあっと舞《ま》いおりてきて、ページをめくった。すると、黄ばんだ紙が現《あらわ》れ、手書きでこう書いてあった。

今はもう、雨はやんでいる。わたしは、雲ができたあと、右の指を温めた塩水にひたすといいことを発見した。そうすると、分極電荷が元の状態《じょうたい》にもどるからだ。

「分極電荷？」あたしがつぶやくと、トンボのうちの一匹《ぴき》がページをめくった。章題にはこうあった。「週一回雨を降《ふ》らせる時間は午後一時とする」

姉のルクレティア・ディ・ファルチアーナは、月曜に結核《けっかく》で亡《な》くなった。十二歳《さい》だった。亡《な》くなったのは午後一時。だから、愛する姉にちなんで、これからこの時間にサイロにいって雲を作ることにする。

一〇月　イーニッド・ピーボディ

あたしはページをめくっていった。あたしの歴史、あたしの受け継《つ》ぐ遺産《いさん》は、すべてこの本の中にあった。

トンボたちがまたページをめくった。そこには、一枚《まい》の紙が貼《は》りつけてあった。科学のレポートみたいにグリッド線がひいてある。

分極のプロセス

1. 雲を作る作業は、夜におこなう。午後十時前が望ましい。
2. 翌日《よくじつ》昼の十二時四十五分ぴったりにサイロにもどる。
3. 雲が、雨を降《ふ》らせる場所にあるのを確認《かくにん》する。
4. 指で雲の分極電荷を発生させ、雨を降《ふ》らせる。

「雨を降《ふ》らせる場所？」頭がぐるぐるする。虫たちを見ると、あたしをじっと見ている。「まだ学ばなきゃならないことがたくさんあるのね」

スパークがあたしのところに飛んできて、ふわりと浮《う》かんだ。

「もっと早くこれをくれればよかったじゃない」あたしは虫たちをにらみつけた。でも、演技《えんぎ》はあまりうまくないらしい。またすぐに、笑ってしまった。コオロギたちはジャンプし、スパークは飛びまわって、ツタはダンスを踊《おど》り、虫たちは次々《つぎつぎ》ページをめくっていく。あたしはさらに秘密《ひみつ》を学んでいく。

この黒い鉄製《てつせい》の椅子《いす》に何時間もすわっていたにちがいない。パズルは徐々《じょじょ》にできあがっていった。フレディが生まれた日に雨が降《ふ》らなかった理由は？　おばあちゃんが日曜日にママと病院へいって、月曜日の午後に生まれるまで付《つ》き添《そ》ってたから。サイロの掃除《そうじ》をしてるのは？雨をつかさどるピーボディ一族の女性《じょせい》。ピーボディ一族の女性《じょせい》がこの遺伝属性《いでんぞくせい》について知るのは？　十八歳《さい》になったとき（これは、あたしには当てはまらない）。雨が農園にしか降《ふ》らないのは？　だれにもわからない。指の痛《いた》みは？　じきに消える。もしくは、年齢《ねんれい》を重ねるにつれ、慣《な》れていく。今日は霧雨《きりさめ》しか降《ふ》らなかったのは？　女性《じょせい》として完全に成熟《せいじゅく》するまでは、大雨にはならない。だから、あたしの雨は弱々《よわよわ》しかったのだ。

決まった時間に雨を降《ふ》らせたいなら、あたしの指できっかけを作らなければならない。今日は、単に運がよかっただけだ。雲を作った時間が遅《おそ》かったせいで、分極電荷が雨を降《ふ》らせるまで持ったのだろう。

トンボたちはさらにページをめくる。ジャガイモとルバーブの研究についてぎっしり書かれている。曲がった指を持つ者はみんな、この本に自分たちの歴史を書《か》き留《と》め、秘密《ひみつ》を守ってきたのだ。

スパークが飛んできて、最後のページをめくった。そこに書かれた手書きの文字を見て、あたしは息をのんだ。エディスおばさんの字だった。


ここで暮《く》らすのにはうんざり。わたしには自由がない。ニューヨークのほうがずっと楽だった。こんなことはなにもなかった。こんな苦しみも、ありふれた現実《げんじつ》も。唯一《ゆいいつ》、明るい点は子どもたちだ。明るくて元気な甥《おい》と姪《めい》たち。あの子たちを見ていると、精神《せいしん》生活、そう、子どもの想像力《そうぞうりょく》は、充実《じゅうじつ》した人生を送るのに欠かせないものだと気づかされる。でも、心配だ。ポリーの指を見ると、ポリーの将来《しょうらい》のことが不安になる。ポリーが農園を出たいと思ったら？　別の人生を送りたいと思ったら？　なんにだってなれるというのに。農園でその夢《ゆめ》をかなえられる？　こんなの、公平だと言えるだろうか？　伝統《でんとう》にしばりつけられることが？　確《たし》かに価値《かち》あるものかもしれない。でも、過去《かこ》にしばりつけられることで、なにもかもだいなしになるかもしれないのに。

正直に言って、わたしにはわからない。

エディス・ピーボディ・スティルウォーター

本を閉《と》じて、仲間たちを見あげる。そして、そっと本をテーブルにもどす。あたしは鍵《かぎ》を持っている。つづきは、また読めばいい。

「これからは、どうすればいい？」

部屋の真ん中に立っていると、ツタがやってきてあたしの右手を取って握《にぎ》りしめた。エメラルドの指輪をはめている手を、友だちみたいに。すると、今度はおばけコオロギが左手に跳《と》びのる。新たに飛んできたカメムシたちが次々《つぎつぎ》床《ゆか》に舞《ま》いおりて、踊《おど》っていた兄弟姉妹の輪に入る。マルハナバチはあたしの頭の上を飛び、スパークに率《ひき》いられたトンボたちが目の前を埋《う》めつくす。

ちょっとバカみたい。すごくバカみたい。ていうか、めちゃめちゃヘンだし。そして、あたしたちは踊《おど》った。みんなで。バカみたいなダンス、はげしいダンス、ディスコダンス――あらゆるダンスを。こんなすてきなパーティは初めてだった。

でも、ついに終わりがきた。疲《つか》れて踊《おど》れなくなってしまったから。

「みんな、パーティはつづけてて。あたしは寝《ね》るわ」

部屋を出ようとしたとき、レスターがいきなりぴょんと目の前に着地し、あたしはまたもや驚《おどろ》かされてしまった。

「なによ？」

レスターは脚《あし》を口にあてた。先生が生徒たちに静かにって言うときみたいに。

「わかってる。秘密《ひみつ》だってことは」

エピローグ

10月31日（金）植《う》え替《か》え

ハリーが生えてきた。

ひょろっとした根は太くなり、根頭も育ってきた。そしてたぶん、そう、たぶん、葉も生えてくるような気がする。

あたしがバカみたいに踊《おど》りまわると、バスフォードは、今回の出来事のせいであたしが変わってしまったと思ったみたい。正解《せいかい》かも。

雨——霧雨《きりさめ》だけど——が降《ふ》るようになって一ヶ月が経《た》ち、作物を生き返らせることができた。あたしは、はじめの二週間は毎日、雨を降《ふ》らせつづけた。うーん、雨っていうのはちょっと言《い》い過《す》ぎかも。でも、毎日午後一時に霧雨《きりさめ》が降《ふ》り、農園は元の姿《すがた》にもどりはじめた。でも夜に〈城《しろ》〉を抜《ぬ》け出《だ》すのは、日に日に難《むずか》しくなっていった。敷地《しきち》のあちこちにレポーターたちがかくれていたからだ。だれもが、自分こそ謎《なぞ》を解《と》こうとやっきになっていた。でも、今回のことで、あたしがもうひとつ学んだことがある。だれも、そう、だれひとり、十一歳《さい》の女の子になにかできるなんて思わないということ。特にレポーターなんて、そう。だからたとえ本当のことを話したところで、あたしの頭をコツコツってたたいて、パパを呼《よ》んできてって言うだけだと思う。

この二週間は、雨のタイミングをまた週に一度にもどしている。学校があるから、土曜の夜から日曜にかけてしか、雲を作ることはできない。もちろん、マスコミがその理由を突《つ》き止《と》めることは決してない。あらゆる種類の説が飛び交ってるけど、別にかまわない。

ふつうのルバーブはまだひどい状態《じょうたい》だったけど、ジュース会社は、「いつでも」取引を再開《さいかい》するといってきた。パトリシアとあたしはパパに、あんな会社のいうことは断《ことわ》って、ルバーブをぜんぶチョコレート・ルバーブにしようって言った。

でも、実際《じっさい》のところ、パパはフレディのための薬用ルバーブのプロジェクトにかかりっきりで、ほかのことを考える余裕《よゆう》はなかった。あたしたちは、ジャクソン先生だけじゃなくて、ノーブル医師《いし》とローマン医師《いし》ともすっかり仲良くなった。先生たちはしょっちゅう農園にきて、パパの小屋で研究をし、夕食を食べていった。パパの薬を注射《ちゅうしゃ》しはじめて一週間後に、フレディは危篤状態《きとくじょうたい》を抜《ぬ》け出《だ》した。そのとき病室にいたのはバスフォードだけで、看護師《かんごし》さんいわく、ものすごい声でさけんだので、二十年間も昏睡状態《こんすいじょうたい》だった患者《かんじゃ》さんが目を覚ましたそうだ（ぜったいジョークだと思う）。フレディはまだ弱っているけど、前よりはずっとよくなった。昏睡状態《こんすいじょうたい》だったとき、長い廊下《ろうか》を歩いていた夢《ゆめ》を見たんだ、とフレディは話してくれた。先のほうに、ドアの下から光が漏《も》れているのが見えたんだ。だから、フレディはオフェーリアが水晶玉《すいしょうだま》の占《うらな》いで言ったとおりにした。光のほうへいって、そのドアを開けたのだ。

「でさ、ポリー。そこには、五千台のテレビがあって、世界中でやってるスポーツの試合を中継《ちゅうけい》してたんだ。おまけに、フライドチキンがあって、いくらでも食べられたんだぜ。天国だったよ」

腕時計《うでどけい》を見た。午後四時だ。そろそろクラスのみんながきて、植《う》え替《か》えのパーティの準備《じゅんび》を手伝ってくれる。それは、あたしの提案《ていあん》だった。理由は、一：前回の遠足はさんざんだったから。二：農園には手伝いが必要だから。ママは病院と農園でてんてこまいだったから、パトリシアとあたしですべてを取り決めなければならなかった。いつもみたいな大がかりなパーティはできない。テレビ局のカメラはぜったい禁止《きんし》。大手の新聞社とウェブサイトからレポーターをふたりだけ招《まね》くけど、ジョンギーのお母さんはもちろん招待《しょうたい》リストには入っていない。

あたしたちは、おばあちゃんのころのやり方にもどすことに決めた。ハロウィーンパーティでは、みんなに楽しんでもらうのと同時に、仕事もしてもらう。オフェーリアは降霊術《こうれいじゅつ》の会を開いて、過去《かこ》のルバーブの霊《れい》と話すことにした。ママはジラードを呼《よ》びなさいと言ったけど、運よく、メリーランド州へいってしまっていた。

空は晴れわたっている。あたしは目を細めて、クラスのみんなが黄色いバスから降《お》りてくるのを見守った。

「ジャイアント・ルバーブを持ちあげてやるんだ！」ジョー・ジョセフズがさけんでる。

「おまえってほんと、アホだな」チャールズ・ラファイエットが言う。

ジェニファー・ジョングはピンクの携帯電話《けいたいでんわ》を耳に当てながら、降《お》りてきた。あたしたちは一種の冷戦状態《じょうたい》だった（おたがい嫌《きら》いあってるけど、特に手を出したりしない状態《じょうたい》のこと）。雨が降《ふ》ったあと、学校へいくと、ジェニファーはぶらぶらとあたしのところに歩いてきて、バカにしたように言った。

「やっとちょっとは運がむいてきた？」

「別に」あたしはにっこりした。「実は、まじない師《し》がきて、雨乞《あまご》いの踊《おど》りをしてくれたのよ。次のときはくるといいわ。いけにえを燃《も》やして、月にむかって吠《ほ》えるんだから」

「ジョークのつもり？　まだあきらめてないからね。雨を降《ふ》らせる方法を突《つ》き止《と》めてやるから」

あたしはにやっとした。「あれこれ探《さが》すことないわよ。学校で習うようなことだから」

ジョンギーはあたしをにらみつけて、大またで去っていった。それからあと、あたしは本当の意味でクラスメートたちと仲良くなるようにつとめた。そうしてみると、マーガレット・ヘスとビリー・ミルズとウィル・スカレイとクリストファー・テイラーとチャールズ・ラファイエットは、すごくいい子だってことがわかった。おしゃべりのドーンにだって感じよくするようにした。

パトリシアが納屋《なや》から出てきて、今日の説明をはじめた。パトリシアって、こういうことにむいてる。

「じゃあ、男子はろうそくからはじめて。もし今夜、大火事になったら、だれの責任《せきにん》かははっきりしてるからね」そう言って、パトリシアはうしろにおいてある、大きなふたつの箱を指さした。

「女子は、シャベルとろうそく台を整理するのを手伝って。樽《たる》を外に出して、ジャイアント・ルバーブを地面に植《う》え替《か》えるとき、必要になるから。

あと、そこのピンクの携帯《けいたい》を持ってる子。これを持って」パトリシアは茶色いほうきをかかげた。

ジェニファーは携帯《けいたい》をおろした。「なにに使うの？」

「ナメクジを掃《は》いて」パトリシアはあでやかに笑ってみせた。あたしがそっちを見ると、パトリシアはウィンクした。

バスフォードが手押《てお》し車を押《お》してきた。フレディが危篤状態《きとくじょうたい》を抜《ぬ》け出《だ》してから、ずっと口数が多くなっていた。

「ハリーを見てきたんだ」バスフォードはあたしに言った。

「あたしも見てきた。元気そうでしょ？」

あたしは毎朝ハリーのところへいって、前みたいにあらゆることを話して聞かせていた。今日は、友だちのマーガレットとチャールズがくること、ジャイアント・ルバーブが元気に育っていることを話した。それから、フレディが一週間以内にうちに帰れることを。

ハリーの、今ではほぼ完璧《かんぺき》に成長した葉が、ほぼ完璧《かんぺき》な笑みを浮《う》かべたのがわかった。

『秘密《ひみつ》の書』は、百回は読んだ。そのあいだに、『鉄道きょうだい』をまた読み、『自己信《じこしん》頼《らい》』を最初から最後まで読んだ。これで三度目。大きくなったら、今度はあたしが『秘密《ひみつ》の書』に書き加えることになる。それはすごく楽しみだけど、今は、なによりも本が疑問《ぎもん》に答えてくれるのがうれしい。今でも、本当の答えは、本も農園もぜんぶひっくるめたよりも大きいんじゃないかという気がしている。自然と神さまと科学と、それからもちろん魔法《まほう》を組み合わせたものなんじゃないかって。きっと将来《しょうらい》書くのは、そのことかもしれない。書ける年齢《ねんれい》になったら。

エディスおばさんにこのことを話せたらって思う。でも、おばさんはいってしまった。あたしが謎《なぞ》を突《つ》き止《と》めたことをおばさんもわかってると思うと、ヘンな気持ちがする。あたしは一日も欠かさず、おばさんのことを考えつづけている。またおばさんに会ったときに話したいことをすべてリストにしている。あたしのことを誇《ほこ》りに思ってほしい。だれよりも誇《ほこ》らしく思ってほしい。あたしがなにをして、なにを学び、どんな人生を送っているか、おばさんに話さずに大人になるなんてできない。ときどき、夜の闇《やみ》の中でエディスおばさんに二度と会えないんじゃないかという不安に襲《おそ》われる。バスフォードが言ったみたいに、元にもどせないものは存《そん》在《ざい》するんじゃないかって。

でも、そんなこと受け入れられない。納得《なっとく》できない。だから、あたしは毎日、おばさんが連《れん》絡《らく》してくるのを待っている。

もちろん、おばさんは正しい。すべて自分の力でやり遂《と》げたときの気持ちのよさを話してくれたときも。

「自分だけの力でなにかをやり遂《と》げると、お金や愛の力で手に入れたときよりも、大きな満足感と安らぎを得られる。男だろうと女だろうと、それは同じ。そのとき、あなたはまわりを見まわして、『やり遂《と》げたわ』って言える——だれにもそれは取りあげることはできない」

それは、まさに雨を初めて降《ふ》らせた日、あたしが感じたことだった。今も、ほとんど毎晩《まいばん》のように、眠《ねむ》る前、自分に言い聞かせている。どんな言葉より希望にあふれた言葉を。

あたしはポリー・ピーボディ。あたしは雨を降《ふ》らせることができる。

あとがき

主人公のポリーが朝、起きると、〈湖〉の上に小さな緑の霧《きり》がかかっている。前に緑の霧《きり》が現《あら》われたのは、おばあちゃんが死んだときだ。ポリーが言いようのない不安に駆《か》られるところで、物語は幕《まく》を開ける。

ポリーは十一歳《さい》の女の子。アメリカで六番目の人気の観光地という〈ルパートのルバーブ農園〉で暮《く》らしている。農園は、その名の通り、ルバーブという野菜を作っている。高さ六十センチほどの大型の植物で、日本でも最近は、特有の香《かお》りと酸味《さんみ》をいかしたジャムなどで見かけるようになっている。

野菜の農園がなぜ人気の観光地に?

ポリーの言葉を借りれば、答えは「魔法《まほう》」だ。農園にはさまざまなふしぎがある。〈湖〉では、生き物がおぼれることはない。〈学びの庭〉と呼《よ》ばれる庭に生える植物は枯《か》れることはなく、〈泣き桜《ざくら》〉はしょっちゅう涙《なみだ》を流している。チョコレートの味がするルバーブが生え、トンボやコオロギはなんと「しゃべる」のだ。
中でもいちばんのふしぎは、毎週月曜日の午後一時に、かならず雨が降《ふ》ることだ。乾燥《かんそう》したアメリカ中西部にあるにもかかわらず、農園でルバーブがたくさん収穫《しゅうかく》できるのは、雨のおかげなのだ。

ポリーは、生まれたときからこのふしぎと暮《く》らしている。いちばんの親友は、しゃべるチョコレート・ルバーブだし、おぼれない〈湖〉で泳ぎ、動くツタと会話し、トンボのスパークやコオロギのレスターとも友だちになる。観光客も、農園にある〈空中ブランコ〉というアトラクションに乗って、月曜日の雨を浴び、歓声《かんせい》をあげる。

このように、魔法《まほう》的なものが日常《にちじょう》と融合《ゆうごう》したマジックリアリズム的世界が、この作品の魅力《みりょく》だ。

一方で、ポリーのパパは、これを「科学」と呼《よ》んでいる。月曜日の雨も、おぼれない湖も、今は原因《げんいん》がわからないだけで、いずれ「科学的に」解明《かいめい》されるだろう、とパパは言う。実際《じっさい》に、夜中にサイロ（穀物貯蔵庫《こくもつちょぞうこ》）から聞こえてくる「幽霊《ゆうれい》の声」や、月曜日の雨の謎《なぞ》は、ポリーの「科学的アプローチ」によって解明《かいめい》される。最初は不安に押《お》しつぶされ、とまどってばかりのポリーだったが、科学の教師《きょうし》オーウェンに教わった仮説《かせつ》→実証《じっしょう》をくりかえすことにより、謎《なぞ》の核心《かくしん》へ少しずつ近づいていく。

こうしたポリーの成長が、作品のもうひとつの魅力《みりょく》だ。自分のことを臆病《おくびょう》で、なんの取り柄《え》もないと思っていたポリーは、やがて自分の運命を知り、それを積極的に選びとる決意をする。そのときに、いろいろな意味で大きな力となるのが、エディスおばさんだ。

おばあちゃんは、エディスはなによりも成功を求めているって言っていた。仕事だけじゃなくて、妻《つま》としても、母親としても。それについてはエディスおばさんも、おばあちゃんの言うとおりだって認《みと》めている。別に恥《は》じることじゃないし、男の人が同じことを言ったら、誰《だれ》も恥《は》ずべきことだなんて言わないはずだって。

エディスおばさんは、世界を股《また》にかけて活躍《かつやく》するジャーナリストだったが、ポリーのおばあちゃんの死後、農園経営《けいえい》のためにもどってきた。ポリーをかわいがり、ポリーの才能《さいのう》を認《みと》めて、それを伸《の》ばそうとしてくれていたはずだったのに、ある日突然《とつぜん》、農園を売ろうと言いだす。ポリーはおばさんの裏切《うらぎ》りにショックを受けるが、やがてそれには、考え抜《ぬ》かれた理由があることがわかってくる。

物語に出てくる大人は、だれも完璧《かんぺき》ではない。エディスおばさんも、おばさんと対立していたおばあちゃんも、いい父親だけれど経営《けいえい》は苦手なパパも。一方で、ポリーが嫌《きら》っているおばさんの部下のジラードにも、彼《かれ》なりの真実と考えがある。ポリーの視線《しせん》で物語を読み進める読者も、ポリーと共に少しずつ、彼《かれ》らの背景《はいけい》にあるものを理解《りかい》し、一見ひどい行いや言葉に思えるもののうしろに、深い真実があることを学んでいく。

これは、何度も読み直してほしい物語だ。そこかしこに張《は》り巡《めぐ》らされた伏線《ふくせん》やつながりが、よりよい理解《りかい》をもたらしてくれるはずだから（ママの「たしかにあなたのおばさんはいろんなことができるけど、さすがに雨を降《ふ》らせるのはむりでしょうね」なんてせりふには笑ってしまうにちがいない）。魔法《まほう》と現実《げんじつ》の境目《さかいめ》も、正しさとまちがいの境目《さかいめ》も、思っているよりずっとあいまいなのかもしれない。

なお、作品の魅力《みりょく》を日本の読者により深く伝えるために、今回、作者のキャサリン・ヴァン・クリーヴさんの許可《きょか》を取って一部を削《けず》らせていただいた。また、シュウ酸《さん》による地球冷却《れいきゃく》に関してはまだ研究の途中《とちゅう》であることも、併記《へいき》しておく。最後に、快《こころよ》く質問《しつもん》に答えてくださったキャサリン・ヴァン・クリーヴさんと、編集《へんしゅう》の関谷由子さんに心からの感謝《かんしゃ》を！

二〇十七年二月　　三辺律子

ラルフ・ウォルドー・エマソン著の『自己信頼』の訳文については、
おもに新訳『自己信頼』（海と月社）を参考にしました。

キャサリン・ヴァン・クリーヴ　Kathleen Van Cleve
米国ペンシルバニア大学で創作を教えている。本書がはじめての児童書。

三辺律子　さんべ りつこ
翻訳家。訳書に「H.I.V.E.(ハイブ)」シリーズ(ほるぷ出版)、「龍のすむ家」シリーズ（竹書房)、『ジャングル・ブック』(岩波書店)、『ほんとうに怖くなれる幽霊の学校』(偕成社)、『おばあちゃんは大どろぼう?!』、『世界で7を数えたら』(以上、小学館)、など多数。共著に『12歳からの読書案内 海外作品』(スバル舎)、『10代のためのYAブックガイド』(ポプラ社)など。

緑の霧

キャサリン・ヴァン・クリーヴ 作
三辺律子 訳
2017年3月25日　第1刷発行

発行者　高橋信幸
発行所　株式会社ほるぷ出版
〒169-0051　東京都新宿区西早稲田2-20-9
TEL　03-5291-6781　FAX　03-5291-6782
http://www.holp-pub.co.jp

印刷　株式会社シナノ
製本　株式会社ブックアート

NDC933 / 366P / B6　ISBN978-4-593-53499-9